THE PICTURE OF DORIAN GRAY

道林·格雷的画像

[英] 奥斯卡·王尔德——著
李一——译

江苏凤凰文艺出版社
JIANGSU PHOENIX LITERATURE AND ART PUBLISHING

图书在版编目（CIP）数据

道林·格雷的画像 / （英）奥斯卡·王尔德 (Oscar Wilde) 著 ; 李一译 . -- 南京 : 江苏凤凰文艺出版社，2025. 7. -- ISBN 978-7-5594-9656-0

Ⅰ . I561.44

中国国家版本馆 CIP 数据核字第 2025VW0871 号

道林·格雷的画像

［英］奥斯卡·王尔德　著　李一　译

责任编辑	项雷达
出版发行	江苏凤凰文艺出版社
	南京市中央路 165 号，邮编：210009
网　　址	http://www.jswenyi.com
印　　刷	北京文昌阁彩色印刷有限责任公司
开　　本	787 毫米 ×1092 毫米　1/32
印　　张	9.75
字　　数	147 千字
版　　次	2025 年 7 月第 1 版
印　　次	2025 年 7 月第 1 次印刷
书　　号	ISBN 978-7-5594-9656-0
定　　价	68.00 元

自序

艺术家是美的艺术的创造者。

艺术的目的在于展现艺术而掩藏艺术家。

能将得自美的艺术的印象用另一种样式或新的素材表现出来的，则是评论家。

自传体是批评的最高形式，也是最低形式。

在美的艺术中发现丑陋含义的人是堕落的，堕落而不迷人。这是一种过错。

在美的艺术中发现美的含义的人是有教养的。这种人有希望。

懂美的艺术只意味着美的人是天选之人。

书无所谓道德与不道德之分，只有写得好与糟之别。仅此而已。

十九世纪对现实主义的憎恶，是在镜中看见了自己面孔的卡利班[①]的狂怒。

十九世纪对浪漫主义的憎恶，是在镜中看不见自己面孔的卡利班的狂怒。

道德生活构成艺术家的部分主题，但是艺术的道德

---

① 卡利班（Caliban）：莎士比亚戏剧《暴风雨》中凶残、丑陋的奴仆。

在于完美地运用不完美的素材。

艺术家无意证明什么。即便真实的事情也可以被证明。

艺术家没有道德同情心。道德同情心之于艺术家是一种不可宽恕的风格怪癖。

艺术家从不病态。艺术家可以表现一切。

思想和语言之于艺术家是艺术的工具。

罪恶和美德之于艺术家是艺术的素材。

从形式上看，音乐家的艺术是各种艺术的典范。

从情感上看，演员的技艺是典范。

一切艺术都兼具外表和象征。

深入外表的人是甘冒风险。

解读象征的人也是甘冒风险。

艺术真正映照的是照镜人，而非生活。

对一件艺术品意见不一，说明该作品新颖、复杂而重要。

评论家莫衷一是，艺术家则始终如一。

我们可以原谅造有用之物的人，只要他不崇拜它。

造无用之物的唯一借口是狂热地崇拜它。

一切艺术皆无用。

第一章

画室里弥漫着馥郁的玫瑰花香，夏日的微风在花园的树丛中拂过，又从敞开的门里吹进了丁香花的芬芳，抑或是那清淡些的粉色山楂花的幽香。

亨利·沃顿勋爵躺在堆满波斯鞍袋靠枕[1]的长沙发一角，照例不停地抽着烟，他刚好能看到一株透着蜜香的蜜色金链花，它颤动的枝条似乎难以承受如此火焰般的美；巨大的窗户上挂着长长的柞蚕丝窗帘，帘上不时掠过飞鸟奇妙的影子，映下些稍纵即逝的日本风情，让他想起了东京那些面色苍白如玉的画师，他们孜孜以求用静态的艺术表现速度和动感。蜂群时而穿过久未修刈的长草，时而绕着蔓延丛生的金银花那沾满灰尘的金色花喇叭不停地盘旋，沉闷的嗡嗡声仿佛使沉寂更添压抑。伦敦的喧嚣隐约可闻，有如远处传来的风琴的低音。

房间正中立着一张英俊绝伦的青年全身像，画像夹在一个直立的画架上，画前不远处就坐着画家巴兹尔·霍尔沃德本人。几年前他曾突然失踪，轰动一时，

① 鞍袋靠枕：鞍袋是系于马鞍或骆驼鞍后用于存放物品的袋子，此处是鞍袋内填满填充物后作为靠枕使用。

引发了无数离奇的猜测。

画家打量着这个清雅秀逸的形体如此精巧地展现在自己的艺术中，一丝得意的微笑从他脸上浮起，似乎要停留不去。但是他突然站起身，闭上眼睛，手指捂住眼睑，仿佛要把某个奇异的梦关在脑中，生怕自己从中醒来。

“这是你最好的作品，巴兹尔，你画得最好的一次，”亨利勋爵懒洋洋地说道，“明年你一定得把它送到格罗夫纳①画廊去。学院②太大，太俗了。我每次去，不是人太多看不了画，糟得很，就是画太多看不了人，那更糟。只有格罗夫纳好。”

“我看我哪儿都不送。”他把头往后一甩回答道，在牛津的时候，他这古怪的动作就让朋友们笑话，“不送，哪儿都不送。”

亨利勋爵扬起眉毛惊讶地望着他，目光透过淡淡的蓝色烟圈，烟圈出自他那掺了鸦片的香烟，正化作光怪陆离的涡旋袅袅上升。“哪儿都不送？老兄，为什么？理由呢？你们画家真是些怪人！为了出名啥都肯干，出名了却又好像要抛之脑后。你这是在犯傻，因

① 格罗夫纳（Grosvenor）：伦敦邦德街一家画廊，1877 年由库茨·林赛（Coutts Lindsay，1824—1913）创立，专门陈列当时的前卫画家的作品（比如拉斐尔前派）。

② 学院：指成立于 1768 年的英国皇家美术学院（Royal Academy of Arts）。

为世上只有一件事情比遭人议论更糟糕，那就是没人议论你。像这样一幅画能让你超出英国所有年轻人一大截，还会让老年人嫉妒不已——要是他们还能动感情的话。”

“我知道你会笑话我，”他回答道，“但是我真的不能把它送去展览。我在里面画进了太多自我。”

亨利勋爵在长沙发上伸了个懒腰，大笑起来。

“好吧，我就料到你会笑，反正事实就是如此。”

“画进了太多自我！巴兹尔，我实在没想到你会这么虚荣，我真看不出你们之间有任何相似之处，你看你脸上棱角突兀，头发黑炭似的，再看这个年轻的阿多尼斯①，就像是用象牙和玫瑰花瓣做的。哎呀，亲爱的巴兹尔，他就是个那喀索斯②，而你——嗯，当然了，你长了副聪明相，还有一堆优点。可是美，真正的美，到了聪明相面前就消失了。聪明本身就是一种夸张，有损任何一张脸上的和谐。人一坐下来思考，就只剩个鼻子，或是额头，要么就是别的什么可怕的东西。你看那些需要高深学识的行业中的成功人士，多丑啊！当然，教会里的人除外，但是他们从不思考啊，一个主教到了

---

① 阿多尼斯（Adonis）：希腊神话中爱神阿佛洛狄忒所恋的美少年。

② 那喀索斯（Narcissus）：希腊神话中的美少年，因迷恋自己的水中倒影，溺水而死，化作水仙花。

八十岁说的还依旧是他十八岁时别人教他的那一套，看起来当然很可爱啦。虽然你还没有告诉我你这个神秘的年轻朋友的名字，但他的画像可把我迷住了，我敢肯定他从不思考。冬天无花可看或是夏天要醒醒脑子的时候，他这种漂亮又无脑的生物都该待在这儿。别吹嘘自己了，巴兹尔，你一点都不像他。”

“你没听懂，哈里[①]，”艺术家回答道，“我当然不像他，这我太清楚了。说实话，长得像他我反倒会难过。你耸什么肩膀？我跟你说的可是实话。才貌超群则难逃宿命，这种宿命紧跟古今帝王蹒跚的脚步。最好还是不要与众不同。这世上丑人和笨人日子最好过，他们只要坐在那里，张大嘴呆呆看戏就可以了。就算他们无法体验胜利的快乐，却也不必经受失败的痛苦。他们过的才是人该过的日子——无拘无束，无忧无虑，心平气和。他们从不害人，也从不遭人害。哈里，你的地位和财富；我的头脑，就这副头脑——我的艺术，不管它价值多少；道林·格雷的美貌——上天所赐的所有这些，我们都要为之受苦，并苦不堪言。”

“道林·格雷？这是他的名字吗？”亨利勋爵问道，一边穿过画室向巴兹尔·霍尔沃德走了过来。

“是，是他的名字，我本来不想告诉你的。”

---

① 哈里：亨利的昵称。

“为什么？”

“噢，我也说不清楚。我迷上了谁，就不愿把谁的名字告诉任何人，不然就像把他分一部分给别人一样。我越来越爱保密了，好像只有秘密才能让现代生活变得玄妙而神奇。再普通的东西只要保起密来也会变得可爱。我现在出城从来不告诉家里人我去哪儿，一说就索然无味了。也许这是个愚蠢的习惯，可不知怎么，它好像使生活浪漫了许多。你肯定觉得我挺傻的吧？”

“一点也不，”亨利勋爵回答道，“一点也不，亲爱的巴兹尔。你好像忘了我已经结婚了，婚姻唯一的魅力就是使得欺骗对夫妻双方而言都绝对必要。我从来不清楚我太太在哪儿，她也从来不知道我在干吗。我们见面的时候——我们也时不时见面，一起出门吃饭，或是去公爵府——我们都会板起最正经的面孔，扯些最荒诞的鬼话。我妻子在这方面可在行了——实在比我强多了。她从来不会搞混日期，而我经常弄错，不过她就算发现了也不会大吵大闹。有时候我倒希望她能闹一闹，可她总是取笑我一番就作罢了。”

“哈里，我不喜欢你这样谈论你的婚姻生活，”巴兹尔·霍尔沃德边说边往通向花园的门踱去，“我相信你是个非常好的丈夫，只不过你向来循规蹈矩，所以你觉得不好意思。你是个奇人，说话从不老实，做事却从不出错。你的玩世不恭只不过是装腔作势罢了。”

“顺其自然才是装腔作势，而且据我所知是最让人恼火的装腔作势。”亨利勋爵笑着嚷道。随后这两个年轻人一起出了门，进了花园，走到一棵高大的月桂树下，在树荫下一张长竹椅上坐了下来。阳光顺着光亮的树叶洒落，白色的雏菊在草丛中轻轻摇摆。

过了一会儿，亨利勋爵掏出怀表。“巴兹尔，我得走了，”他轻声说道，“我走之前，你得回答我刚才问你的那个问题。”

“什么问题？”画家眼睛盯着地面问道。

“你知道的。”

“我不知道，哈里。”

“好吧，那我告诉你。我要你给我解释一下，为什么不肯展出道林·格雷的画像。我想知道真正的原因。”

“真正的原因我已经告诉你啦。”

“不，你没有。你说是因为你在里面画进了太多自我，这个原因太幼稚了吧？”

“哈里，”巴兹尔·霍尔沃德直面着他的脸说道，“每一幅饱含感情画出的画都是画家自己的画像，而不是模特的画像。模特不过是个巧合，是个机缘。与其说色彩斑斓的画布上画的是模特，不如说是画家自己。我不愿展出这幅画，就是因为我怕自己在画上泄露了灵魂的秘密。”

亨利勋爵大笑起来。“什么秘密？”他问道。

“我可以告诉你。”霍尔沃德说道，脸上却露出一丝难色。

“我洗耳恭听，巴兹尔。”他的同伴瞥了他一眼，接口道。

“噢，其实也没什么好说的，哈里，”画家答道，“而且我怕你不会理解，也许你根本就不会相信。”

亨利勋爵微微一笑，俯身从草丛中摘了一朵粉色花瓣的雏菊打量着。“我肯定能理解，”他回答道，一边聚精会神地端详着那长着白毛的金色小花盘，“至于信不信，只要是让人难以置信的事情，我都能相信。”

风从枝头吹落了一些花儿，一簇簇沉甸甸的星状丁香花懒洋洋地来回摇曳。墙根一只蚱蜢聒噪起来。一只细长的蜻蜓扑扇着棕色的薄翼飞过，宛如一丝蓝线。亨利勋爵觉得他仿佛能听见巴兹尔·霍尔沃德的心跳，于是忖度起下文来。

“事情是这样的，”过了一会儿画家说道，“两个月前我去布兰登夫人家参加了一场聚会。你知道的，我们这些穷艺术家必须不时地在社交圈里露露面，不过是为了提醒大家我们不是野蛮人。就像有一次你告诉我的，只要穿上晚礼服、打个白领结，哪怕是个炒股的，也能博得文明的雅誉。嗯，我在里面待了大约十分钟，跟几个体态臃肿、浓妆艳抹的贵妇和乏味的学究聊天，我突然觉得有人在看我。我一转头，第一次见到了道林·格雷。我们目光相接，我顿觉自己脸色发白，一种莫名的恐惧袭上心头。我知道面前这个人，光是他的气质就令人着迷，如果我听之任之，它会把我的整个天性、整个灵魂，甚至我的艺术本身全都吞没。可我不愿任何外在力量影响我的生活。你很清楚，哈里，我天性多么独立。我向来我行我素，至少在遇到道林·格雷之前是这样的。然后——我不知道该怎么跟你说，似乎有一个声音说我正处在生命中一次可怕的危机边缘。我有一种奇怪的感觉，命运已给我安排了至乐和至悲。我害怕了，转身要离开房间。驱使我这么做的不是良心，而是怯懦。现在我也不觉得逃避是什么光彩的事。”

“巴兹尔，良心和怯懦实际上是一码事，良心只不过是个招牌，仅此而已。”

“这我可不信，哈里，我觉得你自己都不信。但是，不管我动机如何——可能是骄傲吧，因为我曾经很自负——反正我挤到了门口，在门口自然碰到了布兰登夫人，她叫道：‘你不会这么早就想溜吧，霍尔沃德先生？’你知道她那嗓子有多尖吧？”

“知道，她一举一动都像只孔雀，唯独缺了美貌。”亨利勋爵说道，一边用他那不安的纤细手指把雏菊撕成碎片。

“我不能甩开她，是她带我去见皇亲国戚、达官贵人，还有戴着堂皇宝冠、长着鹦鹉鼻的老贵妇。她把我说成她最亲密的朋友。之前我就见过她一面，可她突发奇想要捧我成名。我想是因为当时我有几幅画相当成功，至少在小报上讨论得很热烈，而这正是十九世纪永垂不朽的标准。突然我发现自己跟那个年轻人面对面，之前就是他的美貌出奇地震动了我。我们靠得很近，几乎要挨到一起了，目光再次相接。我有些鲁莽地请布兰登夫人介绍我跟他认识。其实这也不算鲁莽，而是必然。我敢肯定，没人介绍我们也会聊起来。道林之后也是这么告诉我的，他说他也感觉我们命中注定相识。”

“布兰登夫人又是怎么形容这位独特的年轻人的呢？”他的同伴问道，“我知道每位客人她都会快速大略介绍一番。我记得有一次，她带我到一个面目狰狞、浑身勋章和绶带的红脸老绅士面前，附耳对我说了些最吓人的细节，语调悲切但肯定满屋子人都听得见，我只好逃之夭夭。我喜欢自己去了解人，可是布兰登夫人对待她的客人就像拍卖商对待自己的拍品一样，要不就花言巧辩，要不就讲一堆废话，偏偏不讲你想知道的。”

“可怜的布兰登夫人！你对她太苛刻了，哈里！”霍尔沃德无精打采地说道。

“亲爱的老兄，你知道她想办沙龙，结果开了个餐厅吧，你叫我怎么佩服她呢？你还是告诉我她是怎么说道林·格雷的吧。”

“噢，好像是：‘迷人的孩子——他可怜的好妈妈跟我形影不离——他干什么来着？我倒忘了——好像——什么也不干——啊，对了，他弹钢琴的——还是小提琴，亲爱的格雷先生？’我们俩都忍不住笑了出来，当下就成了朋友。”

“友谊以笑开始可不坏，以笑结尾就最好了。”年轻的勋爵说道，伸手又摘了一朵雏菊。

霍尔沃德摇了摇头。“你并不理解何为‘友谊’，哈里，”他喃喃道，“可以说你也不理解何为‘仇恨’。每个人你都喜欢，也可以说你对每个人都很冷漠。”

“你这样说太不公道了！”亨利勋爵叫道，顺手把帽子往后一推，抬头望着天上一朵朵小云，它们有如一团团光亮的白丝浮在一望无际的夏日碧空里。“对，你太不公道了。我待人可是大有区别的。我挑朋友凭他们的美貌，泛泛之交凭高尚的人品，敌人就凭智力发达。挑敌人最该小心谨慎了，我的敌人一个傻瓜都没有，全是些聪明人，所以他们都很欣赏我。我这样是不是很虚荣？我看有点儿。”

“我看也是，哈里。那么根据你的分类，我肯定只能算是你的泛泛之交了。”

“亲爱的老巴兹尔，你可比泛泛之交亲多了。”

“可也比朋友差远了，我觉得算是兄弟吧？”

“啊，兄弟！我才不在乎兄弟呢。我哥是个老不死的，几个弟弟却成天找死。”

“哈里！”霍尔沃德皱起眉头叫道。

“亲爱的伙计，我说笑呢。但是我真的忍不住讨厌我那些亲戚，大概是因为我们都受不了别人犯和自己一样的毛病吧。英国的民主派对他们所谓的上层社会的罪恶相当愤慨，对此我深有同感。他们把酗酒、愚昧，还有道德败坏当作自己的专利，我们要是干了点蠢事，就是侵犯了他们的特权。可怜的索思沃克上法庭离婚的时候，他们真是愤慨到了极点。我就不信哪怕有十分之一的民主派过的是正经生活。”

“你说的我一个字也不同意，哈里，而且我敢说你自己也不同意。”

亨利勋爵捻了捻尖尖的棕色胡须，用带流苏的乌木手杖敲着漆皮靴尖。“你真是个地道的英国人，巴兹尔，这种话你都说两回了。如果有人向地道的英国人提出某种想法——这样做总是草率的——他做梦也不会考虑这个想法是对还是错，只有一件事他觉得重要，就是提出想法的人自己信不信。其实，想法的价值和提出想法的人是否真诚毫无关系。往往是人越不真诚，想法就越是纯粹理性，因为这样他的想法就不会带有个人需求、欲望和成见的色彩。不过我不想跟你谈政治、社会学或是玄学。我喜欢人甚于原则，最喜欢的就是没有原则的人。还是再跟我说说道林·格雷吧，你跟他多久见一次面？”

“天天见，哪天见不到他我就开心不起来，我绝离不了他。”

“稀罕事儿啊！我还以为除了艺术你什么都不关心呢。”

“他现在就是我的全部艺术，”画家严肃地说道，“哈里，有时候我觉得世界史只有两个重要的时代。第一是新艺术媒介的出现，第二是供艺术表现的新面容的出现。油画的发明对于威尼斯人有什么意义，安提诺乌斯[①]的面容对于晚期希腊雕塑有什么意义，有朝一日道林·格雷的面容对于我就有什么意义。我不只是用他做模特来画油画、画铅笔画、画速写——当然我是用他做模特来画画的，但是他对于我远远不只是个模特。我不想说什么我对自己为他作的画不满意，或是他的美艺术无法表现之类的话。没什么是艺术表现不了的，而且我知道，从我遇见他之后，我画的画都是好画，是我平生最好的作品。但是说来也奇怪——我不知

---

① 安提诺乌斯（Antinous，100？—130）：罗马皇帝阿德里安［Adrian，亦称哈德良（Hadrian），76—138］宠幸的美少年，他在尼罗河溺死后，阿德里安下令塑造了大量他的雕像以表怀念。

道，你能理解我吗？——他的美貌以某种奇异的方式向我启示了一种全新的艺术方式，一种全新的风格模式，让我用新的方式看待和思考事物。现在，我能用一种之前不为我所知的方式再现生活。‘思想之白昼，形式之幻梦’[①]——这话谁说的？我忘了，但是道林·格雷对我而言正是如此。光是看到这孩子——因为他对我来说只是个孩子，虽然他已经二十出头了——光是他的外形——啊！我在想，你能理解其中的奥妙吗？无意中他已经为我勾勒出了一个崭新流派的轮廓，其中包含了浪漫主义的所有激情和希腊精神的一切完美。灵与肉的和谐——多么美妙的和谐！我们竟然蠢到把它们分开，还臆造出庸俗的现实主义和空洞的理想主义。哈里！你要是能理解道林·格雷对于我的意义就好了！你还记得我那幅风景画吗？就是阿格纽[②]出了那么高的价，我都不舍得卖的那幅。那是我平生最好的作品之一。为什么呢？因为我在画那幅画的时候，道林·格雷就坐在我身边。某种微妙的影响从他身上传到我身上，于是在那片平常的林地上，我平生第一次看到了之前久寻不得的奇迹。”

---

① 出自英国诗人亨利·奥斯丁·多布森（Henry Austin Dobson，1840—1921）的诗作《致一个希腊女孩》（*To A Greek Girl*）。

② 阿格纽：威廉·阿格纽爵士（Sir William Agnew，1825—1910），英国著名画商。

“巴兹尔，这太奇妙了！我一定要见见道林·格雷。”

霍尔沃德站起身来，在花园里来回踱步，不一会儿又回来了。“哈里，”他说道，“道林·格雷对我来说只是一种艺术动因。也许你在他身上什么也看不到，而我却可以看到一切。他不只在我的作品中，他无所不在。我说过，他是一种新风格的启示。在某些线条的弧度里，在某些色彩的美丽与微妙中，我都能发现他。仅此而已。”

“那为什么你不肯展出他的画像呢？”亨利勋爵问道。

“因为，不知不觉中，我已经在其中表现了这种奇特的艺术崇拜。当然，我没跟他提过，他一点儿也不知道，永远也不会知道。但是世人可能会猜到，可我不愿让自己的灵魂暴露在他们那浅薄窥探的睽睽众目之下，我的心绝不会放在他们的显微镜之下。这幅画里面有我太多的自我，哈里——太多的自我！”

“诗人才不像你这么谨小慎微，他们可知道激情有多适合出版了，现在一颗破碎的心能发行很多版呢。”

“我就讨厌他们这种做法，”霍尔沃德嚷道，“艺术家应当创造美的事物，但不应该在其中掺杂自己的生活。当今这个世道，竟然把艺术当作一种自传体。我们已经失去了抽象的美感，有朝一日我要让世人知道什么是抽象的美感——正因如此，我永远也不会让他们看到我给道林·格雷画的像。”

“我觉得你错了，巴兹尔，但是我不跟你争了，只有失去理智的人才会争论。告诉我，道林·格雷很喜欢你吗？”

画家想了一会儿。“他喜欢我，”他顿了一下回答道，“我知道他喜欢我。当然，是我一个劲儿地奉承他，说些明知以后会后悔的话，从中获得一种奇怪的快感。一般说来，是他吸引我，我们俩坐在画室里海阔天空地闲聊。但有时候他又极不体谅人，好像以折磨我寻开心似的。这种时候我就会觉得，哈里，我把整个灵魂都献给了他，可他却只把它当作插在饰纽里的一朵花、满足虚荣的一种装潢，或是夏日里的一件小饰品。”

“夏日悠悠啊，巴兹尔。”亨利勋爵喃喃道，“或许在他厌倦你之前你就会厌倦他。想来未免神伤，但是毫无疑问，天才比美貌更能持久。这就是为什么我们拼命去接受过多教育的原因。在激烈的生存竞争中，我们总想拥有持久的东西，所以我们用垃圾和事实填满脑子，妄图以此保住自己的地位。现代的完人就是见多识广的人，但见多识广的人的头脑是很可怕的。它就像个小饰品店，全是怪东西，全都一身灰，全都价超所值。我还是觉得你会先厌倦他。有一天你看到你那朋友，会发现他已不太适宜入画，色调也不那么合你品味了，诸如此类。你会在心里痛斥他，当真觉得他当初对你很过分。下次他再来的时候，你就会很冷淡、漠然。那将是一大憾事，因为它会改变你。你告诉我的的确浪漫，可以称作艺术的浪漫，但是任何浪漫最糟糕的结局，就是叫人从此再也浪漫不起来了。”

“哈里，别这么说。只要我还活着，道林·格雷的美貌就会支配我。我的感受你体会不到，你太善变了。”

“啊，亲爱的巴兹尔，正因为如此我才能体会到啊。忠贞不渝的人只知道爱琐碎的一面，只有薄幸的人才懂得爱的悲剧。”亨利勋爵用一只精致的银质打火机点了根烟，自得自足地抽了起来，仿佛他一句话就概括了全世界。常青藤光洁的绿叶丛中传来一阵麻雀的啁啾，云儿蓝色的影子飞燕似的在草地上互相追逐。花园里让人多么心旷神怡啊！旁人的情感多么美妙啊！他觉得比思想美妙多了。生活中最迷人的莫过于自己的灵魂和朋友的激情。他因为和巴兹尔·霍尔沃德待得太久而耽误了一顿午宴，他在心里默默地描绘这顿沉闷的午宴以自娱。如果他去了姑妈家，准会碰到“好人”勋爵[①]，然后整场对话就只会谈论周济穷人、标准公寓很

---

① “好人”勋爵（Lord Goodbody）：此处可能是亨利勋爵为某位热心公益的勋爵取的外号，但古德博迪（Goodbody）是一个真实存在的姓氏。

必要之类的话题。每个阶级都会大谈特谈那些自己不必在生活中践行的美德。富人会宣扬节俭的价值，懒汉则奢谈劳动的光荣。这些全躲过去了，真是惬意！想到姑妈，他脑中突然闪过一个念头。他转身对霍尔沃德说："亲爱的朋友，我刚想起来了。"

"想起来什么，哈里？"

"我在哪儿听过道林·格雷的名字。"

"哪儿？"霍尔沃德微皱眉头问道。

"别一脸怒气嘛，巴兹尔。是在我姑妈阿加莎夫人家。她告诉过我她找到一个极好的年轻人在东区[①]给她帮忙，名字叫道林·格雷。我得申明：她可从来没告诉过我他长得好看。女人不懂得欣赏美貌，至少正派女人是不懂的。她说他很热情，心地善良，当时我立马就想象出了一个戴眼镜的家伙，一头直发，满脸雀斑，拖着一双大脚跑来跑去。要是当时我就知道他就是你这个朋友就好了。"

"幸好你不知道，哈里。"

"为什么？"

"我不愿意你见到他。"

"你不愿意我见到他？"

"不愿意。"

---

① 东区：伦敦古城墙以东、泰晤士河以北地区。泰晤士河自西向东流经伦敦，西区繁华，东区贫困。

“先生，道林·格雷先生在画室等您。”管家走进花园来通报道。

“现在你总得给我介绍了吧？”亨利勋爵大笑着嚷道。

画家转身对在阳光下眨巴眼睛的仆人说道：“请格雷先生稍等，帕克，我一会儿就来。”仆人躬身告退，沿着小径回去了。

然后他看着亨利勋爵。“道林·格雷是我最亲密的朋友，”他说道，“你姑妈说得没错，他天性淳厚善良。别宠坏了他，不要影响他，你的影响不好。世界大得很，奇人多得是。别把这个赋予我艺术全部魅力的人抢走，我的艺术生涯要全指望他了。记住，哈里，我是信任你的。”他说得很慢，似乎每个字都是违背他的意志从他身上挤出来的。

“你胡说些什么呀？”亨利勋爵微笑着说道，一把抓起霍尔沃德的胳膊，几乎是把他拽回了屋内。

第二章

两人一进屋就看到了道林·格雷，他背对着他们坐在钢琴边，翻看着舒曼[①]的《森林情景》。“这些谱子你得借给我，巴兹尔，”他叫道，“我想学，它们美极了。”

“那全得看你今天坐姿如何了，道林。”

“噢，我都坐腻了，也不想要等身像了。”小伙子回答道，在琴凳上转来转去，一副任性耍脾气的样子。他一看到亨利勋爵，脸上就泛过一阵红晕，赶忙站起身来。“对不起，巴兹尔，我不知道你有客人在。”

“道林，这位是亨利·沃顿勋爵，我上牛津时的老朋友。我刚刚还跟他夸你是个多好的模特呢，现在什么都被你弄糟了。”

“没有弄糟，见到你我很高兴，格雷先生，”亨利勋爵上前一步，伸出手来说道，“我姑妈常跟我提起你。你是她最喜欢的人之一，但是恐怕也是她的受害者之一。”

“我现在上了阿加莎夫人的黑名单啦。”道林摆

① 舒曼：罗伯特·舒曼（Robert Schumann，1810—1856），德国著名作曲家，《森林情景》是他所作的一部钢琴套曲。

出一副滑稽的悔过样子回答道，“我答应她上周二陪她去白教堂[1]一家俱乐部，可我全忘了。我们原本打算弹二重奏的——我好像记得是三首二重奏。我不知道她会怎么训我，我吓得不敢去见她了。”

“噢，我来给你跟我姑妈讲和。她可喜欢你了。而且我觉得你没去问题也不大，听众或许会以为那就是二重奏，阿加莎姑妈一坐下来弹钢琴，就会弄出一大片噪音，顶得上两个人。”

“这么说对她太苛刻了，对我也不算赞扬。”道林笑着答道。

亨利勋爵打量着他。不错，他确实俊美绝伦：曲线优美的红唇、诚恳的蓝色眼睛，还有金色的鬈发。他的脸让人一看就会产生信任，身上充满了青年一切率真和纯洁的激情，给人一种一尘不染的感觉。难怪巴兹尔·霍尔沃德会崇拜他。

“你太迷人了，可不能搞什么慈善，格雷先生——太迷人了。”亨利勋爵一屁股坐到沙发上，打开了烟盒。

画家一直忙着调色，准备画笔。他看起来有些闷闷不乐，听到亨利勋爵的最后一句话，他瞥了勋爵一眼，犹豫了一会儿，然后说道：“哈里，我想今天把这幅画

① 白教堂（Whitechapel）：伦敦东部陶尔哈姆雷茨（Tower Hamlets）行政区，是伦敦东区贫民窟最集中的一个区域。

画完。如果我请你离开，你不会怪我太无礼吧？”

亨利勋爵微笑着问道林·格雷道：“我要离开吗？”

“噢，请你别走，亨利勋爵。我看得出来，巴兹尔在生闷气，我最受不了他生闷气了。还有，我想请你告诉我，为什么我不能做慈善呢？”

“我不知道要不要告诉你，格雷先生。这个话题太沉闷了，非得一本正经地谈不可。不过既然你让我留下，我是绝不会逃走的。你不会真的介意吧，巴兹尔？你经常跟我说，你喜欢有人跟你的模特聊聊呢。”

霍尔沃德咬了咬嘴唇，“既然道林希望如此，你当然得留下。道林的一时兴趣，对旁人来说就是法律，除了他自己。”

亨利勋爵拿起帽子和手套。“你很恳切，巴兹尔，但我看我还是得走。我在奥尔良俱乐部[①]约了人。再见，格雷先生，哪天下午到寇松街[②]来看我，五点钟我一般都在家。来之前写封信。碰不到你我会很遗憾的。”

---

① 奥尔良俱乐部（The Orleans）：伦敦一家上流社会板球俱乐部（1878 年至 1888 年营业），原址位于奥尔良路，在国王路有会所。

② 寇松街（Curzon Street）：伦敦威斯敏斯特区的一条街道，以英国将军乔治·奥古斯都·寇松－豪（George Augustus Curzon-Howe，1725—1758）的名字命名。

“巴兹尔，”道林·格雷叫道，“要是亨利·沃顿勋爵走，那我也走。你画画的时候总不开腔，我站在台上强颜欢笑可真闷得慌。请他留下，我坚持。”

“留下吧，哈里，为了道林，也为了我。”霍尔沃德全神贯注地盯着画像说道，“一点不假，我工作时从不说话，也从不听人说话，肯定让我不幸的模特闷得慌。我请求你留下来。”

“可我在奥尔良俱乐部约的人怎么办？”

画家笑了，“我看一点事儿也没有。坐下吧，哈里。道林，到台上去，别乱动，也别理会亨利勋爵说什么。他对所有朋友的影响都极坏，只有我例外。”

道林·格雷带着一副希腊青年烈士的神态踏上了台，向亨利勋爵不满地噘了噘嘴，其实心里对他颇有好感。他跟巴兹尔大不一样，两人形成一种有趣的对照，而且他的嗓音又那么悦耳。过了一会儿他开口问道：“你真的给人极坏的影响吗，亨利勋爵？真有巴兹尔说的那么坏吗？”

“根本就没有所谓的好影响，格雷先生。所有的影响都不道德——从科学的角度说。”

“为什么？”

“因为影响一个人就是把自己的灵魂强加给他。如此一来，他的思想就不再是天性的思想，激情也不再是天性的激情；他的美德对他也不真实了；他的罪孽，如果所谓的罪孽存在的话，也是借用的。他就成了别人音乐的回声，扮演着本来不是为他写的角色。但是生命的目的在于自我发展。完美地实现我们的天性——这正是我们每个人人生在世的目的。可现在，大家都害怕自己。他们已经忘记了最高的责任，那就是对自己的责任。当然他们慈悲为怀，他们给饥者食、寒者衣，但是他们自己的灵魂在挨饿受冻。我们这个种族已经丧失了勇气，也许我们从未真正有过勇气。对社会的敬畏是道德的基础，对上帝的敬畏是宗教的奥秘——正是这两者统治着我们。然而——”

“头往右边偏一点，道林，乖孩子。”画家说道，他正陶醉在工作中，只意识到那年轻人脸上露出了一种他从未见过的神情。

“然而，”亨利勋爵继续说道，嗓音低沉而悦耳，一面优雅地挥着手，那是他的标志性动作，上伊顿[①]的时候就早已形成，“我相信，人若是想充实完整地生活，给每一份感情赋予形式，让每一种思想自由表达，让每一个梦想成真——我相信，世界就会获得一种新鲜的快乐冲动，我们也会忘了一切中世纪的痼疾，重回希腊的理想——或许比希腊的理想更美好、更丰富。但是我们中最勇敢的人都害怕自己。野蛮人式的残缺，还可

① 伊顿（Eton）：伊顿公学，英国著名的贵族男子中学，1440年创办于伦敦之西的伊顿镇。

悲地活在我们的自我否定中，毁坏我们的生活。我们因为拒绝而遭受惩罚。我们努力扼杀的每一种冲动都在脑中生根发芽，毒害着我们。肉体造下罪孽，便不会再继续，因为行动就是一种净化。剩下的只有快感的回忆和奢侈的悔恨。摆脱诱惑的唯一办法就是接受诱惑。你一抵抗，灵魂就会生病，因为它渴望禁锢之物，渴望那些已经被可怕的法律定为可怕且非法的东西。据说，世间大事都发生在脑子里，其实世间大恶也发生在脑子里，而且只能在脑子里。你，格雷先生，就说你吧，虽然你有红玫瑰般的青春和白玫瑰般的童年，也有让你害怕的激情、让你恐惧的思想，还有一想起来就让你脸红羞愧的幻想和梦境——”

“别说了！”道林·格雷声音颤抖着说道，“别说了！你把我说糊涂了。我不知道说什么好，我应该有话回你，但一时想不起来。别说话，让我想想，或者不如说，让我什么都别想。”

他一动不动地站在那里，大概有十分钟，双唇微张，眼睛异样发亮。他隐约感到体内正受到一种全新的影响，但这种影响又好像发自他自身。巴兹尔的朋友跟他说的那几句话——无疑只是信口开河、故弄玄虚——却触动了他某根隐秘的心弦，之前这根弦从未被触碰，现在却随着某种奇特的节奏振动着、悸动着。

音乐也曾如此让他悸动，也曾多次扰乱他的心，但是音乐是说不出来的。它在我们心中创造的不是一个新世界，而是另一片混沌。语言！仅仅是语言！它们多么可怕，多么清晰，多么生动，而又多么残酷！让人无处可逃。但是其中又有多么微妙的魔力啊！它们似乎能给无形的事物可塑的形式，而且独具一种音乐，堪与维奥尔琴[1]或鲁特琴[2]相媲美。只有语言！还有什么能像语言这般真实？

有，童年时他曾有些不懂的东西。现在他懂了，他突然觉得生活一片火红，好像自己一直在烈火中行走。为什么之前他不知道呢？

亨利勋爵带着捉摸不透的微笑望着他。亨利勋爵非常了解在这种心理时刻应该沉默不言。他觉得兴趣盎然，惊异于自己的话产生的意外效果，不禁想起十六岁时读过的一本书，那本书向他揭示了很多之前不为他所知的东西，他琢磨着道林·格雷是不是在经历类似的过程。他只是对空射了一箭，竟然中靶了吗？这小伙子多么令人着迷啊！

霍尔沃德画笔不辍，笔触非凡而又大胆，其艺术之洗练与精妙归根到底只能源自其深厚功力。他对两人的沉默毫无察觉。

---

① 维奥尔琴（viol）：一种擦奏弦鸣乐器，16 世纪至 18 世纪流行于欧洲。

② 鲁特琴（lute）：欧洲的一类曲颈拨弦古乐器的总称。

“巴兹尔，我站累了。”道林·格雷突然喊道，“我得到外面花园里坐坐，这里面太闷了。”

“亲爱的伙计，实在不好意思。我一画画，就心无旁骛。但是你今天站得再好不过了，一动也没动。我已经捕捉到了我想要的效果——嘴唇半开，眼神泛光。我不知道哈里跟你说了些什么，但他肯定让你露出了最奇妙的神情。我想他是在恭维你吧，你可一个字也别信他的。”

“他才没有恭维我呢。也许正是如此，他说的我才什么都不信。”

“你心里清楚，你全都信了。”亨利勋爵说道，用蒙眬倦怠的眼神望着他，“我陪你去花园。这画室里真热得要命。巴兹尔，来点冰镇饮料吧，加点草莓。”

“行，哈里。拉下铃就行了，等帕克来了，我告诉他你们想喝什么。我得把背景画完，待会儿就来找你们。别让道林耽搁太久。我从来没有今天这么好的作画状态，这幅画会成为我的杰作，现在就可以算杰作啦。”

亨利勋爵走进花园，发现道林·格雷把脸埋在一大簇清凉的丁香花丛中，像喝酒似的贪婪地吸着花香。他走过去，把手搭在他肩膀上。“你这样做很对，”他低声道，“除了感官什么都无法治愈灵魂，正如除了灵魂什么都无法治愈感官。”

小伙子惊得往后一缩。他没戴帽子，叶子搅乱了他那桀骜不驯的鬈发，让一头金色的发丝都纠缠起来。他眼中含着恐惧，就像突然被惊醒；精致的鼻子打着颤，一阵内心的紧张让他双唇朱色消退，颤抖不已。

“是的，”亨利勋爵继续说道，“这是生命最大的秘密之一——用感官治愈灵魂，用灵魂治愈感官。你是上帝创造的一个奇迹。你实际知道的比自以为知道的多，就像你知道的比你想知道的少。”

道林·格雷皱起眉头，转过头去。他情不自禁地喜欢上了身边这个修长优雅的年轻人，被他橄榄色的浪漫脸庞和疲惫的神情所吸引。他那低沉慵懒的嗓音极其迷人。那双清凉的手白得像花儿一样，有种奇特的魔力。他说话时，双手就像和着音乐一样舞动，似乎有种自己的语言。但他害怕他，可又羞于害怕。为什么他的自我竟要由一个陌生人来向他揭示？他已经认识巴兹尔·霍尔沃德好几个月了，但是他俩的友谊从未改变他什么。现在却突然有人闯进他的生活，而且仿佛向他揭示了生活的秘密。可是，这又有什么可怕的呢？自己又不是学生或小姑娘，害怕才荒唐呢。

“我们到树荫下坐吧，”亨利勋爵说道，“帕克送了饮料过来。太阳这么毒，再多待一会儿你就要毁了，巴兹尔就再也不会画你了。你可千万别晒伤了，那就不好看了。”

“那有什么关系呢？”道林·格雷笑着嚷道，一边在花园尽头的椅子上坐了下来。

“这对你可关系着一切，格雷先生。”

“为什么？”

“因为你拥有最奇妙的青春，而青春是唯一值得拥有的东西。”

“这我可没感受到，亨利勋爵。”

“对，你现在感受不到。等有一天你又老又丑，满脸皱纹，思虑在你额头烙上纹路，可怕的激情之火烫伤你的双唇，到时候你就会感受到了，就会强烈地感受到。现在不管你到哪儿，都能让世人迷醉。你能永远如此吗？……你有一张美得惊人的脸，格雷先生。别皱眉头，你真的有。而美是一种天才——其实高于天才，因为它不需要解释。美是世界一大客观存在，就像阳光、春天，或是我们称之为‘月亮’的那个银色蚌壳在黑水上的倒影，是不容置疑的。美拥有自己神圣的主权，可以把拥有它的人变为王子。你在笑？啊！等你失去了美的时候，你就笑不出来了……有时人们说美很肤浅。也许是的，但是起码美不像思想那么肤浅。对我来说，美是奇迹中的奇迹。只有浅薄的人才不以貌取人。世界真正的奥秘是有形的，而不是无形的……是啊，格雷先生，神灵眷顾你啊，但是神灵恩赐给你的，他们很快又会收回。你只有几年时间能真实、完美、充分地生活。

青春一逝，美也随之而去，那时你就会突然发现自己不会再有什么胜利，或者只好满足于一些小胜，但往昔的记忆会让这些小胜比失败还要使你痛苦。光阴消逝，逐渐使你临近某种可怕的东西。时间嫉妒你，摧残你的美貌。你会变得面如菜色，两颊凹陷，目光呆滞。你会极其痛苦……啊！趁你还拥有青春时，好好享用吧。别听那些沉闷的说教，别去挽回那无可挽回的败局，别在愚昧、平庸、粗俗的人身上消磨生命，而浪费了你的黄金岁月。那是我们这个世道病态的目标、虚假的理想。生活吧！活出生活的奇妙！点滴都别浪费。始终搜寻新的感受。无所畏惧……一种新的享乐主义，正是我们这个世纪所需要的。你可以成为其有形象征。凭此美貌，你无所不能。世界属于你，只此一季……我一见你就看出来了，你还没意识到自己到底是什么样的人，可以成为什么样的人。你身上有太多吸引我的东西，我觉得必须让你认清你自己。我觉得，如果你虚度青春，就太可悲了，因为你的青春只能持续一小段时间——转瞬即逝。山间野花凋谢还会再开，明年六月的金链花会开得像今年一样金黄，一个月之内铁线莲就会绽放出紫色的星星，年复一年，它那夜色一般翠绿的叶子都会托起紫色的星星。但是我们的青春一去不复返。我们二十岁时的欢快脉搏会变得迟缓，四肢衰弱，感觉迟钝。我们会退化成丑陋的傀儡，心头萦绕着曾经恐惧不已的激情，和缺乏勇气接受的美妙诱惑。青春！青春！世间别无他物，唯有青春！”

道林·格雷睁大眼睛惊奇地听着，手上一束丁香花落到了砂砾路上。一只毛茸茸的蜜蜂飞过来，绕着它嗡嗡地飞了一会儿，随即落到那椭圆星形的小花球上爬来爬去。他饶有兴致地注视着它，当重要的事情让我们感到恐惧，当某种不可名状的新情绪让我们激动，或是当某种吓人的思绪突然侵袭我们的头脑要我们屈服的时候，我们就会对琐碎的事物产生这种奇特的兴致。过了一会儿，蜜蜂飞走了，他看见它钻进了一朵沾有污迹的牵牛花喇叭里，那花似乎颤动了一下，接着轻轻地来回摇摆起来。

突然，画家出现在画室门口，断断续续向他们打了些手势，要他们进去。他们相视而笑。

“我等着呢，”他喊道，“快进来。现在光线最好，你们可以把饮料带进来。”

他们站起身，一同沿着小道踱了回去。两只绿白相间的蝴蝶从他们身边翩翩飞过，花园一角的梨树上一只画眉唱了起来。

“遇见我你很高兴吧，格雷先生？”亨利勋爵看着他说道。

“是的，我现在很高兴，可我在想，我能永远高兴吗？”

“永远！那是个可怕的字眼，我一听就发抖。女人很喜欢用这个词，她们想要让每一段浪漫都天长地久，结果却把它们全毁了。而且这个词毫无意义，逢场作戏和终生不渝的唯一区别，就在于逢场作戏稍微经久一些。”

两人走进画室的时候，道林·格雷挽起亨利勋爵的手臂，喃喃说道：“既然如此，就让我们的友谊逢场作戏吧。”他还没说完就因为自己的唐突羞红了脸，随后踏上模特台，摆出原来的姿势。

亨利勋爵坐进一把大柳条扶手椅里看着他。只有画笔在画布上的挥洒打破沉静，此外便是霍尔沃德不时退后几步打量画幅的脚步声。阳光从打开的门里斜射进来，金色的尘埃在阳光中飞舞，浓郁的玫瑰花香似乎笼罩了一切。

大约一刻钟过后霍尔沃德停了笔，咬着大画笔的一头，皱着眉头，久久地凝视着道林·格雷，然后又久久地凝视着画像。“全画好了。”最后他出声道，然后躬下身子在画布的左下角签上长长的朱红色名字。

亨利勋爵过来审视着画像。这无疑是一幅绝妙的艺术杰作，而且颇为逼真。

“亲爱的朋友，我热烈地祝贺你。”他说道，“这是现代最精美的肖像画。格雷先生，过来看看你自己吧。”

那小伙子震了一下，有如从梦中惊醒。

“真的全画完了？”他喃喃道，一边从台上走了下来。

“全画完啦。”画家说道，“你今天姿势摆得好极了，我非常感激你。”

“那全亏了我，”亨利勋爵插嘴道，“不是吗，格雷先生？”

道林没有回答，只是无精打采地走到画像前，转身看着画。看到画他却往后一退，快乐的红晕在脸上一闪而过，眼眸里透出欢欣的光，仿佛第一次认出自己。他一动不动地站在那里，一脸惊异，恍惚中意识到霍尔沃德在跟他说话，但又不知道说了些什么。他突然意识到自己的美，如有神启，而之前他从未察觉过。巴兹尔·霍尔沃德的赞美似乎只是出于友谊的夸饰，固然悦耳，但他听过之后付之一笑便忘掉了，不曾影响他的天性。然后出现了亨利·沃顿勋爵对青春奇怪的颂扬，对青春易逝可怕的警告。这番话当时就震动了他，而现在，当他站在那里注视着自己可爱的影像，他才幡然醒悟其中真意。是的，有那么一天他的脸会起皱萎缩，眼睛暗淡无光，优雅的身形扭曲变形，唇上的朱红会消失，头发的金色也会被偷换。原本塑造他灵魂的生命将会毁伤他的形体。他会变得可怕、丑陋而且粗俗。

想到这些，一阵剧痛像刀刮一样传遍他全身，使他天性中每一根纤弱的神经都战栗起来。他的眼前蒙上了一层泪雾，化作了紫晶色。他感觉仿佛有一只冰冷的手压在了心头。

“你不喜欢吗？”霍尔沃德终于叫道，小伙子的沉默有点刺激到他了，他不明白是怎么回事。

“他当然喜欢了。”亨利勋爵说道，“谁能不喜欢呢？这是现代艺术中最伟大的作品之一。你开价多少，我都愿意给。我一定要买下它。”

“这可不是我的财产，哈里。”

“那是谁的呢？”

“当然是道林的。”画家答道。

“这家伙真走运。”

“多可悲啊！”道林·格雷喃喃道，眼睛还盯着自己的画像，“多可悲啊！我会变老，变丑，变得可怕，但是这幅画像却会永远年轻，永远也只有今年六月今天这么大……要是反过来就好了！要是我可以永远年轻，让这幅画去变老就好了。如果可以——如果可以——我愿意献出一切！是的，人世间没什么我不可以割舍！我愿以灵魂交换！”

“你怕是不会喜欢这样的安排吧，巴兹尔？”亨利勋爵笑着嚷道，“那你的大作可就起皱纹啦。”

“我会强烈反对，哈里。”霍尔沃德说道。

道林·格雷转过身来看着他。“我就知道你会反对，巴兹尔。你爱你的艺术甚于你的朋友。对你来说，我不过是一尊青铜雕像，我敢说，可能连铜像都不如。”

画家惊愕地瞪着眼。这话太不像道林说的了，出了什么事？他好像很生气，满面通红，脸颊火热。

“是的，”他继续说道，“我在你眼里还不如赫耳墨斯①的象牙雕像或是法翁②的银像，你会永远喜欢它们，但你会喜欢我多久？到我有第一条皱纹为止，对不对？现在我明白了，不管是什么人，只要失去了美貌，就失去了一切。是你的画让我明白的。亨利·沃顿勋爵说得完全正确，青春是唯一值得拥有的东西。等我发现自己在衰老时，我就自杀。”

霍尔沃德吓得脸色惨白，一把抓起他的手。“道林！道林！”他叫道，“别这么说。我从来没有像你这样的朋友，也不会再有第二个。你不会嫉妒物质的东西吧？——你可比任何物质的东西都美！”

“我嫉妒任何拥有不灭之美的东西，我嫉妒你给我画的这幅肖像。为什么我要失去的东西，它却能保留？逝去的每一刹那都从我身上带走了些什么，添加到它上面去了。啊，要是能反过来就好了。要是这幅画像会

① 赫耳墨斯（Hermes）：希腊神话中商业、发明和灵巧之神，盗贼的保护神，也是众神的信使和书吏。

② 法翁（Faun）：罗马神话中半人半羊的农牧神。

变老，而我却永远像现在这样年轻就好了！你为什么要画这幅画？总有一天它会嘲笑我——狠狠地嘲笑我！”他眼里涌满热泪，一下子抽出他的手，扑到长沙发上，把脸埋在靠枕中间，就像在祈祷。

“瞧你干的好事，哈里。”画家怨恨地说道。

亨利勋爵耸了耸肩：“这才是真正的道林·格雷——仅此而已。”

“这不是。”

“就算不是，跟我有什么关系？”

“我叫你走的时候你就该走。”他咕哝道。

“你叫我留下我才留下的。”亨利勋爵答道。

“哈里，我不能同时和两个最好的朋友吵架，但是你们两个让我恨透了我最好的作品，我要把它毁了。一幅画算什么？画布加颜料而已，我不会让它插足破坏我们三个人的生活。”

道林·格雷从靠枕中间抬起一头金发的脑袋，脸色苍白，满眼泪痕地望着他，霍尔沃德正向摆在高挂长帘的窗户边的松木画桌走去。他在那儿干什么？他的手指在零乱的锡管和干画笔中间乱摸，在找什么东西。对，他在找那把软钢镶刃的长调色刀，最后他找到了，他要把画割破。

小伙子发出一声压抑的呜咽，从沙发上跳起，扑向霍尔沃德，夺过刀子，一把扔到画室尽头。“不要，巴兹尔，不要！”他叫道，“你这是谋杀！”

“我很高兴你总算欣赏我的作品了，道林。”画家从惊愕中缓过来后冷冷说道，“我还以为你永远都不会呢。”

“欣赏它？我爱它，巴兹尔。它是我的一部分，我能感觉到。”

“那好，等你干透了，我就给你上漆，加框，送你回家，然后你就可以随心所欲地处置你自己啦。”他走到屋子另一头，拉铃叫茶，“茶你要喝吧，道林？你也要吧，哈里？这种简单的享受你们不会反对吧？”

“我可喜欢简单的享受了，”亨利勋爵说道，“那是逃避复杂世事的最后避难所。不过我不喜欢哭哭闹闹的，舞台上的哭闹除外。你们多荒唐，你们两个都是！不知道是谁把人定义为理性动物的。那是最草率的定义了，人什么都能有，就是不会有理性。不过我倒是很高兴人没有理性——虽然我希望你们别再为这幅画拌嘴了。这幅画还是给我吧，巴兹尔。这傻小子并不是真的想要，我可是真想要。”

“如果你把这幅画给了除我以外的任何人，巴兹尔，我永远也不会原谅你！”道林·格雷叫道，“还有，我不准任何人叫我傻小子。”

“你知道这幅画是你的，道林，还没开始画我就把它给你了。”

“你也知道你刚刚是有点犯傻，格雷先生。还有，说你太年轻，你也并不是真的反对。”

“今天早上我就该强烈反对，亨利勋爵。”

“啊！今天早上！从那时候你才开始生活呢。”

敲门声传来，管家端着满满的茶盘进来，放在一张小巧的日本茶几上。杯盘一阵叮当，一只刻有凹槽花纹的乔治王时代[①]的水壶嘶嘶作响。侍童送来两只球形瓷碗。道林·格雷走过去斟好茶。两人懒懒地踱到桌边，品味起杯里的茶来。

“我们今晚去看戏吧，”亨利勋爵说道，“总有地方在演戏。我原本答应在怀特家吃饭的，不过他是老朋友了，我可以拍个电报过去说我病了，或者说有新约不能去就是了。我觉得这是个很好的托辞：率直得让人吃惊。”

“穿得衣冠楚楚真叫人难受。”霍尔沃德嘟哝道，“何况还那么难看。”

“对，”亨利勋爵心不在焉地答道，“十九世纪的服装叫人厌恶。太阴沉，太压抑了。犯罪成了现代生活中唯一带色彩的元素了。”

“这种话你真的不该当道林面说，哈里。”

“当哪个道林的面？给我们斟茶的这个，还是画里

① 乔治王时代：指英国乔治一世至乔治四世在位时期（1714年至1830年）。

的那个？”

“两个都不行。”

“我想跟你一起去看戏，亨利勋爵。”小伙子说道。

“那就去呗，你也去吧，巴兹尔？”

“我去不了，真的。我还是不去吧，我还有很多事要做。”

“那好吧，就你跟我去，格雷先生。”

“非常乐意。”

画家咬着嘴唇，手里拿着茶杯，走到画像跟前。“我要跟真的道林在一起。”他伤感地说道。

“那是真的道林吗？”画像的模特叫道，一边踱到他身边，“我真是这样吗？”

“是，你就是这样。”

“多妙啊，巴兹尔！”

“至少你看起来像。不过它是永远也不会变的。”霍尔沃德叹道，“这可不是小事。”

“看人把忠贞看成多了不得的事啊！”亨利勋爵惊呼道，“唉，就算是在爱情里这也纯粹只是个生理学问题，跟我们的意志毫无关系。年轻人信誓旦旦，可并不忠诚；老年人想不忠诚吧，又做不到：如此而已。”

“今晚别去看戏了，道林，”霍尔沃德说道，“留下来跟我一起吃饭吧。”

“不行，巴兹尔。”

“为什么？”

“因为我已经答应亨利勋爵跟他一起去看戏。”

“他是不会因为你遵守诺言而更加喜欢你的，他自己就常常食言。我请求你别去了。”

道林·格雷大笑着摇了摇头。

“我求你了。”

小伙子踌躇起来，朝亨利勋爵望去，勋爵正在茶几旁饶有兴致地观察着他们俩。

“我必须去，巴兹尔。”他回答道。

“很好，”霍尔沃德道，走到茶几边把茶杯放在托盘上，“已经很晚了，你还要换衣服，就别浪费时间了吧。再见，哈里。再见，道林。尽早来看我，明天就来。”

“一定。”

“你不会忘了吧？”

“不会，当然不会。”道林叫道。

“还有……哈里！”

“嗯？巴兹尔。”

“记住上午在花园里我要你注意的事。”

“我已经忘了。”

“我信任你。”

“但愿我能信任自己。”亨利勋爵大笑道，“走吧，格雷先生，我的汉瑟姆出租马车[①]就在外面，我可以送你回家。再见，巴兹尔。今天下午过得非常有趣。”

门在两人身后关上了，画家倒在沙发上，脸上露出痛苦的表情。

---

① 汉瑟姆出租马车（hansom）：一种两轮马车出租车，以发明人约瑟夫·汉瑟姆（Joseph Hansom，1803—1882）命名。

第三章

第二天十二点半，亨利·沃顿勋爵信步从寇松街踱到奥尔巴尼[①]去看他的舅舅弗莫尔勋爵。他是个略显粗鲁，其实和蔼可亲的老单身汉。外界说他自私，因为从他身上揩不到什么油；可上流社交圈里却认为他很慷慨，因为谁讨他喜他就为谁花钱。当伊莎贝拉[②]还很年幼，普里姆[③]还名不见经传的时候，他父亲就当上了英国驻马德里大使，却因为未能谋得驻巴黎大使一职使他一气之下出乎意料地退出了外交圈，因为他觉得不论是凭自己的出身、懒散做派、漂亮的公文英语，还是凭他纵情享乐的激情，这个职位都非他莫属。当时给他当秘书的儿子也一同辞了职，此举当时颇遭非议，被认为不智。几个月后儿子继承了爵位，便潜心研究起无所事

---

① 奥尔巴尼（The Albany）：位于伦敦皮卡迪利街的高档公寓建筑群。

② 伊莎贝拉：西班牙女王伊莎贝拉二世（Isabella Ⅱ，1830—1904），1833 年至 1868 年在位，1868 年西班牙光荣革命后流亡法国并定居巴黎。

③ 普里姆：胡安·普里姆（Juan Prim，1814—1870），西班牙将军、政治家，主张实行君主立宪制的进步党领袖之一，在 1833 年西班牙内战中拥护伊莎贝拉一世的后裔，1868 年伊莎贝拉二世被废后短暂出任首相，直至遇刺。

事这门伟大的贵族艺术来。他在城里拥有两栋大房子，却宁愿图省事，住在会所里，饭也大多在俱乐部里吃。他在英格兰中部拥有几个煤矿，为经营煤矿他颇操了些心，对自己染指实业的事，他借口说，煤的唯一好处是能让绅士保有在壁炉里烧木材的体面。政治上他是个保守派，但在保守党执政时例外，那时他就严词斥责他们是一帮激进分子。他在贴身男仆面前是个英雄[①]，却老被贴身男仆欺负；他在大部分亲戚面前是个霸王，反过来老欺负他们。只有英国才能培育出他这种人，他还老说国家快要垮台了。他的原则早已过时，但是他的偏见却大有可谈。

亨利勋爵走进屋里，见他舅舅身着粗犷的猎装，一边坐着抽方头雪茄，一边对着《泰晤士报》发牢骚。“嗯，哈里，”老绅士说道，“什么风这么早就把你吹出来了？我还以为你们这些花花公子要睡到两点，不到五点见不到人影呢。”

“我保证纯粹是出于家族亲情，乔治舅舅。我想跟您要点东西。”

“我看是要钱吧。”弗莫尔勋爵做了个鬼脸说道，“来，坐下说个明白。现在的年轻人呐，以为金钱

---

① 法国谚语“任何人在他的贴身男仆眼里都不是英雄”（Aucun homme n'est un héros pour son valet）的反用，经常欺负弗莫尔勋爵的贴身男仆显然不视其为英雄。

就是一切。”

“是的，”亨利勋爵咕哝道，一边整理着上衣饰纽上的花儿，“等他们年纪大些就明白了。不过我要的不是钱。只有买单的人才要钱，乔治舅舅，我从来不买单。不是长子的好处是可以赊账，靠赊账过日子可滋润了。还有啊，我常跟达特穆尔[①]的生意人打交道，所以他们从来不烦我。我要的是消息：当然不是有用的消息，而是没用的消息。”

“好吧，哈里，《英国蓝皮书》[②]里任何消息我都可以告诉你，虽然现在那些家伙写了不少废话。想当年我在外交圈的时候，情况可好多啦。可我听说他们现在是通过考试招人的，那你还能期待什么呢？先生，考试从头到尾都是扯淡。如果是一个绅士，他知道的就够多了；如果不是，不管他知道什么对他来说都只有坏处。”

“道林·格雷先生不在《蓝皮书》里，乔治舅舅。”亨利勋爵懒懒地说道。

“道林·格雷先生？他是谁呀？”弗莫尔勋爵紧皱着浓密的白眉问道。

---

① 达特穆尔（Dartmoor）：英国西南部德文郡的高原地区。

② 《英国蓝皮书》（*English Blue Book*）：英国议会或枢密院发布的报告通用蓝色封皮，俗称《蓝皮书》。此外，《蓝皮书》亦指名人录（见第十三章）。

“我就是来打听这个的，乔治舅舅。不如这么说吧，我知道他是谁。他是末代凯尔索勋爵的外孙。他母亲是德弗罗家族[①]的，玛格丽特·德弗罗夫人。我想您跟我讲讲他母亲。她长什么样？嫁给了谁？跟您同时代的人您几乎都认识，所以说不定也认识她。我目前对格雷先生很感兴趣，我刚认识他。”

“凯尔索的外孙！”老绅士重复道，“凯尔索的外孙！……当然……我跟他母亲很熟。我记得我好像还参加了她的洗礼。她是个美丽非凡的姑娘，玛格丽特·德弗罗，可她跟一个一文不名的年轻人私奔了，搞得舆论哗然——那家伙不过是个小人物，步兵团里一个副官，或是那类人。就是这样，这件事我记得很清楚，恍如昨日。婚后几个月，那可怜的伙计就在斯帕[②]跟人决斗丢了性命。还有些不堪入耳的谣传，说是凯尔索找了个无赖冒险家，一个比利时恶棍，当众侮辱他女婿——花钱的，花钱雇的，先生，——那家伙拿那年轻人当傻瓜，吐他唾沫。这事后来给压下去了，但是，天哪，之后很长一段时间凯尔索都是一个人在俱乐部里啃排骨。我听说，他把女儿带了回来，但她再也没有跟他

① 德弗罗家族（Devereux）：英国常见姓氏，英国唯一现存的子爵爵位赫里福德子爵（Viscount Hereford）即属德弗罗家族。

② 斯帕（Spa）：比利时一小镇，以富含矿物质的温泉闻名，水疗（SPA）即以此镇命名。

说过一句话。唉，是啊，这事弄得很糟。不到一年，那姑娘也死了。这么说，她留下了个儿子，是吗？我都忘了。是个什么样的孩子？要是长得像他妈妈，一准是个美男子。”

“他长得漂亮极了。”亨利勋爵同意道。

“但愿他别落到坏人手里。”老爷子继续道，“要是凯尔索对他公道，应该有一大笔钱等着他。他妈妈也有钱，塞尔比[1]的全部产业都归她了，她外祖父给的。她外祖父恨凯尔索，觉得他是条卑鄙的狗，他倒也的确是。我在马德里时，他去过一次。天哪，我都为他害臊。女王问过我，老跟马车夫斤斤计较车钱的英国贵族是谁。还有人添油加醋，把这件事传得沸沸扬扬。结果我整整一个月都不敢在宫廷露面。但愿他对外孙比对马车夫好一点。”

“我不知道，”亨利勋爵答道，“我猜想那孩子会有钱的。他还没成年，塞尔比的产业归他，这我知道，他告诉我的。还有……他母亲很漂亮吗？”

“玛格丽特·德弗罗是我见过最可人的姑娘之一，哈里。我怎么也没搞明白，是什么让她这么干的。要找人嫁，还不是随她挑？卡林顿疯狂追求她。不过她天性浪漫，那个家族的女人都很浪漫。男的都是些窝囊废，

① 塞尔比（Selby）：塞尔比家族起源于英国约克郡塞尔比镇，以产业众多著名。

可是，天哪，女的都是些妙人。卡林顿向她下跪求婚，他自己告诉我的，可她却嘲笑他。当时伦敦没有一个姑娘不追求他的。哦，对了，哈里，说到糊涂婚姻，你爸告诉我，达特穆尔这个糊涂蛋想娶个美国姑娘？难道英国姑娘配不上他？”

“眼下娶美国姑娘可是很时髦的，乔治舅舅。”

“我敢打赌，英国姑娘是全世界最好的，哈里。”弗莫尔勋爵一拳砸在桌子上叫道。

“赌注都押给美国姑娘喽。”

“听说美国姑娘不长久。”他舅舅嘟哝道。

“持久战她们耗不起，但是障碍赛她们可了不得。她们太善变，我觉得达特穆尔没机会。”

“她家里有些什么人？”老绅士嘟囔道，“她家里有人吗？”

亨利勋爵摇了摇头。“美国姑娘善于隐瞒父母的情况，就像英国女人善于隐瞒她们的过去。”他说道，起身要走。

“我估计是做猪肉包装的吧。”

“但愿如此，乔治舅舅，为达特穆尔着想。我听说在美国做猪肉包装可是最赚钱的行当，仅次于从政。”

“她长得漂亮吗？”

“她摆着一副美人架子，大部分美国女人都这样，这就是她们的魅力的奥秘。”

“为什么这些美国女人不能待在自己国家？他们不总说美国是女人的乐园吗？”

“没错，正因为是乐园，她们才像夏娃一样迫不及待要出来。”亨利勋爵说道，“乔治舅舅再见。我再不走就赶不上午饭了。谢谢您给了我想要的消息。我一向喜欢了解新朋友的一切，老朋友我就什么也不想知道。”

“你在哪儿吃午饭，哈里？”

“在阿加莎姑妈家。我邀请了我自己，还有格雷先生，他是她的新宠。”

“哼！告诉你阿加莎姑妈，别再拿什么慈善来烦我了，我烦透了。哎呀，这个慈善婆婆以为我除了给她那些愚蠢的怪癖写支票就没事干了。”

“行，乔治舅舅，我会告诉她的，可是不会奏效的。慈善人物已经人性尽丧，这就是他们的显著特征。”

老绅士低声“啊”了一声以示赞同，拉铃叫仆人送客。亨利勋爵穿过低矮的拱廊进了伯灵顿街[①]，转身向伯

---

① 伯灵顿街（Burlington Street）：在本书出版年代伦敦已有老伯灵顿街（Old Burlington Street）和新伯灵顿街（New Burlington Street），两者相距不远，都在伯灵顿伯爵的伯灵顿庄园（Burlington Estate）内。

克利广场[1]走去。

道林·格雷的身世原来如此。虽然语焉不详，却惹他想象出了一段奇特、近乎现代的爱情故事。一个美丽的女人为了一段狂热的激情不顾一切；一桩丑恶奸诈的罪行终结了几个星期狂野的欢愉；几个月无声的苦痛，继而是一个孩子在痛苦中诞生；母亲被死神攫走，男婴留给了孤独和一个铁石心肠的暴虐老头。是啊，真是有趣的背景，衬托了那孩子，使他更臻完美。世间但凡存在过的完美之物，背后都有某种悲剧的成分。必须经历阵痛，最卑微的花朵才能开放[2]……昨天在俱乐部晚餐时他多么迷人啊！他就坐在对面，既害怕又开心，眼神略露惊恐，双唇微微张开，红色的烛影映照着他惊艳欲醒的脸庞，染上了一层更浓郁的玫瑰色。跟他说话就像是抚弄一把精致的小提琴，琴弓的每次触碰、每次颤动，他都给予回应……对人施加影响真是令人销魂，没有旁的活动能够比拟。把自己的灵魂投射到某个

---

① 伯克利广场（Berkeley Square）：位于伦敦威斯敏斯特梅菲尔的一座公共花园广场，靠近斯特拉顿的伯克利男爵的伯克利府；1696 年转售给德文郡公爵（Duke of Devonshire）后改名为德文郡府（Devonshire House）。

② 呼应英国浪漫主义诗人威廉·华兹华斯（William Wordsworth，1770—1850）的诗句“在我看来，最卑微的花朵都有思想，深藏在眼泪到不了的地方”（To me the meanest flower that blows can give thoughts that do often He too deep for tears）。

优美的形体中，并让它在那里稍作逗留；听见自己理性见解的回声，更增添了激情和青春的旋律；把自己的气质输送给他，就像某种微妙的流体或奇特的芳香：此中有真乐——在我们这个狭隘而庸俗的时代，在这个追求粗鄙肉欲、志趣极其平庸的时代，也许这是最能让人满足的欢乐……他在巴兹尔的画室里机缘巧合结识的这个小伙子，真是个奇妙的典型，至少可以塑造成奇妙的典型。典雅如此，少年纯真，还有他的美，就像保存完好的古希腊大理石，可以塑造成任何东西，可以是泰坦[①]巨人，也可以是小玩具。这样的美却注定要凋谢，多么可惜！……巴兹尔呢？从心理学的角度来看，他多么有趣！新的艺术风格，观察生活的崭新模式，一个对此全然不知的人一出现就把这些都奇妙地启动了；住在朦胧森林中，在旷野里隐身漫步的沉默精灵突然显形了，美如德律阿得斯[②]但不惊恐，因为他的灵魂一直追求着她，其中那种神奇的观察力如今已被唤醒，神奇事物只在这种观察力面前才会显露；事物的外形和式样都变得精美起来，而且获得了一种象征的价值，仿佛它们只是某些更完美形体的图案，只体现其

① 泰坦（Titan）：希腊神话中的神族，即第一代神王乌拉诺斯（Uranus）与地母盖娅（Gaia）的十二个子女，身形巨大，曾推翻乌拉诺斯统治的世界，但最终被奥林匹亚众神打败。

② 德律阿得斯（Dryades）：希腊神话中森林与树之女神，性格羞涩易惊恐。

影像。这一切多么奇妙啊！他想起了历史上相似的情形。不就是柏拉图，那个思想艺术家，首先对它进行剖析的吗？不就是博那罗蒂[①]把它刻在写有十四行组诗的彩色大理石上的吗？但是在我们这个世纪，却被视为怪异……是的，他要尝试去影响道林·格雷，就像道林·格雷无意中影响了画家，让他创作了精美的画像。他要设法支配他——实际上他已经做到了一半。他要把那个奇妙的精灵收归已有。这个爱情与死亡之子身上有种东西叫人神魂颠倒。

他突然止步，抬头望着路边的房子，发现自己已经走过了姑妈家一段距离，暗自好笑，转身往回走。他步入略显幽暗的门厅，管家告诉他大家已经进去午餐了。他把帽子和手杖递给一个男仆，走进了餐厅。

“你又迟到了，哈里。”姑妈叫道，冲他直摇头。

他随口编了个理由，在她身边的空位上坐了下来，四下瞧还有谁在座。道林从桌子那头向他腼腆地欠了欠身子，一阵快活的红晕爬上脸颊。对面是哈利公爵夫人，她性情温良，和蔼可亲，认识她的人都很喜欢她。她体形庞大，若不是有公爵夫人的头衔，她这样的女人会被当代历史学家评为“肥壮”。紧挨她右手边坐着托

---

① 博那罗蒂：米开朗基罗·博那罗蒂（Michelangelo Buonarrotti, 1475—1564），意大利著名画家、雕塑家、建筑师、诗人，文艺复兴代表人物。

马斯·伯登爵士，此人是议会里的激进派，奉行著名的明智准则：明里追随领袖，私下紧跟名厨；与保守党同吃，与自由党同思。她左边坐着特莱德利[①]的厄斯金先生，这位老绅士颇有魅力和修养，却落下个不开腔的坏习惯，有一次他向阿加莎夫人解释说是因为他三十岁之前就已经把该说的话都说完了。他的邻座则是范德勒太太，是姑妈交情最久的朋友之一，女人中的完美圣人，但是装扮过时，让人想起装订粗劣的赞美诗集。算他走运，她另一边坐着福德尔勋爵，一位十分聪明的中年庸才，顶上秃得一毛不剩，跟下议院各部的报告一样。范德勒夫人正一本正经地跟他交谈，正如有次他说过的，所有真好人都会染上用这种态度讲话的恶习，而且无一能够自拔。

“我们正在谈可怜的达特穆尔，亨利勋爵。”公爵夫人高声说道，一边隔着桌子向他快活地点头，“你觉得他真的会娶那位迷人的年轻小姐吗？”

“我相信女方已经下定决心要向他求婚了，公爵夫人。”

“太可怕了！”阿加莎夫人惊呼道，“真该有人出面干涉。”

“我得到可靠的消息，说她父亲开了一爿美国干货

---

① 特莱德利（Treadley）：本书虚构地名。

店。”托马斯·伯登爵士神气十足地说道。

“我舅舅说她家是做猪肉罐头的，托马斯爵士。”

“干货！什么是美式干货？”公爵夫人问道，惊讶地举起两只肥手，“是”字念得特别重。

“美国小说。”亨利勋爵答道，说着吃起了鹌鹑肉。

公爵夫人一脸迷惑。

“别理他，亲爱的。”阿加莎夫人对她耳语道，“他说话素来不正经。”

“刚发现美洲的时候……”激进派议员说道——紧接着他开始罗列一堆乏味的事实。就像所有想要说清楚某个话题的人一样，他耗尽了听众的耐心。公爵夫人叹了口气，行使起她打断别人说话的特权。“我倒真希望从来就没发现什么美洲！”她叫道，“真的，现在我们的姑娘都找不到婆家了，太不公平了。”

“也许美洲根本就没有被发现，”厄斯金先生说道，“我个人倒愿意说，美洲只是被探测了一下。”

“噢！可我已经见过一些美洲人了。”公爵夫人含糊地答道，“我得承认他们大都非常漂亮，穿得也很不错，衣服都是从巴黎买的，我也买得起就好了。”

“据说美国的好人死了就到巴黎去。”托马斯爵士咯咯笑道，这样的过时幽默他有一大箩筐。

“真的吗？那美国的坏人死了去哪儿？”公爵夫人

问道。

“去美国喽。”亨利勋爵低声道。

托马斯爵士皱起眉头。“恐怕令侄对那个伟大的国家颇有成见。”他对阿加莎夫人说道，“我游遍了美国，当地官员派车接送，他们在这一类问题上都非常有礼貌。我敢说，游览美国能长见识。”

“要长见识非得去芝加哥吗？”厄斯金先生担心地问道，“那么远我可跑不了。”

托马斯爵士摆手说道：“特莱德利的厄斯金先生的世界就在书架上。我们务实的人喜欢亲眼看世界，而不是读世界。美国人是个非常有趣的民族，他们绝对理智，我觉得这就是他们与众不同之处。真的，厄斯金先生，一个绝对理智的民族。我向您保证，美国人绝不胡来。”

“多可怕啊！”亨利勋爵叫道，“野蛮的暴力我还能忍受，野蛮的理智就忍受不了。它用途有些不正，这是对理性的暗算。”

“我不懂你的意思。”托马斯爵士说道，脸有些红了。

“我懂，亨利勋爵。”厄斯金先生微笑着低声道。

“悖论自有道理……”男爵附和道。

“那是悖论吗？”厄斯金先生问道，“我看不是。也许是吧，好吧，悖论之道就是真理之道。要检验现实就要让它走走钢丝，真理成为杂技演员的时候才好评判。”

“天哪！”阿加莎夫人说道，“你们男人就喜欢争论不休！我永远搞不懂你们在说些什么。噢！哈里，你可把我惹恼了。你为什么要蛊惑可爱的道林·格雷先生撇下东区不管？我向你保证，他在那儿很有价值，他们会很喜欢他的演奏。”

“我要他为我演奏。”亨利勋爵微笑着叫道，朝餐桌另一头望去，看到一道明亮的回应目光。

“可白教堂的人多不幸啊。”阿加莎夫人继续说道。

“我能同情一切，就是不能同情苦难。”亨利勋爵耸耸肩道，“苦难我同情不了。它太丑陋，太可怕，太令人悲伤了。现代对痛苦的同情中含有某种病态的成分。人应该同情的是色彩、美以及生活的乐趣。生活的辛酸谈得越少越好。”

“但东区还是个非常重要的问题。”托马斯爵士神情凝重地摇了摇头评论道。

“的确如此。”年轻的勋爵回答道，“问题在于奴役，我们却想通过取悦奴隶来解决问题。”

政治家目光敏锐地看着他。“那你有什么改进的高见呢？”他问道。

亨利勋爵哈哈大笑。“除了天气，我不想改进英国的任何东西。”他回答道，“我很满足于哲学性思考。不过既然十九世纪由于挥霍同情而破产了，那我就建议诉诸科学来重整旗鼓。感情的长处是带领我们误入歧途，科学的长处则是不会感情用事。”

“可我们责任重大啊。”范德勒太太怯生生地插话道。

“极端重大。”阿加莎夫人附和道。

亨利勋爵望着厄斯金先生。“人类太自以为是了，这就是世界的原罪。如果穴居的野人知道怎么笑，历史就会改写。”

“你这话可真叫人宽心。”公爵夫人颤声道，“我来看你亲爱的姑妈时，总是觉得很有罪恶感，因为我对东区毫无兴趣。以后我总算可以直面她而不用脸红了。”

“脸红可美了，公爵夫人。”亨利勋爵评价道。

“那是人年轻的时候，”她回答道，“一个像我这样的老女人脸红可不是什么好兆头。啊！亨利勋爵，我希望你能告诉我怎样才能恢复青春。”

他想了一会儿。“您还记得年轻时犯过什么大错吗，公爵夫人？”他隔着桌子望着她问道。

“怕是有很多呢，”她高声道。

“那就再犯一次。”他一本正经道，“想恢复青春，只要旧错重犯就行了。”

“多妙的理论啊！”她惊呼道，“我得实践实践。”

“危险的理论！”托马斯爵士从紧闭的嘴唇里挤出几个字。阿加莎夫人摇着头，可不由得也乐了。厄斯金先生则静静听着。

“是的，”他继续说道，“这是人生伟大的秘密之一。如今大多数人都死于战战兢兢的思维方式，最后却发现唯一不会后悔的事就是曾经犯下的错误，可那时已经太晚了。”

一桌人全笑了。

他肆意玩弄着这个说法，把它抛向空中，让它变形，让它逃走，又重新抓住，给它染上想象的光彩，安上悖论的双翼。他滔滔不绝，把对愚蠢的颂扬拔高成一种哲学，而哲学本身则年轻起来，如世人所想，像酒神巴克斯①的女祭司一样，穿着酒渍斑斑的长袍，戴上常春藤的花冠，在生命的山峦上，随着疯狂欢乐的音乐跳舞，嘲弄迟钝的森林之神西勒努斯②竟还保持清醒。事实就像受惊的林中鸟兽，在她面前四散奔逃。智者莪

---

① 巴克斯（Bacchus）：希腊罗马神话中的酒神，也称狄俄尼索斯（Dionysus）。

② 西勒努斯（Silenus）：希腊神话中的森林之神，森林诸神的领袖，酒神巴克斯的养父和师父。

默[1]坐在旁边，她雪白的双脚踩着巨大的榨酒机，直到葡萄汁翻腾着一浪一浪的紫色泡沫淹过双脚，或是泛起红色水沫，沿着黑色酒缸的斜边缓缓溢出。真是一段不同凡响的即兴演说。他感觉到道林·格雷的眼睛正盯着他，一想到他想迷住的那个灵魂正在听众之中，他就越发才智敏锐，想象缤纷。他聪明机智，奇想联翩，信口开河，听众都如痴如醉，跟着他的魔笛[2]哈哈大笑。道林·格雷目不转睛地望着他，着了魔似的僵坐着，唇上浮起阵阵微笑，眼神逐渐暗淡，由惊奇慢慢转为严肃。

最后，现实化身为穿着时下制服的仆人走进屋子，报告公爵夫人说她的马车已经备好了。她假装失望地绞着手。“真讨厌！”她叫道，“我得走了。我要到俱乐部去接我丈夫，带他去威利斯议事厅[3]参加一个荒谬的会议，今天轮到他主持。我要去晚了，他肯定会发火，可我戴着这顶帽子不能吵架。它太脆弱了，一个粗字就能把它毁了。噢，我得走了，亲爱的阿加莎。再见，亨利勋爵，你非常讨喜，败坏道德的功夫也是一流。我真

---

① 莪默：莪默·伽亚谟（Omar Khayyam，1048—1131），波斯数学家、科学家和哲学家，著有《鲁拜集》，宣扬沉思内省、及时行乐和饮酒。

② 魔笛：魔笛的故事源于德国民间，相传德国小镇哈梅林发生鼠患，花衣魔笛手用笛声引走老鼠，被拒付报酬后用笛声引走了镇上所有小孩并且再也没有回来。

③ 威利斯议事厅（Willis's Rooms）：英国伦敦上流社交场所。

不知道该怎么评价你的观点。哪天晚上你一定得来我们家吃顿饭。星期二如何？星期二没约会吧？”

“公爵夫人，为了您，我愿意取消跟任何人的约会。”亨利勋爵鞠了一躬回答道。

“啊！你太好了，也太不应该了，”她叫道，“要记得来哦。”于是她大摇大摆出了屋子，后面跟着阿加莎夫人和其他几位夫人。

亨利勋爵重新坐下，厄斯金先生挪了过来，在他旁边的椅子上坐了下来，把手搭在他手臂上。

“你出口成章，”他说道，“为什么不写本书呢？”

“我太喜欢读书了，所以无意写书，厄斯金先生。我的确想写一部小说，一部像波斯地毯一样可爱又一样不真实的小说。但是英国没什么文学读者，他们只读报纸、启蒙读物和百科全书。全世界就数英国人最缺文学美感了。”

“恐怕你说得没错。”厄斯金先生回答道，“我自己曾经就做过文学梦，但早就放弃了。亲爱的年轻朋友，如果你允许我这样称呼你的话，我现在能不能问问你，午饭的时候你说的那些，你当真那么想吗？”

“我都忘了我说过什么了。”亨利勋爵微笑道，“是不是讲得很糟啊？”

“的确很糟。事实上我觉得你这个人非常危险，如果我们善良的公爵夫人有任何不测，我们都会认为你应该负主要责任。但是我想跟你谈谈人生。我们这代人很乏味。哪天你厌倦了伦敦，就到特莱德利来，我有幸藏有几瓶勃艮第美酒，我们可以一边品酒，一边任你发挥你的享乐哲学。”

“恭敬不如从命。受邀拜访特莱德利真是荣幸，那里有完美的主人和完美的图书馆。”

“加上你才完美呢。”老绅士有礼地鞠躬回答道，“现在我得去跟你姑妈道别了。我该去雅典娜俱乐部[①]了，我们在那儿睡觉，到点了。”

“你们都睡那儿吗，厄斯金先生？”

“四十个人，睡四十把扶手椅，为开办英国文学学会先练习练习。”

亨利勋爵笑着站起身来。“我要去公园[②]了。”他高声道。

他正要出门，道林·格雷碰了碰他的手臂。“我跟你一块去吧。”他低声道。

“我还以为你答应了巴兹尔·霍尔沃德要去看他呢。”亨利勋爵答道。

---

① 雅典娜俱乐部（The Athenaeum）：伦敦一家学术俱乐部，创立于1824年，成员多为科学家、工程师、文学家和艺术家。

② 公园：指伦敦海德公园（Hyde Park），英国最大的皇家公园，位于伦敦中心威斯敏斯特区。

“我更想跟你走，是的，我觉得我必须跟你走。让我去吧。还有，你能答应我一直跟我说话吗？没人讲得比你精彩。”

“啊！今天我讲得够多了。”亨利勋爵微笑道，“我现在只想观察生活。如果你愿意，可以跟我一起去观察。”

第四章

一个月后的某天下午，在梅菲尔[1]亨利勋爵公馆的图书室里，道林·格雷斜倚在一张豪华扶手椅上。图书室别致精美，四面是高高的橄榄色橡木墙裙，顶上是奶油色的中楣和带浮雕的灰泥天花板，地上是点缀着绸制波斯小地毯的砖粉色地毡。一张精巧的缎木桌上立着一尊出自克洛迪恩[2]之手的小雕像，边上是一本《小说百篇》[3]，是克洛维斯·伊芙[4]为瓦卢瓦的玛格丽特王后[5]装订的，封面饰满了王后选定的金色雏菊。壁炉架上摆着几个蓝色大瓷花瓶，里面插满了鹦鹉郁金香，伦敦夏

---

① 梅菲尔（Mayfair）：伦敦上流社会住宅区，位于伦敦西区，紧邻海德公园。

② 克洛迪恩（Clodion）：克劳德·米歇尔（Claude Michel，1738—1814），法国洛可可风格雕塑家。

③ 《小说百篇》（*Les Cent Nouvelles*）：15 世纪中叶由安东尼·德·塞尔（Antoine de la Sale，1385？—1460？）编纂的一部短篇小说集。

④ 克洛维斯·伊芙（Clovis Eve，1584—1635）：16 世纪法国宫廷图书装订师，以风格华丽闻名。

⑤ 瓦卢瓦的玛格丽特王后（Margaret of Valois，1553—1615）：法国波旁王朝第一代君主亨利四世（Henry Ⅳ，1553—1610）的王后。

日杏黄色的阳光透过铅制小窗格倾泻进来。

亨利勋爵还没有进来，他总是恪守原则姗姗来迟，他的原则就是：准时是时间之贼。因此小伙子有些闷闷不乐，手指漫不经心地翻动着一本插图精美的《曼侬·莱斯科》①，这本书是之前他在书架上找到的。路易十四式②时钟刻板、单调的嘀嗒声令他心烦。有一两回他都想走了。

终于，他听到外面传来脚步声，门开了。“你怎么来得这么晚，哈里？”他咕哝道。

“不好意思，我不是哈里，格雷先生。”一个尖细的声音回答道。

他赶忙回头一看，站起身来。“请您原谅，我还以为——”

“您以为是我丈夫，可来的是他的妻子。请允许我自我介绍。我看过您照片，对您很熟。我丈夫大概有您十七张照片。”

---

①《曼侬·莱斯科》（*Manon Lescaut*）：法国作家普雷沃（Abbé Prévost，1697—1763）的一部小说，描写年轻贵族格里奥与贫穷姑娘曼侬的爱情故事，当时被列为禁书。

② 路易十四式（Louis Quatorze）：路易十四（Louis XIV，1638—1715）是法国波旁王朝国王，1643 年至 1715 年在位，自号太阳王（法语：le Roi du Soleil）。路易十四式亦称路易十四风格，泛指路易十四当政时期的法国古典主义和巴洛克建筑、家具、绘画等艺术风格，以庄严古典、奢华大气、和谐规整著称。

"没有十七张吧，亨利夫人？"

"那就是十八张吧。前两天晚上我还在歌剧院里见你跟他在一块。"她边说边神经质地笑着，用勿忘我蓝色[①]眼睛暧昧地盯着他。她是个古怪的女人，衣服好像是在盛怒中设计、在大发雷霆时穿上的。她时常对某个人怀有爱意，但一腔痴情从未得到回应，只能把种种幻想深埋心中。她想穿得花枝招展，结果却是衣衫不整。她名叫维多利亚，并且狂热地爱去教堂。

"我想那天演的是《罗恩格林》[②]吧，亨利夫人？"

"是的，是可爱的《罗恩格林》，我最喜欢瓦格纳的音乐，声音很响，可以一直说话，反正别人也听不见你在说啥。真是一大好处，你说呢，格雷先生？"

一阵神经质的短促笑声又从她薄薄的嘴唇间蹦出来，她的手指开始把玩一把长长的玳瑁柄裁纸刀。

道林微笑着摇了摇头："我恐怕不敢苟同，亨利夫人。听音乐的时候我从来不说话——至少在听好音乐的时候不说。听到糟糕的音乐，用说话声盖过它倒是一种义务。"

---

① 勿忘我蓝色：勿忘我花冠多为浅蓝色。

② 《罗恩格林》（*Lohengrin*）：德国作曲家理查德·瓦格纳（Richard Wagner，1813—1883）于1848年创作的一部歌剧，讲述圣杯骑士罗恩格林的故事。

“啊！这又是哈里的观点吧，格雷先生？我经常从他朋友嘴里听到他的观点，那是我了解它们的唯一途径。你可千万别以为我不喜欢好音乐。我非常喜欢，可又害怕，好音乐叫我太浪漫了。我就是崇拜钢琴家——有时候同时崇拜两个，哈里告诉我的。我不了解他们，也许是因为他们是外国人吧。他们都是外国人，对吧？就算在英国出生的钢琴家，后来也变成了外国人，不是吗？他们真是聪明，给艺术锦上添花，让艺术世界化，不是吗？你还没参加过我的晚会吧，格雷先生？你一定得来。兰花我买不起，但是请外国人我是不计成本的，有他们在座，屋里简直如诗如画。噢，哈里来了！哈里，我是来找你的，问你件事——什么事我忘了——然后在这里碰到了格雷先生。我们俩聊音乐聊得很投机，意见很一致，不，我觉得是很不一致。不过他很讨人喜欢，见到他真高兴。”

“很好，亲爱的，好极了。”亨利勋爵扬起新月形的黑眉毛，开心地看着他们俩说道，“很抱歉我来晚了，格雷先生。我到沃德街[①]去看了一匹老式锦缎，讲了几个小时的价。现在人知道一切的价格，却不知其价值。”

---

① 沃德街（Wardour Street）：位于伦敦威斯敏斯特苏豪区（Soho）的一条街道，穿过当时的华人聚集区（即今伦敦唐人街）。

“我得走了！”亨利夫人惊呼道，突然发出一声傻笑，打破了尴尬的沉默，“我答应和公爵夫人一起驾车兜风。再见，格雷先生。再见，哈里。你们要在外面吃饭吧？我也是。说不定能在索恩伯里夫人家碰到你们。”

“肯定会的，亲爱的。”亨利勋爵说道。她像一只在外边淋了一夜雨的极乐鸟一样飞出了屋子，留下一缕赤素馨花的淡香。亨利勋爵在她身后关上了门，点了一支雪茄，猛地坐到了沙发上。

“千万别跟淡黄色头发的女人结婚，道林。”他吐了几口烟圈后说道。

“为什么，哈里？”

“因为她们太多愁善感了。”

“可我喜欢多愁善感的。”

“干脆别结婚了，道林。男人结婚是因为疲倦，女人是因为好奇，双方都会失望。”

“我觉得我是不会结婚的，哈里。我爱得太深了。那是你的格言之一，我在把它付诸实践，你说的我都照做。”

“你爱上谁了？”亨利勋爵顿了一会儿问道。

“一个女演员。”道林·格雷红着脸答道。

亨利勋爵耸了耸肩膀：“这样的初恋未免太俗套了吧。”

“你要是见过她就不会这么说了，哈里。”

“她是谁？”

“她的名字叫西比尔·韦恩。”

“从来没听说过。”

“谁也没听说过，不过总有一天会的。她是个天才。”

“亲爱的孩子，女人不可能是天才。女人不过是个装饰性的性别，她们素来言之无物，却又说得娓娓动听。女人代表物质对心灵的胜利，正如男人代表心灵对道德的胜利。”

“哈里，你怎么能这么说？”

“亲爱的道林，我这话可不假。我现在正在分析女人，所以应该很清楚。这个问题没有我想象的那么深奥。我发现，女人归根到底只有两种：朴素的和多彩的。朴素的女人很有用，你要是想博得值得尊敬的好名声，带她们去吃饭就行了。另一种女人很迷人，可她们会犯一个错误：为了显年轻就涂脂抹粉。我们奶奶那一辈也涂脂抹粉，可那是为了说话时妙语连珠，胭脂和才气当年是相辅相成的。现在可就不同了，只要能显得比女儿还年轻十岁，女人就欢天喜地。要说谈话嘛，伦敦只剩五个女人值得交谈了，其中还有两个进不了上流社交圈。好啦，你还是给我讲讲你那位天才吧。你认识她多久了？”

“啊！哈里，你的观点吓到我了。”

“别管了。你认识她多久了？”

“大约三个星期。”

“你在哪儿见到她的？”

“我可以告诉你，哈里，但你可不能无动于衷。毕竟，要是我没遇到你，这一切也不会发生。你让我充满了一种疯狂的欲望，想了解生活中的一切。见到你以后好多天，我血管里好像还有东西在搏动。在公园里闲逛，或是沿着皮卡迪利大街[①]散步时，我总是观察身边走过的每一个人，带着疯狂的好奇心猜测他们过着怎样的生活。有些人叫我入迷，有些人让我恐惧。空气中弥漫着美妙的毒气。我对耸人听闻的事情充满了激情……嗯，有天晚上大概七点钟，我决心出去找点刺激。我们伦敦阴森恐怖，鱼龙混杂，恶人横行，罪行昭彰，我觉得伦敦肯定有什么东西是为我准备的，你有一次就是这么说的。我幻想了成千上万种情况，就算危险也给我一种快感。我还记得我们第一次共进晚餐的那个美妙夜晚，你对我说追求美是人生的真正秘密。我不知道自己在期待什么，只顾出了门，信步往东走，只见蜿蜒肮脏的街道和寸草不生的漆黑广场，很快就迷路了。大概八点半的时候，我经过一家可笑

① 皮卡迪利大街（Piccadilly）：位于伦敦威斯敏斯特区的一条街道，因 17 世纪初售卖“皮卡迪（Piccadill）”硬领而得名。

的小剧院，挂着花哨的煤气灯，贴着俗艳的戏单。门口站着一个丑陋的犹太人，穿着我平生所见最可笑的背心，抽着廉价雪茄。他一头鬈发油腻不堪，一颗硕大的钻石在污秽的衬衫正中闪烁。‘要包厢吗，老爷？’他一看见我就一脸奉承地问道，同时脱帽行礼。他身上有种东西让我觉得有趣，哈里。他真是个怪物。我知道你会笑话我，但我真的进去了，还花了整整一个几尼[①]要了个台前包厢[②]。至今我也没明白自己为什么那么做；但是如果我没进去——亲爱的哈里，如果我没进去——我就错过了平生最浪漫的事。我看到你在笑，真讨厌！”

“我没笑，道林，起码我没笑你。但是你不该说什么平生最浪漫的事，你该说平生第一段浪漫。永远都有人爱你，你也会永远迷恋爱情。多情是无所事事者的特权，一个国家的有闲阶级就这么点用处。别害怕，多的是美妙东西等着你，这只是个开始。”

“你觉得我天性这么肤浅吗？”道林·格雷愤怒地问道。

“不，我觉得你天性太深沉。”

① 几尼（guinea）：英国1663年至1813年铸造的一种旧金币，包含四分之一盎司黄金，价值1英镑，后因金价上涨调整为1英镑1先令（1英镑为20先令），以盛产黄金的英国殖民地几内亚（Guinea）命名。

② 台前包厢：剧院中靠近舞台的包厢。

“你什么意思？”

“亲爱的孩子，一生只爱一次的人才真的肤浅呢。他们所谓的‘忠诚’和‘坚贞’，我都称之为习惯性懒惰，或是缺乏想象力。忠贞之于感情生活，就像恒心之于理智生活——都是承认失败而已。忠贞！其中包含了对财富的欲望，我哪天得来分析分析。要不是怕别人捡走，很多东西我们都会扔掉。但我不想打断你，继续讲你的故事吧。”

“嗯，我在一个可怕的小包厢里坐了下来，面前是一张俗气的幕布。我从幕布后往外看，环视了剧院一周。简直俗不可耐，到处是丘比特和丰饶角[①]，就像一个三等婚礼蛋糕。顶层和正厅后座都差不多坐满了，但是昏暗的前两排却空荡荡的，至于他们称为‘花楼[②]’的地方则几乎空无一人。女人拿着橘子和姜汁啤酒走来走去，还有很多人大嚼坚果。”

“肯定就像英国戏剧全盛时期[③]的光景。”

“我觉得挺像的，而且非常沉闷。我正不知如何是好的时候恰好看到了剧目单。你猜演哪出戏，哈里？”

---

① 丰饶角：希腊神话中哺乳了宙斯的山羊神阿玛耳忒亚的角，象征丰收和富饶。

② 花楼：剧院中正对舞台的第一层楼厅，视野最好，票价最贵，所以在此处道林·格雷的描述中，花楼几乎空无一人。

③ 英国戏剧全盛时期：16 世纪至 17 世纪英国文艺复兴时期，剧坛巨匠有马洛、莎士比亚等。

“我猜是《傻瓜男孩》，要不就是《天真的哑巴》[1]，我觉得上一代人喜欢那种戏。道林，我活得越久就越深切地觉得，对上一辈够好的，对我们都不够好。艺术和政治一样，‘老爷子总是错的[2]’。”

“这出戏对我们也挺好的，哈里，是《罗密欧与朱丽叶》。我得承认，一想到在这种肮脏的地方看莎士比亚，我心里就不痛快，可也觉得别有趣味。总之，我决定等着看看第一幕。乐队糟糕透顶，领奏的是一个希伯来小伙，他弹的钢琴都破音了，我差点就听不下去走了，但是最后幕布终于拉起来了，开戏了。罗密欧成了一个矮胖的老年绅士，眉毛是软木炭涂的，声音嘶哑又凄惨，身形像个啤酒桶。茂丘西奥[3]也是一般糟，由一个滑稽戏[4]演员扮演，他信口编些插科打诨的台词，倒挺受正厅后排的观众欢迎。布景跟他们俩一样怪异，就像从乡下小摊上买来的。但是朱丽叶！哈里，你想象这

---

① 《傻瓜男孩》（*The Idiot Boy*）和《天真的哑巴》（*Dumb but Innocent*）为本书虚构的戏剧名。

② 老爷子总是错的：原文为法语，“les grandpères ont toujours tort”。

③ 茂丘西奥（Mercutio）：莎士比亚戏剧《罗密欧与朱丽叶》中男主角罗密欧的朋友。

④ 滑稽戏：英国小说家、诗人乔治·梅瑞狄斯（George Meredith，1828—1909）将喜剧分为高、低两种。低喜剧（low comedy）以滑稽打闹为主，也称滑稽戏；高喜剧（high comedy）以诙谐对话和讽刺幽默为主。

么个姑娘：几乎不满十七岁，花儿似的小脸蛋，希腊式的小脑袋，深褐色的头发编成辫子盘在头顶，紫色的眼睛像两汪激涌的清泉，双唇则像玫瑰花瓣。她是我平生见过最可爱的人儿。有次你曾跟我说，你对悲情无动于衷，可是美，单单是美，就能让你热泪盈眶。我跟你说，哈里，我已经泪眼蒙眬，几乎看不清这个姑娘了。还有她的声音——我从未听过如此美妙的声音：起初很低沉，圆润柔美，似乎单为钻进你的耳朵；然后升高了些，像长笛，或是悠远的双簧管；阳台相会①时，它婉转震颤，就像黎明前夜莺的歌唱一般叫人狂喜；之后有时又像小提琴一般充满野性的激情。你知道声音多么能触人心弦。你的声音和西比尔·韦恩的声音，是我永远也忘不了的。我闭上眼睛就能听到，两种声音各有千秋，让我不知听谁的好。我怎能不爱她？我是真的爱她。她是我生命中的一切。我去看她的戏，一晚接一晚，今晚她演罗瑟琳②，明晚她演伊摩琴③。我见过她从情人的唇上吸吮毒药，死在阴沉的意大利坟墓里④；

---

① 阳台相会：指《罗密欧与朱丽叶》第二幕第二场，罗密欧与朱丽叶在凯普莱特家的花园阳台相会。

② 罗瑟琳（Rosalind）：莎士比亚戏剧《皆大欢喜》女主角。

③ 伊摩琴（Imogen）：莎士比亚戏剧《辛白林》女主角。

④ 此处指莎士比亚戏剧《罗密欧与朱丽叶》第五幕第三场朱丽叶之死。

我见过她扮成一个漂亮的男孩，穿着长筒袜和紧身衣，戴着雅致的帽子，在阿登森林[①]里徘徊；她疯过，到一个有罪的国王面前，给他佩芸香、尝苦草[②]；她也天真过，被嫉妒的黑手掐断了芦苇般的脖子[③]。我见过她穿各种各样的戏服，扮演各个年龄的角色。普通女人根本不会激发人的想象，她们被时代束缚了，什么魔法也不能使她们改头换面。她们的心思就像她们的帽子一样一目了然，她们随处可见，毫无神秘可言。她们上午在公园里骑马，下午在茶会上闲聊，颦笑刻板，举止俗套，简直一目了然。可是女演员！那就与众不同了！哈里！为什么你没告诉我，世上唯一值得爱的就是女演员呢？”

“因为我爱过很多个了，道林。”

“噢，对哦，那些染了头发，浓妆艳抹的讨厌鬼。”

“别把染头发、浓妆艳抹贬得一文不值，她们有时也有动人之处。”亨利勋爵说道。

---

① 阿登森林：位于法国、比利时、卢森堡三国交界处，《皆大欢喜》后半部戏的场景位于此处，女主角罗瑟琳在此曾女扮男装。一说《皆大欢喜》的场景地为英国沃里克郡的阿尔丁森林，距离莎士比亚故乡不远。

② 此处指莎士比亚戏剧《哈姆雷特》第四幕第五场奥菲莉娅发疯。

③ 此处指莎士比亚戏剧《奥赛罗》第五幕第二场苔丝狄蒙娜之死。

“我现在真希望自己没跟你提过西比尔·韦恩。”

“你忍不住的，道林。你这辈子都会向我倾诉你的一切。”

“是的，哈里，我相信这话不假。是我忍不住要告诉你的，你对我有种奇特的影响。就算犯了罪，肯定也会来向你坦白。你会理解我的。”

“你就是生活里无拘无束的阳光，像你这样的人是不会犯罪的，道林。但我仍然非常感谢你的褒奖。现在你告诉我——把火柴给我，好孩子——谢谢——你跟西比尔·韦恩究竟是什么关系？”

道林·格雷跳了起来，脸颊通红，两眼冒火。“哈里！西比尔·韦恩是圣洁的。”

“只有圣洁的东西才值得一碰呢，道林。”亨利勋爵说道，语调中带着一丝莫名的伤感，“可你生什么气呢？我觉得她总有一天会是你的。人恋爱的时候，总是以自欺开始，以欺人告终。这就是世人所谓的‘浪漫’。无论如何，你和她见过面，对吧？”

“当然见过。我第一次去剧院的那天晚上，演出刚结束，那个讨厌的犹太佬就到包厢里来，要带我到后台去介绍我和她认识。我对他大发雷霆，说朱丽叶已经死了几百年，尸体还躺在维罗纳一座大理石坟墓里。看他茫然惊愕的表情，我想他肯定以为我是香槟什么的喝多了。”

“我倒不觉得奇怪。”

“然后他问我是否为报纸写稿，我告诉他说我连看都不看。他听了好像非常失望，还向我透露说所有的戏剧评论家都串通好了跟他作对，个个都得花钱收买。”

“这话我倒觉得不假，但是话说回来，从他们的外表看，大多都花不了几个钱就能收买。”

“嗯，他倒好像觉得自己一个也收买不起，”道林笑道，“可这时候剧院里已经开始熄灯了，我只得走了。他极力向我推荐一种雪茄，让我尝尝，我谢绝了。当然，第二天晚上我又去了。他一看到我就深鞠一躬，夸我是艺术的慷慨赞助人。虽然对莎士比亚怀有不同寻常的热情，他却是个非常讨厌的家伙。有一次他自豪地告诉我，他五次破产都是因为那位‘游吟诗人’，他坚持这样称呼莎士比亚，似乎觉得那是项殊荣。”

“那的确是项殊荣，亲爱的道林——伟大的殊荣。破产多数是因为过度投资生活的散文，为诗歌破产的确是一种荣誉。不过你什么时候才头一次跟西比尔·韦恩小姐说上话呢？”

“第三天晚上，那天她扮演罗瑟琳。我禁不住往后台走动。事先我向她抛了些花，她望了望我——至少我觉得她望了我。那犹太老头又一再坚持，他好像铁了心要带我去后台，我就同意了。我竟然不想见她，奇怪不奇怪？”

“不啊，我不觉得奇怪。”

“亲爱的哈里，为什么？”

“下次告诉你。现在我想知道那姑娘的情况。”

“西比尔？噢，她很娇羞，很温柔，身上透着些孩子气。我告诉她我对她的表演的评价的时候，她双眼睁得大大的，一脸可爱的惊讶表情，好像完全没有意识到自己的魅力。我觉得我们俩都有点紧张。那犹太老头站在满是灰尘的演员休息室门口咧着嘴笑，把我们两方都美言了一番，而我们俩就像孩子似的站在那里四目相对。他坚持要喊我‘老爷’，我只好向西比尔声明我不是什么老爷。她很天真地对我说：‘你倒更像个王子，我得叫你‘白马王子。’”

“说实话，道林，西比尔小姐真是很会恭维人。”

“你并不了解她，哈里。她只把我当作戏里的一个角色，她对生活一无所知。她跟母亲住在一起，她母亲是个年老色衰的女人，头天晚上穿着一件紫红晨袍演凯普莱特夫人①，看来当年也红过一阵。”

“我知道那种表情，看了叫人沮丧。”亨利勋爵咕哝道，一边摩挲着手上的戒指。

“那犹太老头想告诉我她的身世，可我说不感兴趣。”

---

① 凯普莱特夫人（Lady Capulet）：莎士比亚戏剧《罗密欧与朱丽叶》女主角朱丽叶之母。

“做得很对，他人的悲剧中总有些极其卑贱的成分。”

“我只关心西比尔。她从哪儿来跟我有什么关系？她从小脑袋到小脚丫，都是绝对完全神圣的。每天晚上我都去看她演出，她一晚比一晚令人惊异。”

“我猜这就是你现在从不跟我一起吃晚饭的原因喽。我就知道你准是有段艳遇。原来真有，不过跟我预想的不太一样。”

“亲爱的哈里，我们每天不是一起吃午饭就是一起吃晚饭，我还跟你一起去过几次歌剧院呢。”道林惊讶地睁着蓝眼睛说道。

“可你总是迟到很久。”

“嗯，我忍不住要去看西比尔演出，”他叫道，“哪怕只能看一幕也好。我渴望见到她，一想到藏在她玲珑玉体中的美妙灵魂，我就满心敬畏。”

“今晚可以跟我一起吃饭吗，道林？”

他摇了摇头：“今晚她演伊摩琴，”他答道，“明晚是朱丽叶。”

“那她什么时候才是西比尔·韦恩？”

“从不。”

“我恭喜你。”

“你真讨厌！她不只是一个人，而是世上所有伟大的女主角的集合体。你笑吧，可我告诉你，她真的有天分。我爱她，而且一定要让她也爱我。你知晓人生的一切奥秘，那就告诉我怎样才能吸引西比尔·韦恩爱上我吧！我要让罗密欧都嫉妒；我要让世上那些已经死去的情人们听到我们的笑声，并且感到悲伤；我要用我们热烈的气息使他们的尸骸重获知觉，苏醒过来感到痛苦。天哪，哈里，我多崇拜她啊！”他边说边在屋子里走来走去，极度兴奋，脸颊上烧起两片红云。

亨利勋爵带着微妙的快感望着他。现在的这个人，和他在巴兹尔·霍尔沃德的画室里初见的那个羞涩、惊恐的孩子，已经判若两人！他的天性已像花儿一样成长，开出了火焰般鲜红的花朵。他的灵魂已从隐秘的藏身之处悄然爬出，欲望已赶到中途去迎接。

“那你打算怎么办呢？”亨利勋爵最后问道。

“我要你和巴兹尔哪天晚上跟我一起去看她演出。我一点也不担心结果如何。你们一定会承认她的天赋。然后我们得想办法把她从那犹太佬手里弄出来。她跟他有三年合约——至少还有两年零八个月——从现在算起。当然了，我得付他一笔钱。这一切都办妥之后，我就在西区找个剧院，让她体面地出场。她会让芸芸众生为她痴狂，就像我为她痴狂一样。”

“那是不可能的，亲爱的孩子。”

“可能的，她可以的。她不仅有艺术——完美的艺术本能，她还有美貌。你不是常跟我说推动时代进步的不是原则，而是容貌吗？”

“好吧，我们哪天晚上去？”

“让我想想。今天是星期二，就定在明天吧。明天她演朱丽叶。”

“那好，八点在布里斯托尔饭店见，我会叫上巴兹尔。”

“八点不行，哈里。六点半吧，我们得在开幕前到。你们得看她演第一幕，她初遇罗密欧。”

“六点半！这么早！那个时间点应该喝肉茶[①]或者读英国小说。得七点，绅士是不会在七点前吃晚饭的。这段时间内你会见到巴兹尔吗，还是我来写信通知他？”

“亲爱的巴兹尔！我已经一周没见过他了，我太过分了。他还把我的画送来了，配上了他特意设计的精美画框。虽然我有些嫉妒那幅画像比我年轻了整整一个月，我还是得承认我很喜欢它。还是你写信给他吧，我不想单独见他，他老是说些叫我心烦的话，总想给我良言忠告。”

---

① 肉茶：英式下午茶分为高茶（high tea）和低茶（low tea）。高茶一般于下午5点至7点在高脚餐桌上食用，更类似一顿晚餐，包括热菜、面包、蛋糕、冷肉等，所以也称肉茶（meat-tea）。虽然在刻板印象中，高茶与工人阶级相关，但实际上各阶层都会食用。低茶则一般于下午4点左右在矮脚咖啡桌上食用，相比高茶更为清淡，包括蛋糕、甜点、水果、红茶等。

亨利勋爵微笑道："人们很喜欢把自己最需要的东西送给别人，我称之为'深沉的慷慨'。"

"噢，巴兹尔为人再好不过了，可我就是觉得他有点市侩，认识你之后我才发现的。"

"亲爱的孩子，巴兹尔把他身上所有迷人的东西都画进作品里了，结果就是他生命里除了偏见、原则和常识之外就别无他物了。据我所知，个性讨喜的艺术家都不是什么好艺术家。好艺术家只存在于作品中，因而他们本人都索然无味。伟大的诗人，真正伟大的诗人，其实是最缺乏诗意的人；而拙劣的诗人却绝对魅力四射。诗作越糟糕，诗人越迷人。只要出版过一本二流十四行诗集，此人就魅力难挡了。他诗写不出来，生活却很诗意；另一些诗人能写诗，却不敢实践诗意的生活。"

"真的是这样吗，哈里？"道林·格雷说道，一边从桌上一个金盖大瓶中洒了些香水到手绢上，"你说是，那肯定就是喽。现在我要走了，'伊摩琴'正在等我。明天的事别忘了，再见。"

道林一离开屋子，亨利勋爵沉重的眼皮就耷拉了下来，他开始思索。诚然，没什么人像道林·格雷让他如此兴趣盎然，但是这个小伙子对别人的疯狂崇拜，却没有让他产生丝毫的烦恼和嫉妒。他反倒觉得高兴。这让他成了一个更有意思的研究对象。他一向沉醉于自然科学的研究方法，但是在他看来，自然科学平庸的研究主题过于琐碎、无足轻重。于是他剖析完别人，又开始剖析自己。于他而言，人生是唯一值得研究的东西；与之相比，别的东西都一文不值。是的，观察人生在痛苦与欢乐奇异熔炉中煎熬时，脸上无法戴上玻璃面具，头脑不能不受硫磺烟熏，想象也难免不被怪异幻想和无稽迷梦搅动。有些毒药太过微妙，不中毒就不能了解其特性；有些疾病太过怪异，只有得过才能理解其性质。可是，得到的回报多么丰厚啊！整个世界会变得多么奇妙啊！探明激情奇特严密的逻辑，记录理智多情多彩的生活——观察它们在何处交会，在何处分离，在何处和谐，在何处矛盾——真是其乐无穷。代价算得了什么？只要能获得感受，代价再高也值得。

他意识到——这个想法让他玛瑙色的双眼中增添了一丝喜悦的光芒——正是由于他讲的某些话——某些以音乐般的语调讲出的音乐般的话，道林·格雷的灵魂才会转向这个白皙的姑娘，拜倒在她的裙下。在很大程度上，这个小伙子是他创造的，是他让他早熟了，这可非同小可。人生的秘密，普通人要等人生来主动展示，但是少数天选之人却在生活之幕拉开之前就早已洞悉。有时这是艺术的效果，主要是直接描绘激情和理智的文学艺术，但是复杂的人性偶尔也会取而代之，并执掌艺术的职能。这种人本身就是一件真正的艺术品，是人生精美的杰作，就像诗歌、雕塑和绘画一样。

是的，这小伙子早熟。还没到春天他就开始收获了。他身上萌动着青春的脉搏和激情，但是他开始自觉了。观察他很有意思，他俊俏的脸庞、美丽的灵魂，真是让人惊叹。至于如何收场，或者注定如何收场，都无关紧要了。就像庆典或戏剧中的优雅角色，他的快乐似乎遥不可及，可是他的忧伤激发美感，他的伤口红如玫瑰。

灵与肉，肉与灵——实在神秘至极！灵魂中有兽性，而肉体中有时也有灵性。感觉能升华，理智也能堕落。谁能说得清楚，肉体的脉搏从何而止，灵魂的脉搏又从何而始呢？普通的心理学家那些武断的定义又是多么浅薄！可要在众多流派的争论之间取舍又是多么困难！灵魂是寄居罪孽躯壳的影子，还是如乔尔丹诺·布鲁诺①所想，肉体其实包含在灵魂之中？精神与物质，分离是谜，结合也是谜。

他开始想，我们能否把心理学变成一门绝对精准的科学，以揭示生命每次轻微的律动呢？事实上，我们总是误解自己，也很少理解他人。经验只是世人为错误巧立的名目，毫无伦理价值。而道学家总是把它当作一种警告，宣扬它在性格养成中有种伦理功效，赞美它能教导我们是非曲直、何去何从。但是经验中缺乏动力，

① 乔尔丹诺·布鲁诺（Giordano Bruno，1548—1600）：文艺复兴时期意大利哲学家、天文学家、数学家、诗人。

跟良心一样没有积极动因。它所表明的不过是：我们的未来将和我们的过去毫无差异，我们满怀憎恶犯下的罪孽，我们会满心欢喜地再犯很多次。

他很清楚，实验是能对激情做出科学分析的唯一方法；道林·格雷正是送到手边的研究对象，似乎大有希望获得丰硕成果。他对西比尔·韦恩突如其来的疯狂爱恋是个很有趣的心理现象。毋庸置疑，此事与好奇心大有关联，就是对新体验的好奇和欲望，但是这种激情并不简单，其实非常复杂。少男纯粹的感官本能经过想象的加工，变成了某种对他而言与感官无关的东西，因而越发危险。最能蛮横控制我们的，正是我们误解了其本质的激情；我们深谙其本性的动机，反倒是我们最软弱的动机。在我们以为自己是在旁人身上实验时，实际上往往是在自己身上实验。

亨利勋爵正坐在那里为这些事情浮想联翩，突然传来敲门声，仆人进来提醒他该更衣赴宴了。他站起身来望着街上。落日已经把对面屋子上半部的窗户染成了金红色；窗玻璃闪闪发光，像烧红的铁块；顶上的天空就像一朵凋萎的玫瑰。他想起他那朋友火红的青春，不知这一切将如何收场。

大概十二点半，他回到家中，看到门厅桌上有封电报。打开一看，是道林·格雷发来的，说他已经和西比尔·韦恩订了婚。

第五章

“妈妈，妈妈，我好开心！”姑娘把脸埋在年老色衰、满脸倦容的妇人膝上，轻声说道。母亲坐在阴暗的起居室中唯一一把扶手椅上，背对着逼射进来的刺眼光线。“我好开心！”她重复道，“您也得开心！”

韦恩太太瑟缩了一下，将久施铋华[①]变得苍白的瘦手放在女儿头上。“开心！”她回答道，“西比尔，只有看你演戏的时候我才开心。除了演戏，别的你可不要胡思乱想。艾萨克斯先生对我们很好，我们还欠他钱呢。”

姑娘抬起头，噘着嘴。“钱，妈妈？”她叫道，“钱算什么？爱情比钱重要。”

“艾萨克斯先生预支给我们五十镑，我们才还清了债，给詹姆斯置了一身得体的衣服。这你可不能忘了，西比尔。五十镑可是一大笔钱。艾萨克斯先生很周到啊。”

“他不是绅士，妈妈，我讨厌他跟我说话的样

---

① 铋华：化妆中添加铋化物以达到增白的效果，常用于舞台化装，与我国古代妇女使用铅粉（铅华）增白皮肤同样有害。此处模仿“铅华”一词翻译为“铋华”。

子。”姑娘说着站起身来，走到窗边。

“要是没有他，我真不知道这日子怎么过。”老妇人抱怨道。

西比尔·韦恩仰头大笑。“我们再也不需要他了，妈妈。现在有白马王子来照顾我们的生活。”她顿了一下，血液里浮动着一朵玫瑰，脸颊泛起红晕，呼吸急促起来，双唇如花瓣般张开，颤动不已。一阵动情的南风拂过，吹动了她那精致的裙褶。“我爱他。”她率性直言道。

“傻丫头! 傻丫头! ”回答是一串鹦鹉学舌般重复的话, 加上戴着假珠宝的扭曲手指随之挥动, 更显怪异。

姑娘又笑了，声音中透着笼中鸟的快乐。她眼里闪出光芒，回应这悦耳的调子，接着又闭了一会儿，好像要掩藏什么秘密。等她睁开眼睛，梦幻的薄雾早已掠过。

薄唇的智慧老妇在那张旧椅子上发话了，暗示要谨慎，援引盗用常识之名的怯懦之书为依据。她正在激情的牢笼中逍遥，一个字也没听进去。她的王子，白马王子，和她在一起。她唤醒记忆重塑他的形象。她打发自己的灵魂去寻觅，把他带了回来。他的热吻再次灼烧她的嘴唇，呼吸再次温暖她的眼睑。

于是智慧老妇变换方法，谈起了观察和发现。这个年轻人或许很有钱，果真如此，就应该考虑跟他结婚。

世俗狡猾的音浪冲击着她的耳廓，狡诈的箭矢从她身边飞过。她望着那薄薄的嘴唇翕动着，微笑起来。

她突然想要说话，那唠叨的沉默让她心烦。“妈妈，妈妈，”她叫道，“为什么他这么爱我？我知道我为什么爱他，我爱他是因为他就像爱的化身。可他在我身上又看到了什么呢？我配不上他。可是——唉，我说不清楚——虽然我觉得和他差得很远，却并不觉得自卑。我感到自豪，非常自豪。妈妈，当年你也是像我现在爱白马王子这样爱爸爸的吗？”

老妇虽然满脸粗粉，可还是看得出面色发白，干枯的嘴唇痛苦地痉挛着。西比尔冲过去，抱住她脖子就吻。“原谅我，妈妈。我知道谈起爸爸会让你难过，但是你难过就是因为很爱他。别这么悲伤，我现在就像你二十年前一样幸福。啊！让我永远幸福吧。”

“我的孩子，你还太小，不该考虑恋爱的事。还有，你对这个年轻人了解多少？你连他的名字都不知道。这整件事挺麻烦，真的，詹姆斯要去澳大利亚，我又有一大堆事情要操心，我必须说你应该考虑得周全些。但是，我刚说过，如果他有钱……”

“啊！妈妈，妈妈，让我幸福吧！”

韦恩太太瞥了她一眼，做了一个虚假的戏剧动作把她搂进怀里，这种动作经常成为演员的第二天性。这时门开了，一个一头棕色乱发的小伙子走了进来。他体格厚实，手脚粗大，动作稍显笨拙。他没有姐姐那么教养良好，旁人很难猜到他俩是近亲。韦恩太太盯着他，笑得更欢了。她在心里把儿子抬到了观众的地位，确信这个造型很有趣。

“我说，你应该留几个吻给我，西比尔。”小伙子善意地抱怨道。

“啊！可你不喜欢别人亲你啊，吉姆[①]，”她叫道，“你是头吓人的老熊。”说着她跑过去拥抱他。

詹姆斯·韦恩温柔地看着姐姐的脸。“我想你陪我出去散散步，西比尔。我怕是再也看不到这可怕的伦敦了，我还真不想再看。”

“儿子，别说这么吓人的话。”韦恩太太喃喃道，叹了口气，拿起一件俗丽的戏服开始缝补。他没有加入表演，让她有些失望，不然这场戏还能更加生动。

“为什么不说呢，妈妈？我就是这么想的。”

“儿子，你让我心痛。我相信你会从澳大利亚发财回来的。我想殖民地没什么上流社会——没有我称之为‘上流社会’的东西——所以等你发了财，就得回伦敦扬名立万。”

“上流社会！”小伙子咕哝道，“我一点也不想了解。我只想赚点钱，让你和西比尔离开舞台，我恨它。”

---

① 吉姆：詹姆斯的昵称。

“噢，吉姆，”西比尔大笑道，“看你说话多过分！不过你真想和我去散步吗？那太好了！我还担心你要去和你的朋友告别呢——送你那只丑烟斗的汤姆·哈代，还有嘲笑你用那只烟斗抽烟的内德·兰斯顿。可你把最后一下午留给了我，你真好。我们去哪儿？去公园吧？”

“我穿得太寒碜了，”他皱了皱眉头答道，“只有时髦的人才去公园。”

“瞎说，吉姆。”她抚摩着他的衣袖低声说道。

他犹豫了一会儿。“好吧，”他最后说道，“不过换衣服可别换太久啊。”她跳着舞出了房门，能听到她一路唱着上了楼，一双小脚在头顶楼板上啪嗒作响。

他在屋子里来回走了两三次，然后转身向椅子中那一动不动的人问道：“妈妈，我的东西都准备好了吗？”

“全都准备好了，詹姆斯。”她眼睛盯着针线活答道。几个月来，一和这个粗野苛刻的儿子单独在一起，她就觉得不自在。他们的目光一接触，她那浅薄幽秘的本性就会不安。她曾想他是不是在怀疑什么。除了沉默，他别无评论，这更让她受不了。她开始抱怨，女人总是以攻为守，正如她们会突然以奇怪的屈服作为进攻。“詹姆斯，我希望航海能让你满意，”她说道，“你得记住那是你自己的选择。你本来可以进律师事务所的。律师是很受尊敬的阶级，在乡下经常和最阔气的人家一起吃饭。”

“我讨厌事务所，我讨厌做职员。”他回答道，“不过你说得对，我的生活是我自己选的。我只有一点要说，照看好西比尔，别让她受到一丝伤害。妈妈，你得照看好她。”

“詹姆斯，你这话说得真奇怪。我当然会照看好西比尔。”

“我听说有位绅士每天晚上都去剧院，还到后台跟她说话。是真的吗？这是怎么回事？”

“你说的这些事情你并不了解，詹姆斯。干我们这行的，有人捧场，受人抬举，都是家常便饭。以前我自己就一次收到很多束花，那时还真有人懂戏。至于西比尔，我现在还不知道她是不是动了真情。但是毋庸置疑，那个年轻人是个十足的绅士。他对我一向彬彬有礼，而且看上去很有钱，送的花也很可爱。”

“可你连他的名字都不知道。”小伙子厉声道。

“是不知道，”母亲一脸平静地答道，“他还没有透露真实姓名。我觉得他这样很浪漫，也许他还出身贵族呢。”

詹姆斯·韦恩咬着嘴唇。“照看好西比尔，妈妈，”他叫道，“照看好她。”

“儿子，你这话叫我很难过。我一向特别照顾西比尔。当然，如果这位绅士很有钱，她干吗不和他订婚呢？我相信他是个贵族，我不得不说他整个人看起来都很像。对西比尔来说，这可能是桩非常体面的婚事。他俩真是天造地设的一对。他的美貌真是非同一般，大家都这么说。”

小伙子自言自语咕哝了几句，用粗糙的手指敲着玻璃窗。他刚转身要说什么，门开了，西比尔跑了进来。

“你们俩干吗那么严肃啊？”她叫道，“怎么了？”

“没事。”他答道，“我看人有时候总得严肃些。再见，妈妈，五点钟我就吃饭。除了衬衫，东西都收拾好了，你就别操心了。”

“再见，儿子。”她故作庄严地欠了欠身子答道。

他用那种语气跟她说话，让她非常恼火，而且他的神情让她害怕。

“亲亲我吧，妈妈。”姑娘说道。她那花一样的嘴唇触在那干瘪的脸颊上，温暖了上面的冰霜。

“我的孩子！我的孩子！”韦恩太太带着哭腔道，眼睛往上望，寻找着想象中的顶楼观众席。

“走吧，西比尔。”弟弟不耐烦地说道，他讨厌他母亲矫揉造作的样子。

有风吹来，他们走进闪耀的阳光里，沿着沉寂的尤斯顿路[1]漫步。路人惊讶地瞅着这个脸色阴沉、身材高大的年轻人，穿着不合身的粗布衣服，却和这么一位文雅秀丽的姑娘走在一起，就像个粗俗的花匠拿着一支玫瑰。

吉姆发觉陌生人探询的目光，不时皱起眉头。他讨厌被人盯着看，天才要到晚年才有这种习性，而普通人从来都是如此。西比尔却丝毫没有意识到自己产生的效果。她笑声颤动，唇上饱含爱意。她在思念白马王子，而为了能够多思念他，她就不提他，而是喋喋不休地谈吉姆要乘的船、他一准会找到的金子，还有他将从那邪恶的红衫灌木丛土匪手中救出的美貌富家小姐。因为他不会一直当水手、押货员——诸如此类他即将从事的职业。噢，不！水手的生活太可怕了！想想看，困在一艘恐怖的船上，大如山峰的海浪嘶吼着打上船来，还有黑风吹倒桅杆，把船帆撕成尖叫的长条！他要在墨尔本下船，礼貌地向船长道别，然后立即奔向金矿。不到一周，他就会碰到一块巨大的纯金，有史以来发现的最大的一块，在六名骑警护卫下用马车运到海边。灌木丛土匪会袭击他们三次，但是都会被杀得伤亡惨重、大败而逃。要么，不，他根本就不去金矿。

---

① 尤斯顿路（Euston Road）：伦敦市中心一条主干道，以格拉夫顿公爵（Duke of Grafton）的府邸尤斯顿府（Euston Hall）命名。

那地方太恐怖，人们酗酒，在酒吧里枪战，还说粗话。他要做一个正派的牧羊场主，一天晚上他骑马回家，会碰到一个漂亮的富家女被一个骑黑马的强盗掳走，他就纵马疾追，英雄救美。当然了，她会爱上他，他也会爱上她，他们就会结婚，然后回家，从此住在伦敦一所大房子里。是的，有美妙的事情等着他。但是他必须非常乖巧，不发脾气，不乱花钱。她只比他大一岁，但是生活阅历比他多得多。他还必须写信给她，每个邮班都写，每天晚上睡觉前都要祈祷。上帝非常仁慈，会眷顾他的。她也会为他祈祷，过不了几年，他就会发财，然后欢欢喜喜地回来。

小伙子闷闷不乐地听着，一言不发。要离开家了，他心里难受。

但让他阴沉郁闷的却不光是这个。他虽然涉世不深，但还是强烈地感知到了西比尔处境的危险。这个向她求爱的花花公子对她不会有什么好处。他还是上等人，他因此恨他，出于某种奇怪的阶级本能而恨他，他无从解释，却因此更受其支配。他也意识到了母亲本性浅薄虚荣，其中包藏着对西比尔和她的幸福的无穷危险。孩子开始都是爱父母的，长大些就会评判他们，有时候也会原谅他们。

他的母亲！他心里有事要问她，在沉默中酝酿了好几个月了。那是他在剧院碰巧听到的只言片语，一句含讥带讽的悄悄话，有天晚上他在舞台门边等着的时候听到的，却由此引起了他一连串可怕的猜想。那句话就像是劈头挨的一记猎鞭，让他至今记忆犹新。他的眉头皱成了楔形的深沟，他痛苦地咬着嘴唇。

“我说的你一个字都没听进去，吉姆。”西比尔叫道，“我可是在给你的未来制订最美好的规划。说话啊。”

“你要我说什么？”

“噢！说你会做个好孩子，不会忘记我们。”她冲他微笑着答道。

他耸了耸肩。“怕是你会忘记我吧，我怎么会忘记你呢，西比尔。”

她脸红了。“你这话什么意思，吉姆？”她问道。

“我听说你交了个新朋友啊。他是谁？为什么你没跟我提过他？他对你不会有什么好处的。”

“住口，吉姆！”她大声叫道，“不准你说他坏话。我爱他。”

“为什么？你连他的名字都不知道。”小伙子答道，“他是谁？我有权知道。”

“他叫白马王子。你不喜欢这个名字吗？噢！你这个傻孩子！你永远也不该忘记这个名字。只要你见过他，你肯定会觉得他是这个世上最美妙的人。有一天你会见到他的——当你从澳大利亚回来的时候。你会非常喜欢他，每个人都喜欢他，而我……爱他。我希望今晚你能来剧院。他会去，我演朱丽叶。噢！我该怎么演啊！想想看，吉姆，恋爱的时候演朱丽叶！他就坐在那儿！为了让他高兴而演出！我怕我会让整个戏班子吓一大跳，吓倒他们，或者迷倒他们。恋爱就是超越自我。可怜又可怕的艾萨克斯先生肯定会在酒吧里对他那些懒汉大呼‘天才’。他已经把我当成信条来鼓吹了；今晚他该把我宣扬成天启。我感觉到了。这全属于他，只属于他，白马王子，我美妙的爱人，我的美惠之神①。但是跟他相比，我很贫穷。贫穷？那有什么关系？‘贫穷溜进门，爱情飞进窗。’②我们的谚语该改了，原本是在冬天写的，可现在是夏天——对我来说则是春天，我觉得是蓝天下繁花起舞的季节。”

“他是个上等人。”小伙子愠怒道。

“他是王子！”她几乎是唱了出来，“你还想怎么样？”

“他要奴役你。”

“一想到自由我就发抖。”

---

① 美惠之神：希腊神话中有美惠三女神，她们是戏剧、娱乐的保护神，一说她们是宙斯和海洋女神欧律诺墨（Eurynome）的三个女儿。

② 英国谚语“贫穷溜进门，爱情飞出窗（When poverty comes in at the door, love flies out of the window）”的反用。

“我要你提防着他。”

“看到他就会崇拜他，认识他就会信任他。”

“西比尔，你让他迷疯了。”

她哈哈大笑，挽起他的胳膊。“亲爱的老吉姆，你这口气就像你有一百岁似的。有一天你自己也会恋爱的，到时你就明白了。别老板着个脸嘛。你应该高高兴兴地这样想：虽然你要走了，我却比以往任何时候都幸福。咱们俩的生活都曾艰辛无比，但是今后不同了，你要去一个新世界，而我也找到了一个新世界。这儿有两把椅子，我们坐下来看看这些穿着时髦的行人吧。”

他们在看街景的人群中间坐了下来。路对面的郁金香花坛光泽鲜艳，有如一圈圈跳动的火苗。一片白色的细尘在空气中上下浮动，好似一片云状鸢尾根在颤抖。鲜艳的阳伞就像巨型蝴蝶在跳舞，起起落落。

她让弟弟谈谈自己，谈谈他的希望、他的愿景。他慢吞吞地说着，他一言，她一语，对话费力得像赌徒付出筹码。西比尔感觉压抑，她无法传达她的喜悦。她能博得的回应，只有那闷闷不乐的嘴边微弱的笑意，过了一会儿她也沉默不语。突然她瞥见一头金发和正在欢笑的嘴唇，是道林·格雷和两位女士坐着敞篷马车驶过。

她跳起身来。“他在那儿！”她叫道。

“谁？”吉姆·韦恩问道。

“白马王子。”她回答道，目送着远去的维多利亚马车[①]。

他跳了起来，粗暴地抓住她的手臂。“指给我看，哪个是他？指出来，我得看看他！”他大叫道。可就在这时，贝里克公爵[②]的四马马车插了进来，等它驶过，道林的马车早已出了公园。

“他走了，”西比尔悲伤地喃喃道，“我真希望你看到了他。”

“我也希望我看到了他，上帝明鉴，他要是敢辜负你，我就杀了他。”

她惊恐地看着他。他重复了一遍，这句话像匕首一样劈开空气，把旁边的人惊得目瞪口呆，一位站得较近的女士窃笑起来。

“走吧，吉姆，走吧。”她悄悄说道。他不情愿地跟着她穿出了人群。说出了这句话，他觉得很得意。

---

① 维多利亚马车：一种以英国维多利亚女王（Queen Victoria，1819—1901，1837 年至 1901 年在位）命名的四轮轻便马车，车夫在前，车篷可折叠，车可乘二人。

② 贝里克公爵（the Duke of Berwick）：英国真实存在的公爵头衔，与《道林·格雷的画像》同时期的是第十六代贝里克公爵卡洛斯·菲茨－詹姆斯·斯图亚特（Carlos María Fitz-James Stuart，1849—1901，1881 年袭爵）。

走到阿喀琉斯雕像[①]前，她转过身来。她眼中的怜悯化作唇边的欢笑，对他摇了摇头。“你真傻，吉姆，傻极了，坏脾气的孩子，就是这样。你怎么能说这么可怕的话呢？你都不知道自己在说什么，你就是嫉妒、无情。啊！我真希望你能恋爱，爱情使人善良，而你说的那些话很恶毒。”

“我都十六岁了，”他答道，“我知道自己怎么样。妈妈什么也帮不了你，她不懂该怎么照顾你。现在我真希望不用去什么澳大利亚。我真有心把这事吹了，要不是签了合同，我真不去了。”

“噢，别这么严肃，吉姆。你就像妈妈原来喜欢演的那些无聊闹剧里的角色。我不想跟你吵架。我看到他了。噢，看到他就是完美的幸福！我们别吵了。我知道你绝不会伤害我爱的人，对吧？”

“我看，只要你还爱他就不会。”这就是他阴沉的回答。

“我会永远爱他！”她叫道。

“那他呢？”

---

① 阿喀琉斯雕像：阿喀琉斯是希腊神话中的英雄，海洋女神忒提斯（Thetis）和凡人英雄珀琉斯（Peleus）之子，特洛伊战争希腊联军将领，以骁勇善战闻名。此处的阿喀琉斯雕像位于伦敦海德公园东南角，揭幕于1822年，纪念在滑铁卢战役中彻底击败拿破仑的英国陆军元帅、首相及第一任惠灵顿公爵阿瑟·韦尔斯利（Arthur Wellesley，1769—1852）。

“也永远爱我！”

“最好如此。”

她从他身边缩开身子，接着哈哈大笑着把手搭在他手臂上。他还只是个孩子。

他们在大理石拱门[①]附近搭上了一辆公共马车，坐到尤斯顿路寒酸的家附近。已经五点多了，西比尔得在登台前躺两个小时。吉姆坚持要她休息，他说他宁愿母亲不在场的时候就跟她告别，否则她肯定又要哭哭啼啼，他讨厌这种场面。

在西比尔的房间里，他们告了别。在小伙子看来，那个陌生人在他们姐弟俩之间横插一脚，于是他心怀嫉妒，还有一股杀气腾腾的强烈仇恨。但是，等她的双臂搂着他的脖子，手指在他的发间摩挲时，他心软了，真情实意地吻了她。下楼时，他的眼里噙着泪花。

母亲在楼下等他。他进门时她埋怨他不守时，他一声不吭，只是在那菲薄的晚饭前坐了下来。苍蝇绕着桌子嗡嗡乱飞，在满是污渍的桌布上爬来爬去。在公共马车的隆隆声中，在出租马车的嗒嗒声中，他能听到那嗡嗡声正在蚕食他余下的每一分钟。

过了一会儿，他推开盘子，把头埋进双手中。他觉

---

① 大理石拱门：位于海德公园东北角，1827 年设计为白金汉宫入口，1851 年迁至海德公园路、牛津路和艾奇韦尔大街交界处。

得自己有权知道。如果真是像他所怀疑的那样，早就该告诉他了。他母亲满怀恐惧地望着他。她唇间机械地冒出些话来，指间绞着一块破烂的花边手帕。钟敲六点，他站起身，走到门边，然后转过身来望着她。他们的目光相遇，他在她眼里看到了一种乞求怜悯的神色，这让他非常生气。

“妈妈，我有事问你。”他说道。她的目光在房间里四下茫然乱扫，她没有做声。

“告诉我真相，我有权知道。你有没有跟我爸结婚？”

她长叹一声，那是一声如释重负的叹息。多少个星期、多少个月来她日日夜夜担忧的时刻终究还是来了，可她并不感觉害怕。实际上，她还多少有些失望。这个问题粗俗、直截了当，就该直截了当地回答。目前的形势并非逐渐发展到如此地步的，简直粗糙，让她想起了一场糟糕的排演。

“没有。”她回答道，惊异于生活的简单粗鄙。

“那我爸就是个无赖喽！”小伙子叫道，攥紧了拳头。

她摇了摇头。“我知道他是身不由己。我们非常相爱。如果他还活着，肯定会供养我们的。别说他坏话，儿子。他是你爸，还是个绅士。实际上，他有些亲戚朋友地位很高。”

他嘴里蹦出一句粗话。“我没考虑我自己，”他大声道，“可别让西比尔……爱上她的——自称爱上她的——也是个绅士，对吧？也有些阔亲戚，对吧？”

一阵难堪的羞耻感涌上妇人心头，好一会儿都没散去。她垂下头，双手颤抖着擦擦眼睛。“西比尔有妈妈，”她喃喃道，“可我没有。”

小伙子被打动了。他走到她身边，俯下身来吻她。“对不起，我问起爸爸，勾起你的伤心事了，”他说道，“可我忍不住。我得走了，再见。别忘了，你现在只有一个孩子要照顾。相信我，要是那个人胆敢辜负姐姐，我会把他揪出来，像宰条狗一样宰了他。我发誓。”

那威胁夸张而愚蠢，伴随激动的手势，还有疯癫的情节剧台词，让她觉得似乎生活更生动了。她熟悉这种气氛，她呼吸得更自由了，几个月来她头一次真正钦佩自己的儿子。她想沿用同样的感情尺度把这幕戏演下去，可他打断了她。箱子得搬下楼去，还要找围巾。公寓的杂役进进出出，忙碌不已。还要跟马车夫讨价还价。时机消磨在这些庸俗的细节上。她朝乘车远去的儿子挥动着破烂的花边手帕，再次感到失望。她意识到自己浪费掉了一个极好的机会。她告诉西比尔自己感觉生活会多么孤苦，聊以自慰。现在她‘只有一个孩子要照顾了’——儿子这句话她还记得，让她颇为自得。关于威胁，她却只字未提。她说话生动又有戏剧性，她觉得他们日后想起来都会笑的。

第六章

“我估计你已经听到消息了吧，巴兹尔？”当晚霍尔沃德刚被领进布里斯托尔饭店一个已经备好三份饭菜的小包间，亨利勋爵就问道。

“没有，哈里。”艺术家回答道，顺手把帽子和大衣递给躬身侍候的侍者，“什么消息？但愿不是什么政治新闻！我毫无兴趣。下议院里就没一个人值得画，虽然不少人倒是该打扮打扮。”

“道林·格雷订婚了。”亨利勋爵望着他说道。

霍尔沃德吃了一惊，接着皱起了眉头。“道林订婚了！”他叫道，“不可能！”

“千真万确！”

“跟谁？”

“一个微不足道的女戏子什么的。”

“我不信。道林很明智，不会那么做的。”

“道林就是太聪明了，才免不了偶尔干干傻事，亲爱的巴兹尔。”

“结婚可不是偶尔干干的事，哈里。”

“除了在美国，”亨利勋爵懒洋洋地反驳道，“可我没说他结婚了啊，我是说他订婚了。两者天差地别。

我清楚地记得我结过婚，但压根儿想不起来订过婚，所以我倾向于认为我就从来没订过婚。”

“可你想想道林的出身、地位，还有财产，娶一个地位比他低那么多的姑娘，简直荒谬。”

“如果你想要他娶这个姑娘，就这么跟他说，巴兹尔，那他就肯定会娶她。人干愚蠢透顶的事，总是出于最高尚的动机。”

“希望她是个好姑娘，哈里。我不想看到道林被坏女人缠住，那样会使他天性退化，理智毁坏。”

“噢，她岂止是好——她还漂亮。”亨利勋爵咕哝道，呷着一杯掺了橙皮苦酒[①]的味美思酒[②]，“道林说她很漂亮，这种事情他是不会搞错的。你给他画的画像促使了他去欣赏别人的外貌，这就是它的非凡功效之一。只要那孩子没忘记约定，我们今天晚上就能见到她了。”

“此话当真？”

“相当当真，巴兹尔。如果我想得出比现在还当真

---

① 橙皮苦酒：一种用酸橙皮、豆蔻等原料制作的苦味酒，常作为鸡尾酒调味品或药酒。

② 味美思酒：一种加香加强型葡萄酒，常用作餐前开胃酒，“vermouth”来自于德语词“Wermut”的法式发音，“Wermut”即味美思酒的成分之一苦艾，所以也译为“苦艾酒”，但是现在一般将“vermouth”译为“味美思酒”，将“absinthe”译为“苦艾酒”。

的时候，我会很痛苦的。”

“可你赞同吗，哈里？”画家问道，他咬着嘴唇在房间里走来走去，“你不可能赞同。他是被热恋冲昏了头脑。”

“我现在既不赞同也不反对任何事情，因为对生活采取那种态度是很荒谬的。人生在世可不是来宣扬道德偏见的。普通人说什么我从不注意，有魅力的人做什么我也从不干涉。如果一个人的气质吸引我，不论他怎么表现我都觉得讨喜。道林·格雷爱上了一个演朱丽叶的漂亮姑娘，向她求婚，有何不可？就算他娶了麦莎林娜[①]，魅力也不会减少半分。你知道我不是什么婚姻卫道士。婚姻的真正缺陷在于它使人无私，而无私的人则暗淡无光、缺乏个性。不过也有些人的气质会被婚姻变得更复杂。他们保留了自己的自我中心主义，又加上很多其他自我，他们被迫过着多重生活，他们变得高度井然有序，而我想这就是人类存在的目的吧。还有，每种体验都有价值，所以不管人如何诋毁婚姻，它肯定还是一种体验。我希望道林·格雷娶这个姑娘为妻，热情洋溢地宠爱她半年，然后突然移情别恋，那他会成为一个非凡的研究对象。”

“这些话你没有半字当真，哈里，你自己清楚你

① 麦莎林娜（Messalina，22—48）：罗马皇帝克劳狄乌斯一世（Claudius I，前10—54）的皇后，因荒淫而闻名。

没有。如果道林·格雷的人生毁了，没有人会比你更难过。你比装出来的样子要善良得多。”

亨利勋爵哈哈大笑。“我们都把别人想得那么好，就是因为我们害怕自己。乐观主义的基础纯粹就是恐惧。我们相信邻居拥有美德，就以为自己很慷慨，其实是因为那些美德可能对我们有利；我们赞美银行家，是为了透支账户；我们发现强盗的优点，是希望他们能饶过我们的钱包。我说的每一个字都当真。我最鄙视乐观主义。至于人生被毁，只有成长被抑制的人生才是真的毁了。想毁坏天性，只要改造它就行。婚姻当然是愚蠢的，但是男女之间还有其他更有趣的结合方式，这些方式拥有时髦的魅力，我一定会鼓励。道林本人来了，他可以告诉你的比我多。”

“亲爱的哈里，亲爱的巴兹尔，你们俩都得祝贺我！”小伙子说道，一边脱下两翼缎子衬里的晚礼服斗篷，和两个朋友分别握了手，“我从来没有这么幸福过。当然了，这幸福来得太突然——一切真正令人愉悦的事情都是这样。但是对我来说，这好像就是我毕生追求的东西。”他兴高采烈，双颊泛红，更显英俊非凡。

“我希望你永远幸福，道林，”霍尔沃德说道，“可我不能原谅你，你订婚了不告诉我，却告诉了哈里。”

“我也不能原谅你晚餐迟到。”亨利勋爵插嘴道，微笑着把手搭在小伙子肩头，“来，咱们坐下尝尝这里新大厨的手艺，然后你再给我们讲讲事情的来龙去脉。”

“真没什么好讲的，”道林·格雷叫道，他们围着小圆桌坐了下来，“事情很简单。哈里，昨晚跟你分开后，我换了衣服，在鲁珀特街[①]你推荐的那家意大利小餐馆吃了饭，八点钟到了剧院。西比尔在演罗瑟琳。布景自然是很糟糕，那个奥兰多[②]也演得荒唐可笑。可是西比尔！你们要是见过她就好了！她女扮男装上场时，简直完美。她穿着苔藓色的天鹅绒短上衣，镶着肉桂色的袖子，配上修长、棕色的交叉吊带裤，戴着一顶雅致的绿色小帽，上面的宝石还插了根鹰翎，外披一件暗红衬里的风帽大氅。对我来说，她从未如此美妙。她拥有你画室里那尊塔那格拉[③]小陶雕全部的精致和优雅，巴兹尔。她的头发簇拥着脸，就像深绿

① 鲁珀特街（Rupert Street）：位于伦敦威斯敏斯特苏豪区（Soho）一条街道，以德裔英国骑兵统帅莱茵河的鲁珀特王子（Prince Rupert of the Rhine）命名。

② 奥兰多（Orlando）：莎士比亚戏剧《皆大欢喜》男主角，罗瑟琳的爱人。

③ 塔那格拉（Tanagra）：希腊中东部一古城，遗址位于雅典西北，自 1874 年起，该地古墓多出土陶器，上有彩绘神女，世称塔那格拉小陶雕。

的叶子衬托着白嫩的玫瑰。至于她的演技——嗯，你们今晚就能见到她了。她简直就是个天生的艺术家。我坐在昏暗的包厢里，完全着迷了，连自己在伦敦、在十九世纪都忘了。我和我的爱人到了一片从未有人见过的森林里。演出一结束，我就到后台去和她说话。我们坐在一起时，她眼中突然流露出一种我从未见过的神情。我的唇靠近她的唇，我们接吻了。我没法跟你们形容当时的感受。我的整个生命似乎缩小成了一个完美的点，充满了玫瑰色的欢乐。她浑身颤抖，就像一枝白色的水仙花那样战栗不已，然后她猛地跪下来亲吻我的手。我觉得不该把这些全部告诉你们，可我禁不住。当然了，我们订婚是绝对保密的。她连她亲妈都没告诉。我也不知道我的监护人会怎么说，莱德利勋爵肯定会大发雷霆，可我不在乎。再过不到一年我就成年了，到时候我想干什么就能干什么。我从诗中寻爱，从莎士比亚的戏剧里找妻子，我这样做是对的吧，巴兹尔？莎士比亚教会说话的双唇，在我耳边低诉了它们的秘密。罗瑟琳的双臂搂着我，朱丽叶的双唇亲吻我。”

“是的，道林，我觉得你是对的。”霍尔沃德慢慢地说道。

“你今天见过她吗？”亨利勋爵问道。

道林·格雷摇了摇头。“我们在阿登森林里分别，将在维罗纳的果园里重逢。”

亨利勋爵若有所思地呷了一口香槟。“道林，你在何种关键时刻提了‘结婚’二字？她又如何作答？也许你全忘了吧。”

“亲爱的哈里，我可没把它当作一笔买卖，也没正式求婚。我只是告诉她我爱她，而她说她不配做我的妻子。不配！哎呀，跟她一比，全世界对我都不算什么。”

“女人实际得惊人，”亨利勋爵喃喃道，“比我们实际多了。在那种情形下，我们往往忘了提结婚，而她们总会提醒我们。”

霍尔沃德把手搭在他手臂上。“别这么说，哈里。你惹道林生气了。他和其他人不一样，他是不会把痛苦加在别人身上的，他天性太善良了，不会干那种事情。”

亨利勋爵隔着桌子望着对面。“道林从不生我气，”他回答道，“我问这个问题有最充分的理由，其实是问任何问题都应被原谅的唯一理由——单纯的好奇。我有个理论：从来都是女人向我们求婚，而不是我们向女人求婚。当然了，中产阶级生活中除外，但是中产阶级不够时髦啊。”

道林·格雷仰头哈哈大笑。“你简直无药可救，哈里，但我不介意，跟你生不起气来。等你见到西比尔·韦恩，你就会觉得谁亏待她谁就是畜生，没心没肺的畜生。我搞不懂怎么会有人会想羞辱自己所爱。我爱西比尔·韦恩，我要把她安在黄金座上，看全世界膜拜我的女人。婚姻是什么？一个永不违背的誓言。你为此嘲笑它。啊！别嘲笑了。我想要的就是一个永不违背的誓言。她的信任使我忠诚，她的信念使我善良。跟她在一起的时候，我为你教我的一切感到悔恨。我变得跟你所了解的那个我不同。我变了，西比尔·韦恩的手轻轻一碰，就让我忘了你，还有你那些诱人而荒谬、动听而有毒的理论。”

“哪些理论？”亨利勋爵问道，一边吃了些沙拉。

“噢，你那些关于生活、爱情和享乐的理论。其实是你全部的理论，哈里。”

“只有享乐才配有理论，”他用缓慢而悦耳的声音答道，“可是恐怕我不能说我的理论为我所有。它属于天性，不属于我。享乐是天性的考验，是天性首肯的标记。我们快乐的时候必然善良，善良的时候却未必快乐。”

“啊！那你所谓的善良又是什么意思？”巴兹尔·霍尔沃德叫道。

“对啊。”道林附和道，说着往椅背上一靠，隔着桌子望着亨利勋爵，目光越过立在桌子正中的一大簇紫色唇瓣鸢尾花，“你所谓的‘善良’是什么意思，哈里？”

“‘善良’就是顺乎自我，”他答道，一边用白净纤细的手指抚摩着酒杯的细脚，“被迫顺乎别人，就是不和谐。自己的人生——才是最重要的。如果想当道学先生或清教徒，你可以炫耀自己的道德观去评价邻居的人生，但是邻居的人生实则与你无关。何况个人主义其实还有更高的目标。现代道德就在于接受同时代的标准。而我认为，任何一个有教养的人接受同时代的标准，正是一种最严重的不道德。”

“可是哈里，如果一个人只为自我而活，无疑他也得付出可怕的代价吧？”画家提醒道。

“是的，现在什么东西都要价太高。我可以猜想，穷人的真正悲剧在于除了自我否定什么也买不起。美丽的罪孽，就像美丽的事物，是富人的特权。”

“除了钱，还有其他方式付出代价。”

“还有什么方式，巴兹尔？”

“噢！我猜还有悔恨、痛苦……嗯，自知堕落的意识。”

亨利勋爵耸了耸肩。“亲爱的伙计，中世纪的艺术是很迷人，但中世纪的情感已经过时了，也就写小说还能用用。可是小说里能用的东西，只能是实际中已经不用的东西。相信我，文明人享乐从不悔恨，而野蛮人从不知何为‘享乐’。”

“我知道何为‘享乐’，”道林·格雷叫道，“就是爱慕一个人。”

“那肯定好过被人爱慕，”他答道，一边玩弄着水果，“被人爱慕是件麻烦事儿。女人对待我们，就像人类对待神灵一样。她们崇拜我们，总是缠着我们为她们做这做那。”

“我应该说，不论她们要求我们什么，她们都已先给了我们。”小伙子庄重地喃喃道，“她们在我们的天性里创造了爱，她们有权利要求爱情的回报。”

“完全正确，道林。”霍尔沃德叫道。

“没什么是完全正确的。”亨利勋爵说道。

“这个就是。”道林插嘴道，“你必须承认，哈里，女人把生命中最宝贵的东西给了男人。”

“也许吧，”他叹道，“但是她们一定会要求零零星星地还回去，这就是麻烦之处。就像某个诙谐的法国人说的，女人总是刺激我们创造杰作的欲望，却又不让我们实际去创造。”

“哈里，你真可怕！我不知道为什么我这么喜欢你。”

“你会永远喜欢我的，道林。”他答道，“来点咖啡不，二位？服务员，上咖啡，还有特优香槟干邑，还有香烟。不，香烟不要了——我自己有。巴兹尔，我不许你抽雪茄，你得来根香烟，香烟是完美享乐的完美典型，精致又不让人餍足，夫复何求啊？是的，道林，你会永远喜欢我的。对你来说，我就代表你没有勇气去犯的所有罪孽。”

“你胡说些什么呀，哈里！”小伙子叫道，用侍者送到桌上的喷火银龙点着了烟，“我们到剧院去吧。西比尔一登台，你们就会有一个新的生活理想了。她将代表一种你们前所未知的东西。”

“我无所不知，”亨利勋爵说道，眼里露出一丝倦意，“不过我随时准备尝试新的情感。但是我恐怕，至少对我来说，不存在这种东西。不过，你那神奇的姑娘仍可能让我激动。我喜欢看戏，戏比生活真实多了。我们走吧，道林，你跟我一块。真抱歉，巴兹尔，布鲁厄姆马车里只有两个座位。你得另坐一辆汉瑟姆出租马车跟在后面。”

他们站起身来，穿上外套，站着呷了几口咖啡。画家一声不吭，心事重重，满脸阴沉。这门婚事他无法忍受，但是相比可能发生的其他事情，又似乎还算好。几分钟之后，他们都下了楼。根据事先安排，他独自一人坐车走。他望着前面布鲁厄姆小马车闪烁的车灯，心头涌起一阵奇怪的失落感。他感到对自己来说，从前的道林·格雷一去不复返了，生活横插在他俩中间……他的眼神黯淡下来，人影幢幢、灯火闪耀的街道在他眼前模糊了。马车赶到剧院时，他感觉自己似乎苍老了好几岁。

第七章

不知为何，那天晚上剧院里很挤。那个肥硕的犹太经理在门口迎接他们，油滑怯懦地笑着，嘴都合不拢。他挥舞着戴着珠宝的肥手，嗓门儿扯到最大，以一种浮夸的谦卑姿态领他们进了包厢。道林·格雷厌恶他到了极点。他觉得自己是来找米兰达[1]的，结果却撞上了卡利班。亨利勋爵却比较喜欢他，至少他嘴上是这么说的，而且坚持要和他握手，还向他保证说能遇见一位发现了真正天才并且为诗人破了产的人，自己深感荣幸。霍尔沃德观察着正厅后排观众的脸，聊以消遣。里面热得要命，巨大的日光灯发出耀眼的光芒，就像一朵硕大无比的大丽花，花瓣就是黄色的火焰。顶层楼座里的年轻人已经脱掉外套和背心，搭在旁边。他们老远吆喝着互相交谈，和坐在身边的俗艳姑娘分吃橘子。正厅后排有几个女人在哈哈大笑，声音非常尖利难听。酒吧里则传来拔软木塞的砰砰声。

“好一个发现神性的地方！”亨利勋爵说道。

“是啊，”道林·格雷回答道，“我就是在这里

① 米兰达（Miranda）：莎士比亚戏剧《暴风雨》女主角。

发现她的，她比一切生灵都神圣。看她表演，你会忘记一切。她一登台，这些面容粗糙、姿态野蛮的普通人都会变得不一样：他们会静静地坐着看她表演，会按她的意图哭泣或欢笑。她把他们调教得像小提琴一样反应灵敏；她使他们灵化，让人觉得他们跟自己血脉相连。”

“血脉相连！噢，免了吧！”亨利勋爵惊叫道，他正用观剧镜扫视着顶层楼座里的观众。

“别理他，道林。”画家说道，“我懂你的意思，我相信这个姑娘。你爱上的肯定是个妙人儿，而具有你所描绘的魅力的姑娘，肯定优雅又高贵。使时代灵化——是一件值得做的事情。如果这个姑娘能给没有灵魂的人以灵魂，如果她能在生活肮脏、丑陋的人心中创造一种美感，如果她能涤荡他们的自私，让他们为别人的痛苦流泪，她就配受你所有的宠爱，配受全世界的崇拜。这门婚事很好，起初我不这么想，但是现在我认可了。是神灵为你创造了西比尔·韦恩，没有她你便不完整。”

“谢谢你，巴兹尔。”道林·格雷按着他的手答道，“我知道你会理解我。哈里太愤世嫉俗了，吓着我了。噢，乐队开始演奏了。很难听，但是只有五分钟左右。然后幕布就会升起，到时你们就能看到那个姑娘，我要把一生托付给她，而我的一切美好我都已经献给她了。”

一刻钟过后，在一阵混乱热烈的掌声中，西比尔·韦恩登上了舞台。是的，她看起来的确很可爱——亨利勋爵觉得她是自己见过最可爱的人儿之一。她姿态娇羞优雅，眼神有如惊鹿。她扫了一眼满场热情的观众，两颊泛起一阵淡淡的红晕，就像映在银镜里的一朵玫瑰。她倒退几步，双唇似乎在颤抖。巴兹尔·霍尔沃德跳起身，开始鼓掌。道林·格雷就像在做梦似的一动不动，坐在那里凝望着她。亨利勋爵从观剧镜里望着她，喃喃道："迷人！迷人！"

演的是凯普莱特家大厅那场戏，罗密欧扮成香客，已经和茂丘西奥还有其他朋友进来了。乐队一如既往的稀松平常，几节音乐奏过，舞蹈便开始了。西比尔·韦恩穿梭在一群衣衫褴褛的笨拙演员当中，宛若仙女下凡：她跳舞时身姿摇曳，有如枝条在水中摆动，喉部的曲线颇似一株白色百合花，双手就像是由清凉的象牙雕琢而成。

可奇怪的是，她显得无精打采，看见罗密欧时也没有任何欢悦的迹象。她仅有的几句台词——

好香客，你太委屈双手，
如此方显恭敬的虔诚；
圣徒之手本许香客碰触，

合掌就是朝圣者的热吻。[1]——

和随后一段简短的对白，都念得十分矫揉造作。她的嗓音非常美妙，但语调却虚假透顶，音色全错了，整首诗全无生气，热情也变得虚幻不实。

道林·格雷看着她，脸色逐渐变得苍白。他迷惑又焦急。两个朋友没有一个敢对他说什么。对他们来说，她演技拙劣，让他们大失所望。

但是他们觉得，对任何演朱丽叶的演员来说，真正的考验是第二幕的阳台相会。他们便等着看那一场。要是这一场她也演不好，那她就毫无可取之处了。

她在月光下出场时显得很迷人，这无可否认，但是她的表演装腔作势，叫人无法忍受，而且越演越糟。她的手势做作得近乎荒谬，每句话都说得很夸张。原本优美的台词——

你知道黑夜给我戴上了面具，
否则今晚被你听见的我的话，
早让我颊上泛出少女的红晕。[2]——

---

① 出自莎士比亚戏剧《罗密欧与朱丽叶》第一幕第五场。

② 出自莎士比亚戏剧《罗密欧与朱丽叶》第二幕第二场。

念得简直就像二流演讲教员教出来的女学生在背书，准确但吃力。当她俯身在阳台上，念出下面原本绝妙的诗行时——

虽然我喜欢你，

却不喜欢今晚的誓约：

它太仓促，太轻率，太意外；

太像闪电，来不及说声“闪电了”

就消逝了。可爱的人儿，晚安！

夏日催熟的气息吹拂，这朵爱的蓓蕾，

在我们下次相会时，也许会开出美丽的花朵。[①]——

她念得好像这些诗句对她毫无意义。那不是紧张，其实她完全可以自控，她根本不紧张。纯粹就是演技太差。她彻底演砸了。

就连正厅后排和顶层楼座那些没受过教育的普通观众，也对这出戏失去了兴趣。他们开始躁动不安，高声谈话，还吹口哨。站在花楼后面的犹太经理气得又跺脚又骂人。唯一无动于衷的人就是那姑娘自己。

第二幕结束时，剧院里嘘声一片，亨利勋爵从座

① 出自莎士比亚戏剧《罗密欧与朱丽叶》第二幕第二场。

位上站起身来，穿上外套。“她很漂亮，道林，”他说道，“可她不会演戏。我们走吧。”

“我要把戏看完。”小伙子生硬而痛苦地答道，“非常抱歉，让你们浪费了一晚上，哈里。我向二位道歉。”

“亲爱的道林，我看韦恩小姐是病了，”霍尔沃德插嘴道，“我们改天晚上再来吧。”

“我倒希望她是病了，”他回答道，“可我看她就是冷酷无情。她全变了。她昨晚还是个伟大的艺术家，今晚就成了一个平庸无奇的女戏子。”

“别这么说你爱的人，道林。爱情比艺术更美妙。”

“两者都不过是模仿的形式而已。”亨利勋爵说道，“我们还是走吧。道林，你不能再待在这儿了，观看拙劣的表演于人身心无益。何况我看你也不会让妻子去演戏，那她演的朱丽叶像个木偶又有什么关系呢？她很可爱，如果她对生活就像对表演一样一无所知，就会令人愉悦。只有两种人真正令人着迷——无所不知的人和一无所知的人。天哪，亲爱的孩子，别这么垂头丧气！青春永驻的秘诀就是绝不动不该动的感情。跟我和巴兹尔到俱乐部去吧，咱们去抽几根烟，为西比尔·韦恩的美貌干杯。她很美，你还要什么呢？”

“走开，哈里。”小伙子叫道，“我想一个人待会儿。巴兹尔，你也得走。啊！你们看不见我的心都碎了吗？”他热泪盈眶，双唇颤抖。他冲到包厢后部，靠在墙上，双手捂着脸。

“我们走，巴兹尔。”亨利勋爵说道，声音里有一种奇特的温柔。随后，两个年轻人一起走了出去。

没过多久，脚灯亮了，幕布升起，第三幕开始了。道林·格雷回到座位上。他脸色苍白，傲慢而冷漠。演出冗长拖沓，仿佛没完没了。一半观众退了场，踏着厚重的靴子，一路讥笑着。整出戏一败涂地。最后一幕几乎是演给一排排空椅子看的。幕布在嗤笑和抱怨中落下了。

戏一落幕，道林·格雷就冲进了后台演员休息室。那姑娘独自一人站在那里，脸上带着胜利的表情，眼里燃着美妙的火焰。她光芒四射，双唇微张，为某种秘密而微笑着。

他进来时，她看着他，脸上露出无尽的欢喜。“我今晚演得多糟，道林！”她叫道。

“糟糕透顶！”他惊异地看着她答道，“糟糕透顶！简直可怕。你是不是病了？你不知道糟成什么样了，你不知道我有多痛苦。”

姑娘笑了。“道林，”她答道，用音乐般的声音把他的名字拖得很长，仿佛对她那花瓣似的红唇来说，他的名字比蜜还要甜，“道林，你该懂啊。但你现在懂了，对吧？”

“懂什么？”他愤怒地问道。

“懂我今晚为什么演得这么糟啊，为什么我会一直演得糟，为什么我再也不会演好了。”

他耸了耸肩。“我看你是病了，病了就不该演出。你自己出了丑，还让我朋友看得不耐烦，我也不耐烦了。”

她仿佛没有听他说话。她欢喜得容光焕发，一阵幸福的狂喜攫住了她。

“道林，道林，”她叫道，“认识你以前，演戏是我生命里唯一的真实。只有在剧院里我才活着。我把一切都当作真的。我今晚是罗瑟琳，明晚是鲍西娅；贝特丽丝的快乐就是我的快乐，考狄利娅[①]的悲伤就是我的悲伤。我什么都信。和我同台演出的普通人我都视若神明。画出的布景就是我的世界。除了幻影我一无所知，我还信以为真。可你来了——噢，我美丽的情人！——你从牢笼中解救了我的灵魂。你教我知道了什么才是真实。今天晚上，生平第一次，我看透了自己一直在其中表演的戏剧多么空洞，多么虚假，多么愚蠢。今天晚上，生平第一次，我意识到罗密欧多么丑陋，多

① 鲍西娅（Portia）：莎士比亚戏剧《威尼斯商人》女主角。贝特丽丝（Beatrice）：莎士比亚戏剧《无事生非》女主角。考狄利娅（Cordelia）：莎士比亚戏剧《李尔王》女主角。

么老迈，多么虚饰，果园里的月光是伪造的，布景是庸俗的，我不得不念的台词是不真实的，那不是我的话，不是我想要说的话。你给我带来了一种更高尚的东西，所有的艺术都不过是它的映象。你让我明白了爱情的真谛。我的爱人！我的爱人！白马王子！生命王子！我厌倦了那些幻影。你对我来说远胜一切艺术。我跟戏里那些木偶有什么关系？今晚登台的时候，我不明白为什么自己丧失了全部演技。我还以为我会演得很精彩，结果却发现自己什么也演不了。突然我的灵魂领悟了这一切的意义。这次领悟对我来说美妙极了。我听到他们的嘘声，可我笑了。他们怎么会懂我们这样的爱情呢？带我走吧，道林——带我跟你走，到一个只有我们俩的地方去。我讨厌舞台。也许我能模仿自己没有感受到的激情，但是我模仿不了像火一样燃烧着自己的激情。噢，道林，道林，现在你理解这一切意味着什么了吧？即使我还能演，由我来演恋爱场景也是一种亵渎。是你让我看清了这一点。”

他跌坐在沙发上，转过脸去。“你杀了我的爱。”他喃喃道。

她惊讶地看着他，笑了起来。他没有理会。她走到他身边，用纤细的手指抚弄着他的头发。她跪下身来，把他的双手贴在自己唇上。他抽开手，浑身一阵战栗。

接着他跳起身来，朝门口走去。“是的，”他叫道，“你杀了我的爱。你曾经能激发我的想象，现在连我的好奇都激发不了。你不能激发我任何感受。我爱过你，因为那时你神奇非凡，因为那时你拥有天才和智慧，因为你曾使伟大诗人的梦成真，因为你曾赋予艺术的幻影以形象和实质。可你把这一切都抛弃了。现在你既浅薄，又愚蠢。天哪！爱上你我真是疯了！我多傻啊！现在你对我什么都不是了。我再也不会见你了，再也不会想你了，再也不会提起你的名字了。你不知道你曾经对我意味着什么。唉，曾经……噢，一想起来我就受不了！我希望我从来就没有见过你！你毁了我一生的浪漫。你对爱情多么无知，竟说爱情有损艺术！没有艺术，你什么都不是。本来我可以让你名扬天下、光彩照人、华贵辉煌，全世界都会崇拜你，你也可以冠我的姓氏。可现在你算什么？长了张漂亮脸蛋的三流女戏子而已。”

姑娘脸色苍白，全身颤抖。她紧握双手，声音似乎哽在了喉头。“你不是认真的吧，道林？”她喃喃道，“你是在演戏吧？”

“演戏！留给你演吧。你演得可好了。”他愤恨地说道。

她站起身来，一脸可怜的痛苦表情，穿过屋子，走到他面前，把手放在他手臂上，望着他的眼睛。他一把推开她。“别碰我！”他叫道。

她发出一声低沉的哀吟，扑在他脚下，像朵被践踏的花儿倒在那里。“道林，道林，不要离开我！”她低声道，“真对不起，我没有演好。我一直都在想你。但是我会努力的——真的，我会努力的。我对你的爱来得太突然了。如果你没有吻我——如果我们没有亲吻彼此，我想我不会意识到自己对你的爱。再吻吻我，我的爱人。不要离开我。我受不了的。噢！不要离开我。我弟弟……不，算了，他不是当真的，他是说着玩的……可你，噢！今晚的事你就不能原谅我吗？我会认真演戏，演得更好。别对我这么残忍，因为我爱你胜过世上一切。毕竟，只有这一次我没让你满意。但是你说得对，道林，我应该更像个艺术家。是我太愚蠢，可我也是情不自禁啊。噢，别离开我，别离开我。”一阵激动的啜泣哽住了她的喉咙。她蜷在地上，像只受伤的动物，而道林·格雷用美丽的眼睛俯视着她，秀美的嘴唇异常轻蔑地撇着。人一旦不爱了，对方的感情总有几分可笑。在他看来，西比尔·韦恩简直小题大做得荒唐，她的眼泪和抽泣叫他心烦。

“我走了。”最后他用平静清晰的嗓音说道，“我不想薄幸，但我不能再见你了。你让我失望了。”

她默默哭泣，没有回答，只是爬近了些。一双小手干伸着，好似要找他。他转身离开了房间，不一会儿就出了剧院。

自己去了哪些地方他都记不清。他记得自己在昏暗的街上游荡，经过了黑沉沉的凄凉拱门和阴森森的房子；声音嘶哑、笑声刺耳的女人追着招呼他；酒鬼自言自语、骂骂咧咧地从他身边踉跄走过，好像狰狞的猿猴；他看到奇形怪状的孩子挤在门阶上，听到阴郁的院落里传来尖叫和咒骂。

天色刚刚破晓，他发现自己到了考文特花园附近。夜色消退，天空初泛红霞，澄明得有如一颗无瑕的珍珠。光洁的街上空旷无人，大车满载摇曳的百合花隆隆作响地缓缓结队驶过。空气中弥漫着浓郁的花香，花儿之美仿佛稍稍缓解了他的痛苦。他尾随着走进市场，看工人卸下花束。一个穿白色上衣的车夫给了他几枚樱桃。他道了谢，没搞明白他为什么不肯收钱，就无精打采地开始吃了起来。樱桃是半夜摘的，沁入了月华的清凉。一长队男孩扛着一筐筐斑纹郁金香和黄色红边玫瑰，在他面前的大堆玉绿色的蔬菜间穿行。门廊的柱子让太阳晒白了，柱旁一群没戴帽子[①]的邋遢姑娘在等拍卖[②]结束，其他人则挤在广场咖啡馆的转门周围。拉货车的高头大马在粗糙的石子路上打着滑，踢踏着蹄子，

---

① 英国维多利亚时代，基本人人都会戴帽子出行，只有少数穷苦工农买不起帽子。

② 拍卖：市场上的货物由批发商通过拍卖的形式转手给小贩零售。

摇晃着铃铛和马具。几个车夫躺在一堆麻袋上睡觉。几只彩颈粉趾的鸽子跳来跳去，啄食种子。

过了一会儿，他叫了辆马车回家。他在门阶上徘徊片刻，环顾寂静的广场，四面空白的窗户木然紧闭，只有百叶窗凝视着他。现在天空转成了纯净的蛋白色，映在天空下的屋顶像银子一般闪闪发亮。对面烟囱里升起一缕青烟，恰如一根紫色的丝带，盘旋着穿过了珠母贝色的空气。

门厅里镶着大块橡木护壁板，天花板上挂着一盏巨大的威尼斯镀金吊灯，那是某位总督游艇上的战利品。吊灯三个喷嘴上火苗闪烁，仿佛镶着白萼的蓝色花瓣。他熄掉灯，把帽子和斗篷扔在桌上，穿过图书室来到卧室门前。卧室是一楼一间八角形的大房间，由于最近他突发奢侈的奇想才刚刚重新装潢过，挂上了些文艺复兴时期的别致挂毯，那是在塞尔比皇家庄园[①]废弃的阁楼里找到的。他转动门把手时，目光落在巴兹尔·霍尔沃德给他画的画像上。他后退了一步，仿佛吃了一惊。接着他走进卧室，似乎迷惑不解。他取下外套饰纽上的花，之后似乎犹豫了一下，最后回到画像前仔细打量起来。昏暗的光线勉强透过奶色丝绸百叶窗钻进室内，画像上的脸庞看起来似乎有些轻微的变化：表情看起来不

① 塞尔比皇家庄园（Selby Royal）：本书虚构的乡村庄园。

同了，可以说嘴角带了一丝残忍。真是奇怪。

他转身走到窗前，拉起百叶窗。明亮的晨光泻进室内，把奇形怪状的阴影扫进暗角，任其颤抖。但是他刚才在画像脸部看到的古怪表情似乎还留在那里，甚至更清晰了。刺眼的阳光颤动着，照亮了画像嘴边残忍的线条，就像自己干了坏事之后照镜子一样清晰。

他缩回身来，从桌上拿起椭圆单片眼镜，边框镶了象牙雕的丘比特，那是亨利勋爵送他的许多礼物之一。他赶忙透过光洁的镜片一看，却没看见什么线条扭曲他的红唇。这是怎么回事？

他揉了揉眼睛，靠近画像再仔细检查。他细看画像，没有发现任何变化，但是毫无疑问，整体表情变了。这不是他的幻觉，事实明显得令他恐惧。

他倒进一把椅子，开始思索。突然，他脑海中闪过画像完成那天自己在巴兹尔·霍尔沃德的画室里说过的话。是的，他记得清清楚楚：他许了个疯狂的愿望，希望自己永葆青春，而让画像变老；自己的美永不褪色，而让画布上的脸承受他激情和罪孽的重荷；画像铭刻痛苦和思虑的线条，而他自己保有刚刚觉识的青春芳华与精致可爱。莫非他的愿望成真了？这种事是不可能的，光是想想都骇人。但是画像分明就在他眼前，嘴角分明带着一丝残忍。

残忍！他残忍了吗？是那姑娘的错，不是他的错。

他曾梦想她成为伟大的艺术家，他曾因为觉得她伟大而把自己的爱献给了她。然后她却让他失望了。她浅薄，她不配。可是，一想到她伏在自己脚边哭得像个孩子，他心头又涌起无限的悔恨。他记得自己曾何等无情地看着她。他怎么成了那样的人呢？他怎么有这样一具灵魂？但是他也痛苦啊。看了三个小时可怕的戏，他好似经受了几个世纪的痛苦、几个世代的折磨。他的生命大可抵得上她的。如果说他伤了她一生，那她也害了他一刻。再说，女人比男人更适宜忍受痛苦。她们就靠感情生活，她们只考虑感情。她们找情人只不过是找个吵闹的对象。这是亨利勋爵告诉他的，亨利勋爵很了解女人。他干吗要为西比尔·韦恩痛苦呢？现在她对他已经什么也不是了。

但是画像呢？画像他该怎么解释？它保守着他生活的秘密，讲述着他的故事。是它教他爱自己的美貌。它会教他憎恶自己的灵魂吗？他还会去看它吗？

不，这不过是感官紊乱的幻象。他刚度过的恐怖之夜留下了种种幻影。他想起小小一点红斑就让人发疯。画像没有变，觉得它变了真是蠢。

可是它还凝视着他，美丽、伤损的脸上挂着残忍的微笑。光亮的头发在晨光里闪耀，蓝色的眼睛望着他的眼睛。他心中升起无尽的怜悯，不是为自己，而是为自己的画像。它已经变了，还会变更多：它的金黄会褪成灰白，它红白的玫瑰会死去。他每犯下一道罪孽，就会出现一处污痕，破坏它的美。可他不会再造下罪孽了。那幅画像，变与不变，都会是他良心可见的象征。他会拒绝诱惑。他不会再见亨利勋爵——无论如何，再也不会听他那些玄妙有毒的理论了，就是那些理论在巴兹尔·霍尔沃德的花园里第一次激起了他的痴心妄想。他会回到西比尔·韦恩身边，补偿她，娶她，设法再爱她。是的，他有责任这样做。她受的苦肯定比他多。可怜的孩子！他过去对她太自私、太残忍。她会重新对他施展魔力。他们会幸福地生活在一起，他们的生活会美丽而纯洁。

他从椅子上站起身来，拉过一张大屏风遮在画像前面，他瞥了画像一眼，不寒而栗。“多可怕啊！”他喃喃自语道。他走到窗前，打开落地窗。他走出来踏上草地，深深吸了一口气。清晨的新鲜空气似乎驱散了他所有的阴郁念头。他只想着西比尔，心中再次响起爱情的微弱回声，他一遍遍念着她的名字。花园里清露未干，鸟儿唱着歌，仿佛在向花儿诉说着她的故事。

第八章

等他醒来已是午后许久。贴身男仆不知少主人为何睡到这么晚，已经蹑手蹑脚进屋好几次，察看他有无动静。他终于拉铃了，维克托用一个塞夫勒[①]古瓷盘端了一杯茶和一摞信轻轻走了进来，拉开三扇高窗前橄榄色的绸缎窗帘，衬里微微闪着蓝光。

“先生今天早上睡得很好啊。”他笑眯眯地说道。

“几点了，维克托？”道林·格雷睡眼蒙眬地问道。

“一点一刻，先生。”

这么晚了！他坐起身，喝了几口茶，翻看起信来。有一封是亨利勋爵早晨派人送来的。他犹豫了一下，把它放到了一边。他没精打采地拆开其他信，都是些贺卡、晚宴请柬、预展入场券、慈善音乐会节目单之类的东西，这个季节时髦青年每天早晨都能收到一大摞。还

① 塞夫勒：法国塞夫勒皇家瓷厂（Manufacture nationale de Sèvres），出产名贵瓷器，一度风靡欧洲皇室和上流社会。

有一张款项较大的账单，开的是一套路易十五式[①]的银制梳妆用具，他还没敢告诉监护人。他们都是些极端守旧的人，不理解在我们生活的这个时代，不必要的东西才是真正的必需品。另外还有几封是杰明街放款人寄来的，措辞非常谦恭，表示可以随时以最合理的利息预支任何数额的款项。

大概十分钟过后他起了床，披上一件精美的丝绣开司米晨衣，走进玛瑙铺地的浴室。凉水洗去久睡的昏沉。他似乎忘记了昨天经历的一切，只有一两次他模糊地感到自己参与了一桩怪异的悲剧，但又如梦境一般虚幻不实。

穿好衣服，他立马走进了图书室，坐在敞开着的窗户边一张小圆桌前，开始享用一份为他备好的清淡法式早餐。天气好极了，温暖的空气里好像洒满了香料，一只蜜蜂飞了进来，绕着他面前一只插满硫黄色玫瑰花的蓝龙纹花盘嗡嗡转。他觉得幸福极了。

他的目光突然落到了他拉到画像前的屏风上，他吃了一惊。

“先生觉得太冷吗？”贴身男仆问道，一边把一份

---

① 路易十五式（Louis-Quinze）：路易十五（Louis XV，1710—1774）是法兰西波旁王朝国王，1715年至1774年在位。路易十五式亦称路易十五风格，泛指路易十五当政时期的法国洛可可和新古典主义建筑和装饰艺术风格，以工艺精湛、曲线优雅、细节繁复著称。

煎蛋放到桌上，“我把窗户关上吧？”

道林摇了摇头。“我不冷。”他喃喃道。

这都是真的吗？画像真的变了吗？难道这只是幻觉，让他把愉悦的表情看成了邪恶的表情？画布画完就一定不会变吗？这事儿太荒唐，可也是个好故事，哪天讲给巴兹尔听，准能逗他笑。

但是，这一切又如此历历在目！先是在朦胧的晨光里，后是在明亮的黎明中，他都看到了扭曲的嘴唇周围残酷的表情。他几乎不敢让贴身男仆离开房间。他知道自己一个人的时候就会禁不住看画像。他害怕这件事是真的。男仆送来咖啡和香烟，转身要走，他感到一阵疯狂的冲动，想叫他留下来。男仆正要关门，被他叫住，于是停住等他吩咐。道林望了他一会儿。“今天我谁也不见，维克托。”他叹了口气道。男仆鞠躬退下。

之后他从桌边站起身来，点了根香烟，躺在一张放有许多豪华靠垫的沙发上，面对着屏风。屏风已经很旧了，由镀了金的西班牙皮革制成，印有路易十四式的华丽图案。他好奇地打量着它，心里捉摸着它以前是否也掩藏过别人生命的秘密。

他究竟该不该把它挪开？为什么不让它待在那里？知道了又有什么用？要真有其事，那就太可怕了；要不是真的，又何必为它烦心呢？可是如果命中注定，或是因为某种更致命的偶然，别人往屏风后偷看，发现了那可怕的变化，又该如何是好？要是巴兹尔·霍尔沃德来了要看他自己画的画，又该怎么办？巴兹尔肯定会的。不，得仔细看看这东西，现在就看。无论如何，总比他这样疑神疑鬼、提心吊胆要好。

他站起身，把两扇门都锁上。至少在他查看自己羞耻的面具时，不能有旁人在场。然后他拉开屏风，跟自己面面相对。千真万确，画像变了。

之后他频频回忆起这一幕时，都还惊讶不已。他发现自己开始凝视着画像时，带着一种近乎科研的兴趣。竟会有这样的变化，他觉得不可思议，但事实就是如此。在画布上构成形象和色彩的化学原子，与他体内的灵魂之间，是否存在某种微妙而密切的关系？是不是它们让灵魂所思实现，让灵魂之梦成真？还是有其他更可怕的原因？他不禁战栗，感到害怕，躺回沙发上，凝望着画像，感到一种恶心的恐怖。

但是，有件事他觉得画像为他做了。它让他意识到自己对西比尔·韦恩多不公平，多么残酷。要补救还为时未晚，他仍可娶她为妻。他虚幻自私的爱还能受到高尚的感化，还能转化为高贵的情感，而巴兹尔·霍尔沃德给他画的画像可以成为他生活的向导，就像神圣之于一些人，良心之于另一些人，对上帝的敬畏之于我们所有人。有治疗悔恨的鸦片，催眠道德感的毒品，这里却有一个罪孽堕落的可见象征，一份人毁坏灵魂的不灭证据。

时钟敲了三点、四点，接着又是半点的两响，可是道林·格雷没有动弹。他正尝试收集生活的红线编成一幅图案；他正游荡在血色的激情迷宫里寻找出路。他不知道该怎么办、怎么想。最后他走到桌边，给他爱过的姑娘写了一封激情洋溢的信，责骂自己疯狂，乞求她的原谅。他写了一页又一页，满纸狂热的悲伤和更加狂热的痛苦。自责中常含奢侈。当我们自我责备时，就觉得别人再无权责备我们了。赦罪的不是牧师，而是忏悔。当道林写完信时，他觉得自己已经被原谅了。

突然有人敲门，他听到外面亨利勋爵的声音："亲爱的孩子，我一定要见你。快让我进去。你这样把自己关起来我可受不了。"

起先他不回答，一动也不动。敲门声继续着，而且越来越响。嗯，还是让亨利勋爵进来为好，跟他解释他要开始的新生活，如有必要就吵架，别无他法就绝交。他跳起身来，匆匆拉过屏风遮住画像，开了门。

"这件事我真的很遗憾，道林，"亨利勋爵一进门就说道，"可你千万别想太多。"

"你是说西比尔·韦恩的事吗？"小伙子问道。

"当然是啦，"亨利勋爵答道，坐进椅中，慢慢扯下黄色手套，"从某个角度来说，是很糟糕，可那不是你的错。告诉我，戏演完后，你到后台去见她了吗？"

“去了。”

“我就知道你去了。你跟她大闹了一场吗？”

“我太残忍了，哈里——残忍至极，可现在没事了。发生的这一切我并不后悔，它教我更好地认识了自己。”

“啊，道林，这件事你能这么接受我太高兴了！我还担心你会懊悔不已，扯头上的漂亮鬈发呢。”

“这些我都经历过了，”道林摇着头微笑道，“我现在非常开心。首先我明白了什么叫‘良知’，‘良知’不是你跟我说的那样，而是我们身上最神圣的东西。别再嘲笑了，哈里——至少别在我面前这样。我想做个好人。一想到自己灵魂丑恶，我就受不了。”

“这倒是道德准则绝妙的艺术基础，道林！我祝贺你。可你打算怎么开始呢？”

“跟西比尔·韦恩结婚。”

“跟西比尔·韦恩结婚？”亨利勋爵叫道，站起身来，一脸困惑地看着他，“可是，亲爱的道林——”

“是的，哈里，我知道你要说什么，肯定又要说什么婚姻可怕。别说了，别再跟我说那种话了。两天前我向西比尔求了婚。我不会食言，我要娶她为妻。”

“娶她为妻！道林！……你没收到我的信吗？今天一大早给你写的信，派我仆人亲自送来的。”

“你的信？噢，对，我想起来了。我还没看呢，哈里。我怕里面有些内容我不喜欢。你用那些警句把生活切成了碎片。”

“这么说你什么都不知道了？”

“什么意思？”

亨利勋爵走过来，在道林·格雷身边坐了下来，拉起他的双手，紧紧地握着。“道林，”他说道，“我的信——别害怕——是告诉你西比尔·韦恩死了。”

小伙子唇间迸出一声痛苦的叫喊，他挣脱了亨利勋爵的手，跳了起来。“死了！西比尔死了！这不是真的！这是个可怕的谎言！这种谎你都敢撒？”

“千真万确，道林。”亨利勋爵严肃地说道，“各家晨报上都登了。我写信就是叫你在我来之前谁也别见，肯定会调查的，你可不能牵扯进去。在巴黎这种事能让人出名，可是伦敦人偏见太深了。在这里可不能以丑闻出道，留到晚年倒可以涨涨人气。我估计剧院里的人还不知道你的名字吧？不知道最好。有人看见你进她房间吗？这点很重要。”

道林久久没有作答，他吓呆了。最后他声音沉闷、结结巴巴地说道：“哈里，你说要调查吗？那是什么意思？西比尔是不是……？噢，哈里，我受不了了！快点，全都告诉我。”

“我肯定不是意外，道林，尽管对公众只能说是意外。据说十二点半左右，她和她妈妈正要离开剧院，可她说她忘了点东西在楼上。他们等了她一会儿，可她一直没下来。最后他们发现她躺在化装室地上，死了。她误吞了什么东西，剧院里用的什么可怕的东西。我不知道是什么，不是含有氢氰酸，就是含有铅白。我猜是氢氰酸，因为她好像当场就死了。”

“哈里，哈里，太可怕了！”小伙子叫道。

“是的，是很悲惨，可你千万别把自己牵扯进去。我看到《旗帜报》[①]上说她才十七岁。我还以为她还不到十七岁，她看上去就是个孩子，好像一点都不懂表演。道林，你可千万别为这件事烦心。你得跟我去吃晚饭，然后我们去看歌剧。今晚帕蒂[②]演出，大家都会去看的。你可以到我妹妹的包厢去，她那边有几个时髦女郎。”

“这么说是我害死了西比尔·韦恩，”道林·格雷近乎自言自语道，“简直就像我拿刀亲手割破了她那纤细的喉咙。但是玫瑰并未因此而少一丝鲜艳，花园里的鸟儿还唱得照样欢快。我今天晚上还要跟你去吃饭，然后还去看歌剧，我猜之后还要去哪儿喝点什么。真是人生如戏！如果我是在书上看到这样的故事，哈里，我肯

---

① 《旗帜报》（*The Standard*）：《旗帜晚报》（*Evening Standard*）的前身，1827年创办于伦敦。

② 帕蒂：阿德里娜·帕蒂（Adelina Patti，1843—1919），意大利著名歌剧演员。

定会哭的。不知为何，现在它真就发生在我身上，我反倒觉得太奇妙，流不出泪来。这是我平生第一封热情洋溢的情书。奇怪，我第一封热情的情书竟是写给一个已经死去的姑娘。我不知道，那些我们称为‘死人’的苍白沉默之人，有没有感觉？西比尔！她能感觉到，能知道，能听见吗？噢，哈里，我曾经多么爱她！现在却似乎已经事隔多年。她曾是我的一切。然后便是那可怕的一晚——真的就是昨天晚上吗？——她演得那么糟糕，我的心都快碎了。她向我解释了一切，她说得可怜极了，可我却无动于衷，还觉得她浅薄。然后突然发生了一件叫我害怕的事。我不能告诉你是什么事，但真的很可怕。我说过我要回到她身边。我觉得我错了，可现在她死了。天哪！天哪！哈里，我该怎么办？你不知道我的处境多么危险，没有什么能让我重归正道。她本来可以的。她没有权利自杀，她太自私了。”

“亲爱的道林，”亨利勋爵答道，一边从烟盒里取出一支香烟，并拿出一个包金火柴盒，“女人能改造男人的唯一方法，就是烦得他失去对生命的所有兴趣。如果你娶了这个姑娘，就惨了。当然了，你会对她很好，人对自己毫不关心的人总能很好。但是她不久就会发现你对她漠不关心。一个女人发现丈夫这样时，不是变得邋里邋遢，就是戴十分妖娆的帽子，不过帽子钱得有妇之夫来付。我都没说门不当户不对的问题，那会很悲惨——我当然是不会允许的——但是我敢保证，这场婚姻无论如何都会一败涂地。”

“我看也是，”小伙子喃喃道，说着在屋子里走来走去，脸色非常苍白，“可我以为那是我的义务。这出惨剧阻碍了我做该做的事，这不是我的错。我记得你有次说过，善意的决心有个致命的弱点——就是总是下得太迟了。我的决心无疑太迟了。”

“善意的决心只不过是徒然干扰科学的法则，其根源是纯粹的虚荣，其结果绝对等于零。它不时给我们一些华而不实的、让弱者入迷的情感。对它们没什么别的好说的，它们不过是空头支票罢了。”

“哈里，”道林·格雷叫道，说着走到他身边坐下来，“为什么我对这场悲剧没有我想要有的感受呢？我觉得我不是个没心肝的人。你觉得我是吗？”

“这两个星期你干了太多蠢事，不配这个名号，道林。”亨利勋爵甜蜜而忧郁地微笑着答道。

小伙子皱起眉头。“这个解释我不喜欢，哈里，”他反驳道，“但是我很高兴你不觉得我没心没肺。我可不是那种人，我知道我不是。可我得承认，刚发生的这件事没有对我产生该有的影响。对我来说，它就好像是一出精彩悲剧的精彩结局，包含着希腊悲剧所有慑人的美，我参演了这出悲剧，却没有受到伤害。”

“这个问题很有意思，”亨利勋爵说道，他觉得玩弄这小伙子不自觉的自负能获得一种微妙的乐趣，“非常有意思。我想真正的解释是这样：生活中真正的悲剧往往出现得太不艺术，往往粗野暴力，完全支离破碎，极端缺乏内涵，绝对没有格调，因而会伤害我们。悲剧对我们的影响，就跟粗俗对我们的影响一模一样，给我们一种赤裸裸的暴力印象，引得我们反感。不过，包含艺术美的悲剧偶尔也出现在我们的生活中。如果这种美真实存在，整部剧就只会引起我们关注戏剧效果。突然我们发现自己不再是剧中演员，而是观众，或者说两者都是。我们观看着自己，为戏剧的奇妙而着迷。就目前这件事而言，究竟发生了什么？有人因为爱你而自杀了。我希望我也有这样的经历，它会让我爱上爱情一辈子。爱慕我的人——不多，但也有几个——总是坚持要活下去，直到我不再在乎她们，或是她们不再在乎我。她们变得肥胖又啰嗦，一见面总是立马就忆起旧来。女人的记忆力真讨厌！真可怕！这表明她们的智力已经彻底停滞！人应该吸收生命的色彩，但绝不该记住细节。细节总是庸俗的。”

“看来我得在花园里种些罂粟[1]了。”道林叹道。

“没必要，”他的同伴反驳道，“生活手里总是有罂粟。当然了，有些事情总是挥之不去。我曾经整

① 罂粟：象征忘却。

整一个季节只佩带紫罗兰，为一段不死的浪漫做艺术的哀悼。但最后这段浪漫还是死了，我忘了是什么杀死了它。我想是因为她提出要为我牺牲全世界吧。那样的时刻总是很可怕。它让人充满对永恒的恐惧。嗯——你信吗？——一周前在汉普希尔夫人家吃饭时，我发现刚提到的那位女士就坐在我旁边，她还坚持要重温旧梦、挖掘过去、展望未来。我已经把浪漫埋葬在常春花①花坛里了，可她又拽了出来，还硬说是我毁了她的生活。我得申明：她饱餐了一顿，所以我一点也不担心。可她表现得多没品位啊！往事的唯一魅力，就在于它已成往事。但是女人从来就不知道幕布已经落下，她们总想来个第六幕②；戏的全部魅力都已消逝，她们还提议要继续。要是任由她们那样，每出喜剧都会以悲剧告终，而每出悲剧都会变成闹剧。她们做作得迷人，但没有任何艺术感。你比我幸运。我向你保证，道林，西比尔·韦恩为你所做的一切，我认识的女人中没有一个肯为我那样做。平庸的女人总会自我安慰。有的以穿色彩伤感的衣服自我安慰。绝不能相信穿淡紫色衣服的女人，不管她什么年纪；也不要相信过了三十五岁还喜欢粉红色丝带的女人。这都表示她们有一段过往。有的以突然发现

① 常春花：象征死亡。

② 英国传统戏剧一般只有五幕。

丈夫的优良品质自我安慰。她们当着别人面炫耀伉俪情深，好像那是最销魂的罪孽。有的以宗教自我安慰。宗教的神秘具有调情的全部魅力，有个女人这么告诉我的，我深以为然。还有，最让人虚荣的莫过于被称为罪人。良心让我们每个人都变成了自我中心主义者。的确，女人在现代生活中找到的安慰是无穷无尽的。实际上，最重要的安慰我还没提到呢。”

“是什么，哈里？”小伙子无精打采地问道。

“噢，那种明显的安慰。自己失去了追求者，就去抢别人的。在上流社会，那样总能洗白一个女人。可是说真的，道林，西比尔·韦恩跟我们所碰到的所有女人都多么不同啊！对我来说，她的死包含着美的成分。我很高兴自己活在这种奇迹发生的时代。奇迹让人相信儿戏真实存在，比如浪漫、激情，还有爱情。”

“我对她很残酷。这点你忘了。”

“恐怕女人最欣赏的就是残酷，彻底的残酷。她们有些奇妙的原始本能。我们解放了她们，可她们却仍像奴隶一样寻找主人，她们喜欢被统治。我肯定你干得很出色。我从未见过你真正彻底地生气，可我能想象你当时多么可爱。毕竟，前天你跟我说的那些话，我当时觉得是幻想，可现在我觉得完全正确，它是打开一切的钥匙。”

“我说了什么，哈里？”

“你跟我说，对于你，西比尔·韦恩代表了所有爱情戏的女主角——她今晚是苔丝狄蒙娜，明晚是奥菲莉娅①；她若是作为朱丽叶死去，就会以伊摩琴活过来。”

“现在她再也活不过来了。”小伙子双手掩面喃喃道。

“是的，她再也活不过来了。她已经演完了最后一个角色，但是你必须把她在俗丽的化装间里孤独的死亡，看作詹姆斯一世②时代一出悲剧中怪异恐怖的片段，看成韦伯斯特③、福特④或者西里尔·图纳尔⑤笔下的一个绝妙场面。那姑娘从未真正活过，所以也没有真正死去。至少对你来说，她永远都只是一场梦，一个在莎士比亚戏剧中掠过的幻影，因为她出场这些剧更可爱了；或是一支使莎士比亚的音乐更丰富更欢快的芦

---

① 苔丝狄蒙娜（Desdemona）：莎士比亚戏剧《奥赛罗》女主角。奥菲莉娅（Ophelia）：莎士比亚戏剧《哈姆雷特》女配角。

② 詹姆斯一世（James I，1566—1625）：原为苏格兰国王，后兼任英格兰国王，建立斯图亚特王朝。

③ 韦伯斯特：约翰·韦伯斯特（John Webster，1580？—1625？），英国剧作家，著有包括《白魔》和《马尔菲公爵夫人》等剧作。

④ 福特：约翰·福特（John Ford，1586—1639？），英国剧作家、诗人，著有包括《可惜她是个婊子》《破碎的心》《爱是奉献》等剧作。

⑤ 西里尔·图纳尔（Cyril Tourneur，1575？—1626）：英国剧作家，著有包括《无神论者的悲剧》等剧作。

笛。她一接触现实生活，就毁坏了生活，也被生活毁坏了，所以她就香消玉殒了。如果你愿意，就为奥菲莉娅哀悼吧；在头上撒上灰[①]吧，因为考狄利娅被掐死了；对苍天呼喊吧，因为勃拉班修[②]的女儿死啦。但是不要为西比尔·韦恩浪费眼泪，她没有她们真实。”

一阵沉默。暮色渐浓，阴影蹑着银脚，从花园里轻轻溜了进来。室内陈设渐渐淡去了色彩。

过了一会儿，道林·格雷抬起头来。“你为我解剖了我自己，哈里。”他如释重负地叹了一口气喃喃说道，“你说的我都体会到了，可总有些害怕，没法跟自己说清楚。你真了解我！不过事已至此，不必再提。那是一段奇妙的经历，仅此而已。我在想，生活是不是还为我准备了其他同样奇妙的东西。”

“生活为你准备了一切，道林。凭你出色的美貌，你没有办不到的事情。”

“可是，哈里，假如我憔悴了，老了，满脸皱纹了呢？那时又会怎样？”

“啊，到那时，”亨利勋爵说道，起身要走，“到那时，亲爱的道林，你就得奋斗才能胜利了。现在，胜

---

① 古代犹太人往自己头上撒炉灰或尘土以示哀痛或忏悔，见《圣经》（《旧约·约伯记》2:12）。

② 勃拉班修（Brabantio）：莎士比亚戏剧《奥赛罗》男配角，苔丝狄蒙娜之父。

利是自动送上门来的。不，你必须保持你的美貌。我们生活的这个时代，书读太多反而愚蠢，思考太多反而丑陋，你也无法幸免。现在你最好穿好衣服，乘车到俱乐部去。照现在的样子，已经嫌迟了。”

“我觉得我还是在歌剧院跟你碰面吧，哈里。我太累了，什么也吃不下。你妹妹的包厢多少号？”

“我记得是二十七号，就在正面看台上，门上有她的名字。不过你不能来吃饭，我很遗憾。”

“我没力气去，”道林·格雷无精打采道，“但是我非常感激你给我做的这番开导。你的确是我最好的朋友，从来没人像你这么了解我。”

“我们的友谊才刚刚开始呢，道林，”亨利勋爵边跟他握手边答道，“再见。我希望在九点半前能见到你。别忘了，是帕蒂演唱哦。”

他一关门离开，道林·格雷就拉了铃，几分钟之内维克托就掌灯进来，把百叶窗拉了下来。道林迫不及待地等他出去，可那人做起事来好像没完没了似的。

他一出去，道林就冲上去拉开屏风。不，画像没有新的变化。它比他先收到了西比尔·韦恩的死讯，生活中的事情一发生，它就意识到了。毫无疑问，那破坏嘴唇优美线条的恶毒残忍的表情，就是在那姑娘喝下什么毒药的瞬间显现的。或许它对结果无动于衷？它是不是只察觉灵魂中的变化？他猜测着，希望有一天能亲眼看到变化过程，想到这里不禁一阵战栗。

可怜的西比尔！这一切曾经多么浪漫啊！她经常在台上表演死亡，然后死神真的来了，碰了碰她，把她带走了。她是怎样表演那可怕的最后一幕的？她死的时候有没有诅咒他？不，她死是因为爱他，爱对他而言将从此永远圣洁。她以生命献祭，已经弥补了一切。他不会再想那个可怕的夜晚她在剧院里让他经受的一切。当他再想起她，她就是一个奇妙的悲剧形象，被派到人间的舞台上来展现爱情的绝对真实。一个奇妙的悲剧形象？他回想起她稚气的脸庞、梦幻般的迷人举止，还有羞涩柔弱的优雅风姿，不禁热泪盈眶。他赶忙拭去泪水，又看着画。

他觉得是时候做出选择了，又或者其实选择已经做好了？是的，生活已经为他做好了选择——生活，还有他对生活无穷的好奇。永恒的青春、无穷的激情、微妙而隐秘的欢愉、狂野的快活，还有更狂野的罪孽——这些他都要。让画像去承受他耻辱的重负吧：就这样吧。

一想到画布上秀美的面容将要受到亵渎，他心中就一阵痛。有一次，他孩子气地模仿那喀索斯去吻，或者说假装去吻现在对他如此无情冷笑的双唇。他曾一个又一个早晨地坐在画像前，感叹它的美，好几次差点爱上了它。如此每次自己禁不住诱惑，它都会变化吗？它会变成狰狞可憎之物，会被锁在屋子里藏起来，远离曾使它那奇迹般的发浪更加金光熠熠的阳光吗？可惜！可怜！

有那么一会儿，他想祈求终止他和画像之间那可怕的感应。它因祈祷而起了变化，或许也会因祈祷而停止变化。可是懂得生活的人，谁又肯放弃青春永驻的机会呢？不管这种机会是多么异想天开，包含着多么致命的后果。再说，这真的由他控制吗？真的是祈祷产生了这种对调吗？没有什么奇异的科学原因吗？如果思想能对活的有机体施加影响，为什么不能对死者或无机体施加影响呢？还有，没有思想和自觉的欲望，是不是外界事物就不会与我们的情绪和激情产生共鸣呢？是不是原子与原子就不会因为隐秘的爱或灵异的吸引而相互呼应了呢？但是理由并不重要。他再也不会用祈祷诱发什么可怕的力量了。画像要变，就让它变吧，随它去吧。何必刨根问底呢？

因为看着它有种真正的快乐，他能随着自己的思想直达心灵深处。画像就会变成他一面最神奇的魔镜，它已经向他展示了自己的肉体，它也会向他展示自己的灵魂。等它经历严冬，他仍将站在暮春入夏之时。等它脸上血色消退、面色苍白、眼神呆滞，他仍将葆有少年的魅力。他美貌的花朵一朵也不会枯萎，他生命的脉搏一丝也不会衰弱。他会像希腊的众神一样健壮、敏捷、快乐。画布上的彩色形象变化了又有什么关系呢？只要他自己安然无恙就行了。

他微笑着把屏风拉回原位，遮住画像，然后走进卧室，贴身男仆已在那里候着。一小时后，他已身在歌剧院，亨利勋爵向他的椅子探过身来。

第九章

第二天早晨，他正坐着吃早餐，巴兹尔·霍尔沃德被引进了屋子。

“找到你真高兴，道林。”他严肃地说道，“昨儿晚上我来过，他们说你在歌剧院。我当然知道那是不可能的，可我真希望你留个言，说你究竟去哪儿了。这一夜我真是难熬啊，生怕祸不单行。我想如果你先听到消息，或许会发电报找我的。我也是在俱乐部偶然翻起《环球报》晚刊才看到的，我立刻就赶了过来，却找不到你，心急如焚。我没法告诉你这整件事情让我多么心碎。我知道你肯定很痛苦，可你去哪儿了？你去见那姑娘的妈妈了吗？我还想过去那儿找你。报上登了地址，在尤斯顿路什么地方，对吧？可我又担心贸然闯入，却无法减轻你的悲痛。可怜的女人！她肯定悲痛欲绝！她就这么一个孩子！这件事她怎么说？”

“亲爱的巴兹尔，我怎么知道？”道林·格雷一脸厌烦地喃喃道，一边从一只镶着金珠的精致威尼斯玻璃酒杯中呷着淡黄色葡萄酒，“我在歌剧院啊，你应该去那儿。我结识了哈里的妹妹格温德琳夫人，当时我们在她包厢里。她迷人极了，而帕蒂唱得也传神。别谈什么吓人的话题了，只要不谈论，事情就没发生过。就像哈里说的，赋予事物真实性的正是言语。不过我可以提一句，她不是那女人唯一的孩子。她还有个儿子，大概也很好看，但不是演员，而是个水手什么的。现在来说说你自己吧，你在画什么？”

“你去歌剧院了？”霍尔沃德十分缓慢地说道，声音中透着压抑的痛苦，“西比尔·韦恩死了，就躺在某个肮脏的地方，你还去歌剧院？你钟爱过的姑娘连个安息的坟墓都没有，你还能跟我讲其他女人迷人、帕蒂唱得传神？唉，伙计，多少恐惧正等着她那娇小的苍白尸身啊！”

“别说了，巴兹尔！我不听！”道林跳起来叫道，“用不着你来教训我。出事了就出事了，过去的已经过去。”

“才昨天的事，你能叫过去？”

“这跟实际的时间长短有什么关系？只有浅薄的人才需要多年时间摆脱一段情感；自主的人可以轻而易举找到乐子，也能毫不费力结束悲痛。我不想被自己的情感摆布，我只想使用情感、享受情感、驾驭情感。”

“道林，这太可怕了！是一些东西把你彻底改变了。你曾经每天来我画室做模特，让我画画像，你现在看起来还一模一样，可那时你单纯、自然、有爱心，你曾是全世界最清纯的好孩子。可现在，我不知道你着了什么魔，说起话来好像全无心肝、毫无怜悯。这都是亨利的影响，我看出来了。”

小伙子脸红了，走到窗边，望了一会儿阳光照耀下绿葱葱、光闪闪的花园。“我欠哈里很多，巴兹尔，”他最后说道，“比我欠你的多。你只教会了我虚荣。”

“好吧，我因此受了惩罚，道林——或是将来有一天会受的。”

“我不知道你什么意思，巴兹尔，”他转身大声叫道，“我不知道你要什么。你要什么？”

“我要我画过的那个道林·格雷。”艺术家悲伤地说道。

“巴兹尔，”小伙子走到他面前，把手放在他肩上说道，“你来得太迟了。昨天，当我听说西比尔·韦恩自杀时——”

“自杀！天哪！确信无疑吗？”霍尔沃德抬头一脸恐惧地看着他叫道。

“亲爱的巴兹尔！你不会以为那是一起庸俗的意外吧？她当然是自杀。”

画家双手掩面。“真可怕！”他喃喃道，浑身一阵战栗。

“不，”道林·格雷说道，“没什么可怕的，这是我们这个时代一出伟大的浪漫悲剧。一般说来，演员的生活是最平庸的。他们是好丈夫、忠贞的妻子，或诸如此类的沉闷人物。你懂我的意思——中产阶级美德之类的东西。可西比尔多么与众不同！她活在最美的悲剧中，她永远都是女主角。她演出的最后一晚——你见到她的那一晚——她演得很糟糕是因为她了解了爱情的真相。等她看破了爱情的虚幻，她就死了，像朱丽叶一样死去[①]。她又进入了艺术的国度。她有种殉道者的精神，她的死包含了殉道所有可悲的徒劳、所有浪费的美。但是，我这么说，你千万不要以为我没有经受痛苦。如果昨天某个时间你来了——大概是五点半，或是五点三刻——你就会看到我在流泪。就连给我带来消息的哈里——他当时就在这儿——其实也不知道我经受过什么。我痛苦极了，然后悲痛过去了，我不能重复一段情感，除了感伤主义者谁也不能。你太不公平了，巴兹尔。你好心来这安慰我，可你见我得到了安慰就大发雷霆。你就这么同情我？你让我想起了哈里给我讲的一个故事：有个慈善家花了二十年工夫为人申冤，或是修改什么不公的法律——究竟是什么我忘了，反正他终于成功了，可他却失望透顶。他完全无事可做，无聊得要死，于是变成了一个十足的厌世者。还有，亲爱的老巴兹尔，如果你真

① 莎士比亚戏剧《罗密欧与朱丽叶》中朱丽叶与罗密欧相爱却遭家庭反对，她服药假死以盼和罗密欧私奔，但是罗密欧发现朱丽叶“死”后服毒自杀，朱丽叶醒来后发现罗密欧已死，遂用罗密欧的剑自杀。所以，西比尔·韦恩之死与朱丽叶之死迥异。

想安慰我，就教我如何忘掉这件事，或从某个恰当的艺术角度来看待它。戈蒂耶[①]不是写过‘艺术的慰藉’[②]吗？我记得有一天在你画室里随手翻到一本羊皮纸封面的书，刚好就看到这句令人愉快的话。嗯，我不像你在马洛告诉我的那种年轻人，我可不会说黄绸缎能抚慰生活中的一切痛苦。我喜欢可以触摸、可以把握的美好事物。老式锦缎、青铜器、漆器、象牙雕刻、优雅的环境、奢侈品、排场——这些东西可以给人很多乐趣，但是对我更有意义的是它们创造、至少是展现的艺术气质。就像哈里说的，能旁观自己的生活就能逃脱生活的痛苦。我知道你听我讲这种话很惊讶，你还没意识到我成长到了什么程度。你认识我的时候我还是个学童，而现在是个男人了。我有了新激情、新思想、新观念。我不同了，可你喜欢我不能少一分。我变了，可你必须永远做我的朋友。当然了，我很喜欢哈里，但是我知道你比他好。你没他强大——你太害怕生活——可你更善良。而且，我们在一起时曾多么开心啊！别离开我，巴兹尔，也别跟我吵架。我就是我，除此之外我无话可说。”

---

① 戈蒂耶：泰奥菲尔·戈蒂耶（Théophile Gautier，1811—1872），法国唯美主义诗人、小说家、评论家，提倡“为艺术而艺术”，代表作有诗集《珐琅和雕玉》、小说《莫班小姐》等。

② 艺术的慰藉：原文为法语，la consolation des arts。

画家觉得受了一种奇异的感动。这小伙子非常受他珍视，而且他的面容曾是他艺术的转折点。他不忍心再责备他了，毕竟他的冷漠可能只是一种会消失的情绪。他身上有太多善良、太多高贵。

“好吧，道林，”他最后悲伤地微笑着说道，“从今以后，我再也不跟你提这件可怕的事了。我只相信你的名字跟这件事没有牵连。调查今天下午就要开始了，他们传唤你了吗？”

道林摇了摇头，听到“调查”这个词他脸上闪过一丝厌烦之色。这种事情总有一种粗野庸俗的味道。“他们不知道我的名字。”他回答道。

“可她肯定知道吧？”

“她只知道我的教名，而且我很确定她没有跟任何人提起过。有一次她曾告诉我他们都十分好奇，想知道我是谁，而她总是告诉他们我的名字叫白马王子。她很机灵。你得给我画一幅西比尔的像，巴兹尔。我希望有更多的东西来怀念她，而不光是几个吻和几句零碎伤心话的回忆。”

“只要能让你高兴，道林，我愿意尽力而为。可你还得再来给我做模特，没有你我画不下去。”

“我再也不能给你做模特了，巴兹尔。不可能了！”他后退一步大声叫道。

画家瞪着他。“亲爱的孩子，你在胡说些什么！”

他叫道，“你是说你不喜欢我给你画的画像？它在哪儿？为什么用屏风遮起来？让我看看。那可是我最好的作品。把屏风拉开，道林。你的仆人这样把我的画藏起来真是可耻。我一进屋就觉得有些不对劲。”

“跟我的仆人没关系，巴兹尔。你不会真以为我会让他给我布置房间吧？他有时给我弄弄花——仅此而已。不，是我自己藏的。照在画像上的光线太强了。”

“太强了？不会吧，亲爱的伙计？摆在这里很合适。让我看看。”霍尔沃德说着向屋角走去。

道林·格雷嘴里迸出一声恐惧的惊叫，抢到了画家和屏风中间。“巴兹尔，”他脸色煞白地说道，“你不能看，我不让你看。”

“自己的作品都不让看！你开玩笑吧，我为什么不能看？”霍尔沃德哈哈大笑着大声嚷道。

“你要是看了，巴兹尔，我以名誉担保，我一辈子都不跟你讲话了。我是认真的。我不作解释，你也别问。可是你记着，你碰这屏风一下，我们就一刀两断。”

霍尔沃德有如五雷轰顶，他看着道林·格雷，完全惊呆了。他从未见过他这样。那小伙子的确愤怒得脸色煞白，拳头紧握，瞳孔像两个喷着蓝火的火盘，而且浑身颤抖。

“道林！”

"别说话！"

"可这是怎么了？你不让我看，我当然不会看了，"他很冷静地说道，转身向窗户走去，"可是说真的，不能看自己的作品实在有些荒唐，特别是我还打算今年秋天把它送到巴黎去展览呢。在那之前我也许还得给它再上一道清漆①，所以总有一天我要看的，为什么今天不能呢？"

"展览！你要把它拿去展览？"道林·格雷惊呼道，一阵奇异的恐惧爬遍他全身。真要向世人展示他的秘密吗？真要让人们因为他生命的秘密而目瞪口呆吗？绝对不行。要想办法——他还不知道该想什么办法——但是必须马上想办法。

"是的，我想你不会反对吧。乔治·珀蒂②打算收集我最好的作品，在塞兹路③办一个特展，十月第一周就开幕。这幅画像只要拿走一个月，我想这点时间你匀出来不难吧。实际上，那段时间你肯定要出城。你把它放到屏风后面，可见你不太在乎它。"

道林·格雷用手抹了抹前额，那里沁出了汗珠。

---

① 一般会在完全干透的油画表面上一层清漆，保护油画并使光泽均匀。

② 乔治·珀蒂（Georges Petit，1856—1920）：法国巴黎著名艺术商。

③ 塞兹路（the Rue de Sèze）：巴黎街道名称。

他觉得自己处在可怕的危难边缘。“一个月前你告诉我你绝不会拿它去展览的，”他叫道，“怎么又变卦了？你们这些主张信守承诺的人，也跟别人一样情绪反复无常，唯一的区别是你们的情绪毫无意义。你不会忘了吧，你曾经十分严肃地向我保证，世上没有任何东西能诱使你把它拿去展览。你跟哈里也说了一模一样的话。”他突然停住，眼里闪过一道光芒。他想起有一次亨利勋爵半认真半开玩笑地跟他说：“如果你想经历一次奇妙的一刻钟，就让巴兹尔告诉你他为什么不会把你的画像拿去展览。他告诉我了，真是大开眼界。”对，也许巴兹尔也有秘密，他要问他一问。

“巴兹尔，”他走到他身边，靠得很近，笔直地盯着他的脸说道，“我们俩都有一个秘密。你告诉我你的，我就告诉你我的。你之前拒绝把我的画像送去展览的理由是什么？”

画家不由自主地打了个寒噤。“道林，如果我告诉你，你就不会像现在这样喜欢我了，还肯定会笑话我的。这两件事我都受不了。如果你希望我再也不看你的画像，我愿意，我有你一直让我看就够了；如果你希望把我最好的作品藏起来不给世人看，我也愿意，你的友谊对我来说，比任何名气、声誉都重要。”

“不，巴兹尔，你一定要告诉我，”道林·格雷坚持道，“我想我有权知道。”他的恐惧感已经消失，代之的是好奇心。他决心要挖出巴兹尔·霍尔沃德的秘密。

“我们坐下吧，道林，”画家神色烦恼地说道，“我们坐下来。回答我一个问题。你可曾注意到画上有什么异常之处？——起初可能并不引你注意，后来却突然显现的东西？”

“巴兹尔！”小伙子叫道，双手颤抖着攥住了椅子扶手，双眼发狂，吃惊地瞪着他。

“我看你已经发现了。别说话，听我讲完。道林，自从我遇见你，你的气质就对我产生了最奇妙的影响。我被你控制了，灵魂、头脑和力量都被控制了。我们艺术家有种魂牵梦绕却看不到的理想，而你变成了它可见的化身。我崇拜你，我嫉妒跟你讲话的每一个人，我想独占你，只有跟你在一起我才开心。即使你不在我身边，你也还在我的艺术中……当然了，这些我从未让你知晓。那是不可能的，你也不会理解，我自己都不太能理解。我只知道我面对面看见了完美，世界在我眼中也变得神奇了——也许是太神奇了，因为在这样疯狂的崇拜中存在着危险，失去的危险不亚于保留的危险……时间一个星期一个星期地过去，我对你越来越着迷。然后又有了新的发展。我起初把你画成身着精美甲胄的帕里斯[①]，披着猎装、手执锃亮猎枪的阿多尼斯；你曾坐在阿德里安皇帝[②]彩舟的船头，头戴沉甸甸的荷花花冠，目光越过尼罗河的滚滚绿涛，凝望着远方[③]；你曾俯身在希腊林地中一个平静的水潭边，看着自己映在银色静谧水面上的绝世美貌[④]。那些都是艺术该有的样子——无意识的、理想化的、遥不可及的。有一天，有时候我觉得那是命中注定的一天，我决定画一幅你的奇妙画像，以你真实的样子，不穿古代服装，而是你自己的时代你自己的衣服。或许是因为现实主义手法，抑或是因为你的绝世美貌如此直接、毫不掩饰地呈现在我眼前，我不知道究竟为何，但我知道我在作画时，每一片、每一层色彩都好像在泄露我的秘密。我开始害怕别人会知道我崇拜偶像。道林，我觉得自己表现得太多了，在其中画进了太多的自我，于是我就决定绝不允许展出这幅画像。你当时有点不高兴，可那时你不明白它对我所意味的一

---

① 帕里斯（Paris）：希腊神话中的特洛伊王子、美男子，因诱拐斯巴达王后海伦（Helen）而引发荷马史诗《伊利亚特》所描绘的特洛伊战争。

② 阿德里安皇帝（Adrian）：罗马帝国皇帝（76—138，117年至138年在位），亦称哈德良（Hadrian）。

③ 此处大约指罗马帝国皇帝阿德里安的侍童、美少年安提诺乌斯（Antinous）。

④ 此处指前文提到的那喀索斯。

切。我跟哈里讲过，他笑话我，可我不在意。画像完成后，我独坐在它面前，我觉得自己是对的……好了，几天以后，画像就离开了我的画室，我一摆脱它难以抗拒的魔力，就觉得自己很傻，除了你很漂亮和我能画画之外，竟然想象在画像上看出了别的东西。直到现在我都禁不住觉得，那种以为创作中的激情真能表现在作品中的想法是错误的。艺术总是比我们幻想的还要抽象。形象和色彩只能说明形象和色彩——仅此而已。我常常觉得艺术不是展现艺术家，而是把他掩藏得更好。所以我接到巴黎的邀请后，就决定把你的画像作为主打展品。我从未想到你会拒绝。我现在觉得你是对的，这幅画像不能展出。我告诉你这些，你可千万别生我的气，道林。就像我有次跟哈里说的，你生来就是受人崇拜的。”

道林·格雷长吁了一口气，脸颊恢复了血色，唇边露出了微笑。危险过去了，他暂时安全了。但是他禁不住对刚刚做了一番奇异自白的画家感到无限的怜悯，不知道自己是否会被某个朋友的气质如此控制。亨利勋爵是个危险人物，因而十分迷人，但也仅此而已。他太聪明、太愤世嫉俗，不讨人喜欢。会不会有人也能让他心中充满这种奇异的偶像崇拜呢？那是不是就是生活为他准备的东西之一呢？

“我觉得很奇怪，道林，”霍尔沃德说道，“你竟在画上看出来了。你真的看出来了吗？”

“我看出些东西，”他答道，“一些非常奇异的东西。”

“嗯，那现在你不介意我来看看画吧？”

道林摇了摇头：“你别再要求我这件事了，巴兹尔。我绝不能让你站在画像前。”

“将来总可以吧？”

“永远不会。”

“好吧，也许你是对的。那再见吧，道林。在我的生命中，你是唯一真正影响了我的艺术的人。我画的一切美好的东西都归功于你。啊！你不知道我告诉你这些要付出多大代价。”

“亲爱的巴兹尔，”道林说道，“你告诉我什么了？不过是你觉得你太崇拜我了，连句恭维话都算不上。”

“本来就不是恭维，而是自白。说完以后，我就好像少了些什么。也许人就不该把自己的崇拜诉诸语言。”

“你的自白让人非常失望。”

“为什么，你期望的是什么，道林？你没在画里看出别的什么，对吧？没别的可看吧？”

“没有，没别的可看。你为什么这么问？可你千万别谈什么崇拜。那太傻了。你我是朋友，巴兹尔，一定要永远做朋友。”

“你有哈里。”画家悲伤地说道。

“噢，哈里！”小伙子说着发出一串笑声，“哈里白天尽说些难以置信的话，晚上尽干些不可能的事，我想过的就是这种生活。但我还是觉得，碰到困难的时候我不会去找他，我宁愿找你，巴兹尔。”

“你还会给我做模特吗？”

“不可能！”

“你拒绝了我，就是毁了我艺术家的生命，道林。没人能碰到两个理想的人，碰上一个已是罕见了。”

“我不能跟你解释，巴兹尔，可我就是不能再给你当模特了。画像里有种致命的东西，它有自己的生命。我会来跟你喝喝茶，那也很愉快啊。”

“恐怕是你愉快些吧，”霍尔沃德懊恼地喃喃说道，“那再见吧。你不让我再看一看画像，真是遗憾。可那也没办法，我很理解你对它的感情。”

他离开房间的时候，道林·格雷窃笑起来。可怜的巴兹尔！他哪知道真正的原因！真奇怪，他非但没有被迫吐露自己的秘密，反倒几乎是靠运气套出了朋友的秘密。那个奇异的自白给他解释了多少问题啊！画家一阵阵莫名其妙的嫉妒、疯狂的忠诚、夸张的赞美、奇怪的沉默——他现在全理解了，也觉得难过。他觉得，如此富有浪漫色彩的友谊中似乎包含着某种悲剧成分。

他叹了口气，拉了铃。必须不惜一切代价把这幅画像藏起来。他再也不能冒这种败露的危险了。他真是疯了，竟会把这种东西留在任何朋友都能进来的房间里，哪怕一个小时也不行。

第十章

仆人进来时，道林·格雷目不转睛地望着他，看他会不会想到偷窥屏风后面。那人却很冷淡，只等着他吩咐。道林点燃一支香烟，走到镜子前瞟了一眼。他能清楚地看见维克托的脸映在镜子中，像一张表情温和、奴性十足的面具。没什么好怕的，但他觉得最好还是提高警惕。

他慢悠悠吩咐他去告诉女管家他要见她，然后去找画框师，让他立刻打发两个伙计来。他觉得仆人在离开房间时眼睛朝屏风的方向瞥了一眼，会不会只是他的幻觉？

过了一会儿，利夫太太匆忙走进图书室，她身穿黑绸裙，起皱的手上戴着老式毛线连指手套。他问她要书房的钥匙。

“那间旧书房，道林先生？”她嚷道，“哎呀，里面全是灰。我得先收拾收拾，整理好了再让您进去。现在不适合您看，先生，真的。”

“不用收拾，利夫。我只要钥匙。”

“哎呀，先生，您要是进去会弄得满身全是蜘蛛网的。哎呀，都快五年了——从老爵爷过世起，就没打开过。”

听到有人提起外祖父，他皱了皱眉。他对这个人怀有令自己憎恨的回忆。“没关系，”他答道，“我只是想瞧一瞧——没别的，钥匙给我。”

“钥匙在这儿，先生，”老妇人用颤抖、不稳的双手检点着钥匙圈说道，“这把，我这就把它从钥匙圈上解下来。可您不会想要住那里吧，先生，这儿还舒服吧？”

“不，不，”他性急地说道，“谢谢你，利夫。就这样吧。”

她又逗留了一会儿，絮絮叨叨地扯了些家务琐事。他叹了口气，告诉她她觉得怎么好就怎么办。她满脸堆笑地出了房间。

门一关上，道林就把钥匙放进口袋。他环视房间，目光落到一大张绣满金花的紫缎床罩上，是他外祖父在博洛尼亚附近一家女修道院里找到的十七世纪晚期威尼斯精品。行，正好用它来盖住那可怕的东西。也许它原来就常做棺罩，现在就用它来盖一种会自行腐败的东西，比死亡本身的腐败还要可怕——它会孳生恐怖，却永远不会死亡。他的罪孽就像蛆虫腐食死尸一样损坏画布上的肖像，毁坏它的美，啮食它的丰姿，玷污它，使它蒙羞。但是这东西还会活下去，它会永远活着。

他一阵战栗，也曾有一会儿他后悔没有告诉巴兹尔自己要把画像藏起来的真正理由。巴兹尔会帮他抵御亨利勋爵的影响，还有来自自己气质中更有害的影响。他对自己所怀之爱是真正的爱，无一丝不高贵，无一丝不智慧，不是单纯垂涎肉体美——那种爱发自感官，也随感官疲倦而消逝——而是米开朗基罗、蒙田①、温克尔曼②还有莎士比亚所知的爱。是的，巴兹尔本可以救他，可现在太迟了。过去总能磨灭，悔恨、否认、忘却即可，但是未来无法逃避。他心里有激情要自寻可怕的出口，有梦幻要把罪恶的阴影变为现实。

他掀起盖在长沙发上的紫金色大布罩，拿在手里，走到屏风后面。画布上的脸是不是比之前更丑恶了？他觉得没有变，对它的厌恶却增强了。金发、碧眼、玫瑰红唇——都依然如故。只有表情变了，残忍得可怕。跟他在画上看到的谴责和非难相比，巴兹尔因为西比尔·韦恩的事对他的责备多么轻啊！——轻得不值一提！他自己的灵魂从画布上瞪着他，要他接受审判。他脸上飘过一阵痛苦的表情，他把那张昂贵的棺罩盖在画像上。这时传来了敲门声。他从屏风后面走了出来，仆

① 蒙田：米歇尔·德·蒙田（Michel de Montaigne，1533—1592），文艺复兴时期法国思想家、散文家，著有名作《随笔集》。

② 温克尔曼：约翰·约阿西姆·温克尔曼（Johann Joachim Winckelmann，1717—1768），德国考古学家、艺术史家，以研究古代希腊文物著称，是18世纪古典主义美学的代表人物。

人进来了。

“伙计们到了，先生。”

他觉得应该立刻打发仆人走，绝不能让他知道画像要搬到哪儿去。这人有点狡猾，长着一对老谋深算、背信弃义的眼睛。他在书桌边坐下，写了张便条给亨利勋爵，请他捎些书来看看，并提醒他当晚八点一刻见面。

“等他回信，”他说着把便条递给仆人，“叫那些人进来。”

没过两三分钟，又有人敲门。南奥德利街有名的画框师哈伯德先生亲自来了，还带了个长相有些粗鄙的年轻助手。哈伯德先生个头不高，面色红润，颊须通红。大多数跟他打交道的艺术家素来一文不名，使他对艺术的热情大打折扣。通常他不出店门，坐等顾客上门，但他总是为道林·格雷破例。道林身上有种魅力能迷住所有人，看看他都是种愉悦。

“您有何吩咐，格雷先生？”他搓着长雀斑的肥手说道，“能亲到贵府为您效劳，我深感荣幸。我正好有个精品画框，先生。拍卖会上淘来的，古佛罗伦萨式的，我想是来自放山修道院[①]的，跟宗教题材画简直绝配，格雷先生。”

---

① 放山修道院（Fonthill Abbey）：位于英格兰南部威尔特郡的一座哥特式建筑，原为贵族修建，1822 年易主时，曾有大批艺术品出售。

“劳你大驾亲自跑一趟，真是抱歉，哈伯德先生。我一定过去看看画框——虽然现在我还不太关注宗教艺术——不过今天我只想把一幅画搬上顶楼。画有点重，所以才想找你借两个人手。”

“没问题，格雷先生。我非常乐意为您效劳。是哪幅艺术品，先生？”

“这幅，”道林说着拉开屏风，“就这样连包裹一起搬过去，行吗？我怕它上楼时给刮花了。”

“没问题，”温和的画框师说道，便在助手的帮助下开始把画从挂着的长铜链上解下来。“好了，搬到哪儿呢，格雷先生？”

“我来领路，哈伯德先生，请跟我走。也许最好还是你们走前面。恐怕要到正房顶呢。我们走前楼梯上去，那边宽点。”

他给他们拉住门，他们进了门厅，开始上楼。精工制作的画框使得画像异常笨重。虽然哈伯德先生本着地道的商人精神，不愿看到绅士做任何有益的事，一再谄媚地婉拒，道林还是不时伸手帮忙。

“还真有点分量，先生。”到了顶层楼梯平台时，那小个子喘着气说道，一边擦着汗珠闪闪的前额。

“怕是相当重吧？”道林喃喃说道，一边打开门锁，里面的房间里就要藏起他生命中奇异的秘密，他不让世人看到的灵魂。

他四年多没进过这个地方了——实际上，童年时他把这儿当游戏室，长大些把这儿做书房，以后就没进来过。这是一间比例匀称的大房间，是末代凯尔索勋爵专门布置给小外孙用的。因为他和妈妈长得极像，也因为别的原因，他一向厌恨这个小外孙，总想让他离自己远点。道林觉得房间没什么变化。那口他小时候经常躲在里面的意大利大木箱还在原处，彩绘嵌板依旧妙趣横生，镀金线脚已经暗淡。缎木书架上摆满了他当年那些卷角的课本。书架后面的墙上还挂着那张破旧的佛兰德斯壁毯[①]，上面隐约可见国王和王后在花园里下棋，一队驯鹰师从边上骑马经过，戴着护套的手腕上栖着长羽冠的鸟。这一切他记得多清楚！他环顾四周，自己孤独童年的每一瞬间都浮现在眼前。他回想起童年时代的纯洁无瑕，而这幅致命的画像竟要藏在这里，让他有些害怕。在那逝去的日子里，他何曾想到过日后会发生什么！

但是家里再也没有别的地方有这么安全，可以避开窥探的眼睛。钥匙在他手上，没别人能进来。在紫色的棺罩之下，画布上的面孔尽可以变得残忍、麻木、肮

① 佛兰德斯壁毯：佛兰德斯指比利时北部的荷兰语地区，历史上也曾包括法国和荷兰部分地区。佛兰德斯及周边地区出产高级壁毯，壁毯上常绣有历史或寓言故事场景，故称佛兰德斯壁毯。

脏。那有什么关系？没人能看见。他自己也不会看。他为何要看着自己的灵魂变得腐烂恶心？他葆有青春——那就够了。再说了，他的天性就不能变好吗？没道理说未来真的会如此充满耻辱。他的生命里或许还有爱情出现，爱情能净化他，保护他远离似乎已在精神和肉体里躁动的罪孽——那些没有画出来的奇异罪孽，它们的神秘使其难以捉摸而又魅力无穷。也许哪一天，残忍的表情会从那敏感的红唇上消失，到那时他就可以向世人展示巴兹尔·霍尔沃德的杰作了。

不，不可能。画布上的东西一小时一小时、一星期一星期地变老。它或许可以逃脱可怕的罪孽，但是还有可怕的衰老等着它。两颊会凹陷松弛；日渐黯淡的眼睛四周会爬满黄色的鱼尾纹，变得可怕；头发会失去光泽；嘴巴会像老人一样张开或耷拉下来，愚蠢又恶心；喉头的皮肤会起皱；双手会冰凉而青筋暴露；身体也会佝偻——就像儿时记忆中对他十分严厉的外祖父那样。这幅画非得藏起来不可，别无他法。

“请搬进来吧，哈伯德先生。”他疲倦地转过身子说道，“真抱歉拖累你这么久。我在想些别的事情。”

“歇息一下总是开心的，格雷先生。”画框师回答道，他还在大口喘着气，“放哪儿呢，先生？”

“噢，哪儿都行。就这儿吧，这儿就行。不用挂起来，靠在墙边就行了。谢谢。”

“可以欣赏一下这幅艺术品吗，先生？”

道林吃了一惊。“你不会感兴趣的，哈伯德先生，”他说道，眼睛盯着那人。要是那人胆敢把掩藏了他生命秘密的豪华帷幔掀起来，他就准备扑上去把他摔到地上。“我不想再麻烦你了。劳你大驾亲自跑一趟，非常感谢。”

“不用谢，不用谢，格雷先生。随时准备为您效劳，先生。”于是哈伯德先生迈着沉重的步子开始下楼，后面跟着他的助手，他还回过头来望了道林一眼，粗陋的脸上露出羞怯又惊奇的神色。他从未见过如此俊美之人。

他们的脚步声消失之后，道林锁上门，把钥匙放进了口袋。他现在觉得安全了。再也没人能看到那可怕的东西了。除了他自己，再也没有别人的眼睛能看到他的耻辱了。

回到图书室，他发现只是五点刚过，茶已经上好了。在一张嵌满珠母的黑檀木小桌上——这是他监护人的妻子莱德利夫人送给他的礼物，她是个漂亮的职业病号，去年冬天还在开罗养病——放着一张来自亨利勋爵的便条，边上还有一本黄色封皮的书，封面有点破旧，书边也有点脏。茶盘里放着一份《圣詹姆斯报》第三版。看来维克托回来了。他寻思他有没有在门厅里碰到正离开的那帮人，有没有打探他们干了些什么。他肯定已经注意到画不在了——毫无疑问，他上茶的时候已经发现了。屏风没有拉回来，墙上明显有一块空白。也许哪天晚上他会发现这家伙蹑手蹑脚上楼，想强行打开门。家里有密探真是可怕。他曾听说过有的有钱人被仆人勒索了一辈子，就因为那仆人偷看了一封信、偷听了一段谈话、捡到一张写了地址的名片，或是在枕头下面发现了一朵枯萎的花或是一条揉皱的蕾丝。

他叹了口气，自己倒了杯茶，打开亨利勋爵的便条。上面就说他给他送来了晚报和一本他可能感兴趣的书，还说他八点一刻到俱乐部。他懒洋洋地打开《圣詹姆斯报》翻看起来。第五版有个红铅笔做的记号，引他注意到下面这段话：

> **女演员尸检**——今晨，区验尸官丹比先生于霍克斯顿路贝尔旅馆对霍尔本区皇家剧院新录用女演员西比尔·韦恩进行了尸检。尸检报告称系意外死亡[①]。死者母亲在提供证词及负责尸检的比勒尔法医验尸时甚为哀痛，众人深表同情。

他皱起眉头，把报纸撕成两半，走过房间，把碎片

---

① 意外死亡：在19世纪的英国，自杀是一种犯罪，此处的“意外死亡”是自杀的委婉说法。

扔掉。这一切多么丑陋！丑陋又让事情真实得可怕！他有点生气，亨利勋爵送这份报纸来，还用红铅笔做上记号，真是笨极了。说不定维克托都看过了，那家伙的英文水平足够读这个了。

说不定他读了，还开始起疑了。不过，这又有什么关系？道林·格雷和西比尔·韦恩的死有什么关系？没什么好怕的，又不是道林·格雷杀了她。

他的目光落到了亨利勋爵送来的黄皮书上。他在想那是本什么书。他走到珍珠色的八角形小茶几前——他总觉得它像是某种奇怪的埃及蜜蜂用银子做出来的——拿起书，躺进一把扶手椅中，翻看起来。几分钟之后他就入迷了。这是他读过的最奇特的书。他仿佛觉得，世间的罪孽都穿着精美的服装，伴着悠扬的笛声，在他面前无言地走过。他曾朦朦胧胧梦到过的东西突然变成了现实。他从未梦到过的也逐渐显露出来。

那是一部没有情节的小说，只有一个角色，实际上就是对一个巴黎青年的心理研究。这位十九世纪的青年一生都在尝试实现之前每个世纪的所有激情和思维方式，想集世界精神[①]所经历的各种情绪于自己一身。他既喜欢被人们荒唐地称作美德、实为矫情的自我克制，

---

① 世界精神：德国哲学家黑格尔（Georg Wilhelm Friedrich Hegel，1770—1831）用语，指宇宙万物的内在本质，往往表述为具有自由意志的拟人化实体。

也喜欢被贤哲们称作罪孽的天性反叛。这本书有种珠光宝气的奇特风格，生动又晦涩，充满隐语、古语、术语和精心的注释，就是法国象征主义[①]最优秀艺术家的特色。书中的隐喻奇特有如兰花，微妙可比色彩。作者用神秘哲学的语言描绘感官生活，让人有时分不清自己读的是中世纪圣徒的灵性忘我，还是现代罪人的病态自白。这是一本毒书。书页上似乎散发出浓重的气味，扰乱人的心神。他一章一章往下读，单是句子的韵律和微妙单调的乐感，就像是复杂的叠句或精心重复的乐章，在他内心激发了一种幻想、一重梦幻，让他不觉夕阳西下、暮色渐深。

一颗孤星点破无云的铜绿天空，星光透过窗户照了进来。他借着暗淡的星光继续读书，直到看不清为止。贴身男仆多次提醒时间不早，他才站了起来，走进隔壁的房间，把书放在床边的佛罗伦萨小桌上，开始更衣准备去吃晚饭。

他到俱乐部已快九点了，他发现亨利勋爵独自坐在晨间起居室里，一脸无聊。

“真抱歉，哈里，”他叫道，“可这全是你的错。

---

① 法国象征主义：19 世纪末 20 世纪初欧美重要文艺流派之一，主张以想象力来表现自然，强调现实世界与内心世界的感应，代表者包括夏尔·皮埃尔·波德莱尔（Charles Pierre Baudelaire，1821—1867）、斯特凡·马拉美（Stéphane Mallarmé，1842—1898）等。

你送来的那本书太叫我入迷，让我忘了时间。”

“是啊，我想你会喜欢的。”东道主答道，说着从椅子站起身来。

“我没说我喜欢，哈里。我是说它叫我入迷。这两者可差远了。”

“啊，你发现了？”亨利勋爵喃喃说道。于是他俩走进了餐厅。

第十一章

多年来，道林·格雷都摆脱不了这本书的影响，或者更确切地说，他从未想过要摆脱。他从巴黎淘来了至少九本这本书的大开本初版，把它们用不同颜色装帧起来，以配合他各种不同的情绪，和有时几乎完全失控的天性中变幻莫测的奇想。书中的主角，那个奇妙地集浪漫与科学气质于一身的传奇巴黎青年，成了他预示性的范本。实际上，他觉得整本书描写的就是他自己生活中的故事，只是写于他经历之前。

有一点他比小说中奇异的主角要幸运。他从不知道——实际上也没有理由知道——那巴黎青年对镜子、光亮金属表面以及平静水面的奇特恐惧，因为那人年纪轻轻就失去了显然曾经惊人的美貌。书的后半部分以略显夸张但悲情的笔触描绘了青年的悲伤和绝望，因为他极为珍视的东西，别人和这个世界还拥有着，他自己却失去了。道林在读这后半部分时几乎带着一种残忍的快乐——或许几乎每一份快乐和快感中都包含着残忍。

因为那曾让巴兹尔·霍尔沃德还有其他许多人着迷的惊人美貌，似乎永远也不会离开他。有关他生活方式的离奇谣言不时在伦敦悄悄传播，成为俱乐部里的谈资，但是那些人只要见了他，即便听过最邪恶的传闻也难以相信他会做出任何不光彩的事。他总是一副不染世俗的样子。道林·格雷一进屋，说话粗俗的人便缄口不言。他一脸的纯洁似乎斥责了他们。他一出现似乎就能让他们回想起自己已被玷污的纯真。他们不知道如此优雅迷人的人儿是如何不被这个充满肮脏肉欲时代污染的。

他常常神秘地长时间消失，引起他的朋友或自认为是他朋友的人种种离奇的猜测。一回到家，他便偷偷上楼，来到上锁的门前，用如今从不离身的钥匙开门进去，拿着镜子站在巴兹尔·霍尔沃德为他画的肖像前，一会儿看看画布上日渐衰老的邪恶面孔，一会儿看看光亮的镜子中对自己微笑的年轻漂亮的脸庞。两者强烈的对比曾增强他的快感。他越来越迷恋自己的美貌，越来越对自己灵魂的腐败感兴趣。他会十分仔细地观察——有时还带着怪异可怕的喜悦——丑陋的线条刻蚀起皱的前额，爬满厚实肉感的嘴唇四周，有时还琢磨着罪恶的标记和衰老的痕迹哪个更可怕。他会把自己白皙的手放在画上粗糙浮肿的手旁边，嘲笑那变形的身体和衰弱的四肢。

诚然，有时在无法入眠的夜晚，不论是躺在他自己馨香的卧室里，还是在码头附近声名狼藉的小客栈污秽的房间里——他常常化名易装去那儿——他都会自怜地想起自己毁了自己的灵魂，这种自怜因为纯粹出于自私而越发强烈，但是这样的时候很少。当他们坐在共同朋友的花园里时，亨利勋爵最初在他心中激起的对生命的好奇似乎越满足越强烈。他知道的越多，想知道的也越多，就像越进食越饥饿的疯狂食欲。

但他并非毫无顾忌，起码在上流社会的社交关系上不是。冬季每个月他都会把自己富丽的府邸对外开放一两次，社交季[①]则是每周三晚上开放，并邀请时下最知名的音乐家前来献技以娱宾客。他的小型宴会总是亨利勋爵帮着张罗，其宾客邀请之悉心、座位安排之考究与桌面装饰品位之高雅一样闻名。异国花卉、刺绣桌布和金银古盘布置得一如交响乐般和谐而精妙。实际上有许多人，特别是年轻人，看见或自以为看见了，道林·格雷实现了他们在伊顿或牛津时孜孜以求的梦想，集真正的学者修养与世界公民的优雅、出众和完美风度于一身。在他们看来，他就是但丁笔下“膜拜美而自臻于美[②]”的人。就像戈蒂耶，他就是“现实世界为之存在”的人。

---

① 社交季：伦敦春季和夏季的社交时段，一般为 4 月至 8 月，英国上流精英一般居留伦敦参加宫廷舞会、晚宴、慈善活动、赛马会、板球赛、网球赛等各种社交活动。

② 这句话出处不详，并非出自但丁，英国作家沃尔特·彼得（Walter Pater，1839—1894）在其小说《享乐主义者马利乌斯》中曾引用类似句子。

而对他来说毫无疑问的是，生活是第一位的、最伟大的艺术，其他所有艺术都只是为它所做的准备。时尚，真正奇异的东西因之而风靡一时；纨绔，也以自己的方式维护美的绝对现代性。这两者当然吸引他。他的服装式样和不时钟情的独特风格，对梅菲尔舞会上和蓓尔美尔街上俱乐部里的时髦青年影响显著。他们模仿他的一举一动，效法他半开玩笑却又不经意展露优雅的纨绔打扮。

尽管他很乐意接受一成年就几乎随之而来的地位，而且一想到自己之于当下的伦敦，可能堪比《萨迪利空》的作者①之于尼禄②治下的罗马，他确实能感到一种微妙的快乐，但是内心深处却渴望不只做个教人珠宝搭配、领带系法、手杖握姿的“优雅教父”。他想阐述一种新的生活方式，具有理性的哲学和井然的原则，在感官的升华中达到最高境界。

感官崇拜经常遭受贬损，而且贬损得颇有道理，人天生畏惧明知自己与低等生物共有却又似乎比自身强大

① 《萨迪利空》（*Satyricon*）的作者：《萨迪利空》是一本讽刺小说，作者相传为盖厄斯·佩特洛尼乌斯·阿尔比特（Gaius Petronius Arbiter，22？—66），罗马帝国大臣、诗人、小说家，被罗马历史学家塔西佗、希腊历史家普鲁塔克、古罗马博物学者老普林尼等认为是当时的“优雅权威（arbiter elegantiarum）”。

② 尼禄（Nero，37—68）：罗马帝国皇帝，54年至68年在位，以残暴奢侈闻名，最后出逃自杀。

的激情和感觉，但是道林·格雷觉得感官的真实本质从未被人理解，它们保持着野蛮和兽性纯粹是因为世人用饥饿迫其屈服或用痛苦将其扼杀，而不是尽力把它们变为以对美的精细本能为主要特征的新精神要素。回顾人类的历史进程，一种失落感萦绕在他心头。牺牲太大！所得太少！那些疯狂任性的拒绝、病态的自我折磨和否定，源于恐惧，终于堕落，比世人出于无知而企图逃避的臆想的堕落要可怕得多。自然以绝妙的讽刺驱逐修士以沙漠动物为食，赏赐荒野野兽给隐士做伴。

是的，正如亨利勋爵所预言，一种新的享乐主义即将出现，它将再造生活，从当下死灰复燃的严酷丑陋的清教主义中解救生活。当然，它将服务于理智，但绝不接受任何会牺牲激情体验的理论或体系。实际上，它的目的就在于体验本身，而非体验的结果，不论结果是苦是甜。至于扼杀感官的禁欲主义，麻木感官的低俗荒淫，它都一无所知。它只会教导世人专注于生活的瞬间，而生活本身不过一瞬。

我们都曾在破晓之前醒来，之前一夜无梦使我们几乎迷恋死亡，或者一夜满是恐惧和怪异的欢乐——那时扫过脑际的，有比现实更可怕的幻影，还有充满鲜活生命力的本能。这种本能潜藏于一切奇异事物之后，赋予哥特艺术持久的生命力。可能有人认为，这种艺术就是心灵困于臆想症之人所特有的艺术。白皙的手指缓缓伸进窗帘，似乎在颤抖。奇形怪状的黑影默默钻进屋角，蜷缩在那里。窗外，鸟儿在树叶间骚动，人们赶着去工作，山间吹来的风叹息呜咽，绕着寂静的房子徘徊，仿佛害怕吵醒熟睡的人，可又必须从紫色的洞中召唤睡神。朦胧的薄纱一层层揭开，万物逐渐恢复了形状和色彩，我们凝望着黎明把世界重塑成古老的式样。暗淡的镜子重启了映照事物的生活。熄灭的细烛立在原地，旁边摆着的，或是一本我们在读的裁了一半的书①，或是一捧我们在舞会上戴过的花束，或是一封我们不敢读或读了太多遍的信。我们似乎觉得一切依旧。熟知的现实生活从虚幻的夜影中归来，我们不得不从之前中断的地方继续生活。一种可怕的感觉袭来：我们必须在刻板乏味的陈规里积蓄力量。我们或许会狂热地渴望早晨一睁眼就能看到：世界昨夜已被改造一新，供我们享乐；万物历经变化，有了新形状、新色彩或新秘密；过去已无容身之地，即使留存下来也无人会意识到责任或悔恨，甚至欢乐的记忆也带着苦涩，快活的回味也掺了痛苦。

道林·格雷觉得创造这样的世界才是生活的真正目标，或者说是真正目标之一。在他寻找新奇又愉悦、具

① 毛边书在印刷装订后，“三面任其本然，不施刀削”（鲁迅语），看书时需要先用裁纸刀将粘连的书页裁开。在19世纪造纸和裁切技术进步后，光边书取代了毛边书，毛边书逐渐演变为身份地位的象征。此处“裁了一半的书”即读了一半的书。

有对浪漫至关重要的怪异因素的感官刺激时，他常常采用他明知与自己天性格格不入的思维模式，任由自己受其微妙影响，而等他似乎看到了其色彩，满足了智力上的好奇心之后，便冷漠地抛弃它们。这种奇怪的冷漠与真正的热忱气质并不矛盾，而且根据某些现代心理学家的说法，这常常正是其条件之一。

一度有传言说他要改宗罗马天主教会，天主教的仪式确实一直强烈地吸引着他。天主教每日的献祭要比古代所有的献祭都更可怕，但它对感官征兆的绝妙弃绝、构成元素的原始朴素，及其竭力象征的人类悲剧的永恒悲悯，都搅动着他的心神。他喜欢跪在冰凉的大理石板上，注视着身着笔挺绣花法衣的神甫用白皙的双手慢慢揭开圣餐的罩布，或高高举起镶满珍珠的灯笼形圣体光①，世人愿意相信里面装的白色圣饼真的是“天使面包”②，或身穿耶稣受难时的衣物，把圣饼掰开放进圣

① 圣体光：天主教、圣公会等使用的一种宗教祭具，又称圣体匣、圣体皓光等，多为镀金银制品，正中开透明小窗嵌入圣体（即代表耶稣身体的无酵饼），四周呈放射性线条以表现“圣体发光”。

② 天使面包：据《圣经》（《新约·马太福音》26:26、《新约·路加福音》22:19 等）记载，耶稣在最后的晚餐时拿起饼来，祝谢后擘开递给门徒说：“这是我的身体，为你们而舍弃的；你们应为纪念我而行此礼。”所以天主教圣餐礼中以圣饼（无酵饼）代表圣体（耶稣的身体）。中世纪哲学家、神学家圣·托马斯·阿奎那（Saint Thomas Aquinas，1225—1274）的一首赞美诗中将圣饼称为“天使面包”。

杯[①]，捶胸以示悔罪。神情肃穆的少年们，身着花边红袍，把烟雾缭绕的香炉抛到空中，就像镀金的大花，这对于他也有妙不可言的魅力。出来的时候，他曾惊奇地望着黑黝黝的忏悔室，渴望坐进其中一间幽暗的阴影中，倾听善男信女隔着破旧的窗格低声述说生活中真实的故事。

但是有些错误他从来不犯：他从不正式接受任何信条或体系，以免阻碍智力的发展；也从不把只适合住一宿、在无星无月之夜逗留几个小时的客栈误认为是可以居住的房子。化平庸为神奇的神秘主义，和似乎始终与之相伴的微妙的反律法主义[②]，曾打动过他一段时间；后来一段时间他又倾向于信奉德国达尔文主义运动[③]的唯物主义学说，把人类的思想和激情追溯到大脑

① 圣杯：据《圣经》（《新约·马太福音》26:28、《新约·路加福音》22:20 等）记载，耶稣在最后的晚餐时端起杯子，祝谢后递给门徒说："你们都由其中喝吧，这是我的血，新约的血，为大众倾流，以赦免罪过。"所以天主教圣餐礼中以杯子盛葡萄酒以代表圣血。

② 反律法主义：一译为唯信仰论，指认为基督徒既蒙上帝救恩，就不必遵守旧约时代摩西律法的主张，也泛指其他宗教、世俗哲学中反对遵守法律、道德的主张。

③ 德国达尔文主义运动：即社会达尔文主义，主张用达尔文的生存竞争与自然选择的观点来解释社会的发展规律和人类之间的关系，认为优胜劣汰、适者生存的现象存在于人类社会。19 世纪末 20 世纪初，社会达尔文主义在德国知识分子之间广泛流传，一般认为对纳粹德国的领土扩张和种族灭绝政策有重要影响。

里某个珍珠状的细胞或体内某条白色的神经，让他感到一种奇特的乐趣和愉悦，因为精神绝对依赖于某种生理条件，不论病态还是正常，健康还是患病。但是正如前文所述，跟生活本身相比，任何生活理论对他来说都无足轻重。他敏锐地意识到，所有理性思考一旦脱离行动和实验，就会十分贫瘠。他知道感官与灵魂一样，也有其灵性的秘密等待被揭示。

所以，现在他研究起香水及其制作秘诀：蒸馏浓香四溢的香油、燃烧东方芬芳的树脂。他发现内心的情绪在感官上无不有其相应的表现，于是潜心探究二者真正的关系：他想知道乳香里是什么使人神秘、龙涎香里是什么激发人的激情、紫罗兰里是什么唤醒对已逝浪漫的回忆、麝香里是什么扰乱头脑、黄兰里又是什么玷污想象。他经常尝试阐述真正的香水心理学，估量各种配料的不同作用，包括芳香的根、满载花粉的香花、香浓的油膏、黑色的香木、让人恶心的甘松、使人发狂的枳椇，还有据说能驱除灵魂忧郁的芦荟。

有段时间他又完全沉迷于音乐。在一个格子装饰、天花板朱红金黄相间、墙壁漆成橄榄绿色的长方形房间里，他曾举办奇怪的音乐会：疯狂的吉卜赛人在小齐特琴①上弹奏狂野的音乐，神色严肃、戴着黄披巾的突尼

---

① 齐特琴（zither）：一种拨弦乐器，弦数从1根至50多根不等，在中欧地区流行，常用于民谣配乐。

斯人拨弄巨大的鲁特琴紧绷的琴弦，而咧嘴笑的黑人单调地打着铜鼓，身材苗条、裹着头巾的印度人蹲在红垫子上吹着长长的簧笛或铜管[①]，迷惑——或假装迷惑——大眼镜蛇或可怕的角蝰蛇，让它们起舞。当舒伯特的优雅、肖邦美丽的忧伤和贝多芬强有力的和声让他双耳无动于衷时，这些野蛮音乐刺耳的音程和尖厉的不和谐音却能时不时触动他。他从世界各地搜集最奇异的乐器，不论是来自消亡民族的坟墓，还是来自少数几个在与西方文明碰撞中幸存的野蛮部落，只要找得到，他都喜欢抚摩、拨弄。他有内格罗河[②]流域的印第安人的“朱鲁巴里斯”[③]，这种乐器女人不准看，就连青年男子也得受过斋戒和鞭笞才能一睹真容；有能发出鸟儿尖叫声的秘鲁陶罐；有阿方索·德·奥瓦列[④]在智利听过的那种人骨笛；还有库斯科[⑤]附近出土的碧玉乐器，它

① 印度舞蛇的乐器一般为喷吉（pungi）。

② 内格罗河（Rio Negro）：亚马孙河一支流，流经哥伦比亚、委内瑞拉、巴西等国。

③ 朱鲁巴里斯（juruparis）：内格罗河原住民的一种乐器，被视为神圣乐器，平时藏于森林深处河床之上，在部落盛会时才取出使用，据传看到该乐器的女人必须被处死。

④ 阿方索·德·奥瓦列（Alfonso de Ovalle）：即阿隆索·德·奥瓦列（Alonso de Ovalle，1601—1651），智利历史学家、牧师。

⑤ 库斯科（Cuzco）：秘鲁南部一山城，11 世纪初印第安人的印加帝国曾建都于此，多存遗址。

音色浑厚，曲调甜蜜无比。他有几个彩绘葫芦，里面装满卵石，一摇晃就能咯嗒作响；有墨西哥人的“克拉林”长号，演奏者不是往里吹气而是朝外吸气；有亚马孙部落刺耳的“图尔①”，那是整天坐在高树上的哨兵用的，据说声音能传到三里格②之外；有“阿兹特克长鼓③”，它有两个振动的木簧，用涂了提取自植物乳液的黏胶的木棒敲击演奏；有阿兹特克人④像葡萄一样簇成一串的“幽托⑤”铃；还有一个用巨蟒皮做鼓面的圆柱形大鼓，很像贝尔纳尔·迪亚斯⑥跟着科尔特斯⑦走

---

① 图尔（ture）：一种管乐器。

② 里格：欧洲和拉美曾用的一种长度单位，原意为一个人一个小时能走的路程，大约为 3 英里。此处的“三里格”即 9 英里，约为 4.83 公里。

③ 阿兹特克长鼓（teponaztli）：墨西哥中部地区阿兹特克及周边文化中的一种开口木鼓。

④ 阿兹特克人（Aztec）：墨西哥印第安人，阿兹特克文明是美洲三大古文明之一。

⑤ 幽托铃（yotl-bell）：一种状如葡萄的乐器，阿兹特克人用于致敬皇帝。

⑥ 贝尔纳尔·迪亚斯：贝尔纳尔·迪亚斯·德尔·卡斯蒂略（Bernal Díaz del Castillo，1492—1584）：西班牙殖民者、作家，16 世纪初跟随埃尔南·科尔特斯参与了西班牙在中美洲的殖民征服战争，著有《征服新西班牙信史》（1568）。

⑦ 科尔特斯：埃尔南·科尔特斯（Hernán Cortés，1485—1547），西班牙殖民者，征服了阿兹特克帝国（今墨西哥地区）以及今天的洪都拉斯和危地马拉等地区。

进墨西哥神庙时看见的那个，他还十分生动地描绘了那悲凉的鼓声。这些乐器奇异的特性令他入迷。一想到艺术和自然一样也有其形、其声都非常可怕的怪物，他就感到一种奇异的愉悦。但是过了一段时间，他就厌倦了它们，宁愿一个人或是跟亨利勋爵一起坐在歌剧院包厢里，如痴如醉地听《汤豪舍[①]》，看着这部伟大艺术作品的序曲上演自己灵魂的悲剧。

有一次他又研究起珠宝来，像法国海军上将安·德·茹瓦约斯[②]一样，身穿缀着五百六十颗珍珠的衣服出席化装舞会。这一癖好让他迷恋了好几年，实际上可以说从未让他厌倦。他经常花一整天的时间把收集在盒子里的各色宝石这样摆摆那样放放，比如灯光一照就变红的橄榄绿色金绿玉、银线穿行其中的波光玉、开心果色的橄榄石、玫瑰粉和酒黄色的黄玉、闪着四芒星的火红色宝石、火焰红的肉桂石、橙色和紫罗兰色的尖晶石，还有红和蓝两色之间交替的紫水晶。他喜欢日长石的金红、月长石的珍珠白，还有乳蛋白石中断续的虹

① 汤豪舍（Tannhauser）：汤豪舍是德国13世纪游吟诗人，后逐渐成为中世纪德国民间歌谣主角。此处指德国作曲家瓦格纳创作的同名歌剧，讲述汤豪舍先纵情声色后厌倦声色的故事。

② 安·德·茹瓦约斯（Anne de Joyeuse，1560—1587）：法王亨利三世（Henry III，1551—1589）宠臣，第一任茹瓦约斯公爵，16世纪法国宗教战争时法国海军上将，死于库特拉之战。

彩。他从阿姆斯特丹买入了三颗色彩丰富的特大号祖母绿，还拥有一颗所有鉴赏家都眼馋的古董级绿松石。

他还发掘了一些关于珠宝的传奇故事。阿方索[①]的《教士戒律》里提到一条蛇，眼睛是真的红锆石。亚历山大的传奇故事中说这位厄马提亚[②]的征服者在约旦河谷里发现一条蛇，“背上长着一圈真的祖母绿”。菲洛斯特拉托斯[③]告诉我们，龙的脑壳里有一颗宝石，只要向它“展示黄金字和大红袍”，龙怪就会中了魔法昏睡过去，听任宰割。按照炼金术大师皮埃尔·德·博尼法斯[④]的说法，钻石使人隐形，印度玛瑙使人善辩，红玉髓能息怒，红锆石能催眠，紫水晶能解酒，石榴石能驱魔，而水文石使月亮失色，月光石随月亮盈亏，识别窃贼的西瓜石则只受童血影响。莱昂纳德斯·卡美卢斯[⑤]

---

① 阿方索：佩特鲁斯·阿方索（Petrus Alphonsi），西班牙犹太医生、作家、天文学家，著有《教士戒律》一书，该书是写于 12 世纪初的一部寓言故事集。注意此阿方索不是上文中的阿方索·德·奥瓦列。

② 厄马提亚（Emathia）：古希腊北部平原名，位于古马其顿王国域内，亚历山大为古马其顿王国国王。

③ 菲洛斯特拉托斯（Philostratus，170？—247？）：古希腊雄辩家、诡辩学派哲学家和作家。

④ 皮埃尔·德·博尼法斯（Pierre de Boniface）：14 世纪炼金术士。

⑤ 莱昂纳德斯·卡美卢斯（Leonardus Camillus）：意大利天文学家、矿物学家、医生，著有珠宝研究专著《宝石之镜》（*The Mirror of Stones*）。

曾亲眼见过一块从一只刚被杀死的蟾蜍脑中取出的白石，可用做某种解毒剂。从阿拉伯鹿的心脏里发现的胃石是一种可以治疗瘟疫的神物。阿拉伯鸟巢里有种风信玉，按照德谟克利特的说法，佩戴它可以免除一切火灾。

锡兰[①]国王在加冕典礼上手托一颗硕大的红宝石，骑象穿过都城。主教约翰[②]的宫殿各个大门都“由赤褐玉砌成，上面镶了角蛇的角，所以无人能够带毒入内”；山墙上有“两个金苹果，里面是两颗红榴石”，白天金子发光，晚上红榴石闪耀。洛奇[③]的怪异传奇《一颗美洲珍珠》宣称，在女王的寝宫里可以看到“全世界所有贞洁女子的银塑像，正对着镶满橄榄石、红榴石、蓝宝石和绿宝石的漂亮镜子顾影自怜”。马可·波罗曾目睹日本人把玫瑰色的珍珠放进死者嘴里。有只海怪迷上一颗珍珠，珍珠却被人潜水采去献给了卑路斯王[④]，海怪一怒之下杀死偷珠贼，为失落的珍珠哀恸

---

① 锡兰（Ceilan）：斯里兰卡旧称。

② 主教约翰（John the Priest）：中世纪传奇中的基督教国王和牧师。

③ 洛奇：托马斯·洛奇（Thomas Lodge，1558？—1625），英国“大学才子派”诗人和剧作家，《一颗美洲珍珠》是一部浪漫传奇，讲述秘鲁王子与莫斯科大公国公主的爱情故事。

④ 卑路斯王：波斯萨珊王朝君主卑路斯一世（Peroz I，459—484），459 年至 484 年在位。

了七个月。后来匈奴把卑路斯王诱入陷阱，他扔掉了珍珠——普罗柯比[①]如是说——虽然阿纳斯塔修斯皇帝[②]悬赏五英担[③]金币，但是从此这颗珍珠再无踪影。马拉巴尔王[④]曾向某位威尼斯人展示过一串念珠，上面共有三百零四颗珍珠，每颗代表他崇拜的一个神。

据布朗托姆[⑤]记载，亚历山大六世[⑥]之子瓦伦蒂诺瓦公爵[⑦]谒见法王路易十二[⑧]时，坐骑挂满金叶，帽子

① 普罗柯比（Procopius，500？—565）：拜占庭帝国历史学家，著有《战争史》等名著。

② 阿纳斯塔修斯皇帝：拜占庭帝国皇帝阿纳斯塔修斯一世（Anastasius I, 431？—518），491年至518年在位。

③ 英担：英国一种质量单位，一英担即112磅，约50.8千克。5英担即560磅，约254千克。

④ 马拉巴尔王（The King of Malabar）：马拉巴尔地区即印度西南部沿海地区，马拉巴尔王国可能指12世纪至18世纪统治马拉巴尔地区的扎莫林（Zamorin）王国，我国明代航海家马欢的《瀛涯胜览》称之为“古里国”。

⑤ 布朗托姆（Brantome）：皮埃尔·德·布尔代耶（Pierre de Bourdeille，1540？—1614），法国历史学家、传记作家，因担任布朗托姆圣皮埃尔修道院（Abbaye Saint-Pierre de Brantôme）平信徒院长（即非专业宗教人士担任的院长），世称布朗托姆。

⑥ 亚历山大六世：罗马教皇亚历山大六世（Alexander VI，1431—1503），1492年至1503年在位。

⑦ 瓦伦蒂诺瓦公爵（Duke de Valentinois）：即后文提到的凯撒·博尔贾（Cesare Borgia，1475—1507），罗马教皇亚历山大六世的私生子。

⑧ 路易十二（Louis XII，1462—1515）：法国瓦卢瓦王朝国王，1498年至1515年在位。

镶着两排光辉灿烂的红宝石。英王查理[①]的坐骑马镫上饰有四百二十一颗钻石。理查二世[②]有一件镶满巴拉斯红宝石[③]的外套，价值三万马克。霍尔[④]记载亨利八世[⑤]在加冕前移驾伦敦塔[⑥]时，身穿“金线凸纹短衫、缀着钻石和各色宝石的绣花胸甲、镶着硕大巴拉斯红宝石的宽肩带”。詹姆斯一世的宠臣都佩戴金丝镶祖母绿耳环。爱德华二世[⑦]曾赐予皮尔斯·加韦斯顿[⑧]一套红锆

---

① 英王查理：英国历史上有两位名为查理的君主，分别是查理一世（1600—1649，1625 年至 1649 年在位）和查理二世（1630—1685，1660 年至 1685 年在位），两者都是英国斯图亚特王朝君主。

② 理查二世（Richard II，1367—1400）：英格兰国王，1377 年至 1399 年在位。

③ 巴拉斯红宝石：即红色尖晶石，巴拉斯（Balas）源自历史地名巴达赫尚地区（位于阿富汗、塔吉克斯坦、中国三国交界）的古名巴拉斯西亚（Balascia），原义为“火红的朝阳”。

④ 霍尔：爱德华·霍尔（Edward Hall，1496？—1547？），英国历史学家，著有《兰开斯特与约克两大显赫家族之联合》一书。

⑤ 亨利八世（Henry VIII，1491—1547）：英国都铎王朝第二代国王，1509 年至 1547 年在位，1509 年 6 月 24 日在威斯敏斯特教堂加冕。

⑥ 伦敦塔：始建于 1078 年，原为泰晤士河北岸一古堡，中世纪时为幽禁政治犯的监狱，历史上还曾被用作军械库、国库、铸币厂、宫殿、天文台和避难所等，现为博物馆。

⑦ 爱德华二世（Edward II，1284—1327）：英格兰国王，1307 年至 1327 年在位。

⑧ 皮尔斯·加韦斯顿（Piers Gaveston，1284？—1312）：第一代康沃尔伯爵，英王爱德华二世的宠臣，相传二人为情人。

石饰纽的红金甲胄、一副镶满绿松石的金玫瑰颈甲和一顶缀满珍珠的头盔。亨利二世[①]的手套长及手肘，缀满珠宝，还有一副嵌了十二颗红宝石和五十二颗大东珠[②]的养鹰手套。末代勃艮第公爵“莽撞的查理”[③]的公爵帽上挂满了梨形珍珠和蓝宝石饰纽。

生活曾经多么精致！排场和装饰多么华丽！那些已逝者的穷奢极欲，哪怕只是读一读也非常美妙。

后来他又把注意力转向了刺绣，以及在北欧诸国寒冷的房间里作为壁画的壁毯。他研究这个主题时——他有种非凡的能力，不管做什么，短时间内都能全神贯注——一想到时间给美好非凡的事物带来的毁坏，他心里就非常悲哀。无论如何，他已经逃过这一劫。夏复一夏，黄色的长寿花开了又谢，恐怖之夜重复了多少遍耻辱的故事，但他安然不变。冬天损伤不了他的面容，玷

---

① 亨利二世（Henry II，1133—1189）：英格兰国王，1154年至1189年在位。

② 东珠：历史上欧洲人认为来自东方印度洋海域的珍珠最佳，故称最优质珍珠为东珠（orient）。注意区分我国产自东北地区的东珠。

③ 末代勃艮第公爵“莽撞的查理”（Charles the Rash，1433—1477）：也称“大胆的查理（法语 Charles le Téméraire，英语 Charles the Bold）”。勃艮第是西欧一个历史地区，大致位于今法国东南部和瑞士西部，曾先后数度建立王国，“莽撞的查理”企图恢复勃艮第王国，与法王路易十一争雄，结果兵败身死。

污不了他的花样风华。物质的事物多么不同！它们都去哪儿了？棕色皮肤的姑娘们为取悦雅典娜，绣了一件诸神大战巨人族①图案的番红花色长袍，它去哪了？尼禄在罗马斗兽场张起一面紫色巨帆做天幕，上面绣着阿波罗②驾着白马金缰双轮战车驰骋在星空之下的场景，它又去哪了？他渴望见到为太阳神祭司③织的奇异餐巾，上面绣着宴席需要的一切珍馐；希尔佩里克王④的尸衣上面饰有三百只金蜜蜂；曾激怒本都⑤主教的奇异长袍上面绣着“狮、豹、熊、狗、森林、岩石、猎人——实际是画家能从大自然中临摹的一切”；奥尔良的查理⑥穿过的外套袖子上绣了一首歌词，第一句是“夫人，我

---

① 巨人族（giants）：希腊神话中地母盖娅与第一代神王乌拉诺斯的后代，传说生于乌拉诺斯之血，力大无穷，在与奥林匹亚众神的战斗中被毁灭。注意巨人族与泰坦族不同。

② 阿波罗（Apollo）：希腊神话中光明、预言、音乐和医药之神，宙斯与泰坦女神勒托（Leto）之子。

③ 太阳神祭司：即后文提到的埃拉伽巴路斯（Elagabalus，204？—222），罗马皇帝，218 年至 222 年在位，14 岁前在叙利亚为太阳神最高祭司。

④ 希尔佩里克王：法国墨洛温王朝国王希尔佩里克一世（Chilperic I，539？—584），561 年至 584 年在位。

⑤ 本都（Pontus）：小亚细亚半岛东北部、黑海东南沿海地区，罗马帝国曾在此设立本都教区。

⑥ 奥尔良的查理（Charles of Orleans，1394—1465）：法国奥尔良公爵、诗人，有 500 多首法语和英语诗作存世。

满心欢喜[①]”，配乐用金线绣成，当时的音符还是方形的，每个音符由四颗珍珠组成。他读到兰斯[②]行宫为勃艮第的约娜王后[③]准备的房间饰有“一千三百二十一只刺绣鹦鹉，身上都绘有国王纹章，还有五百六十一只蝴蝶，翅膀上相应地绘有王后纹章，全都以金线绣成”。为凯瑟琳·德·美第奇[④]特制的灵床上铺着黑色的天鹅绒，上面绣满了月牙和太阳，床帷是锦缎的，金银底布上绣满了绿叶拱卫的花圈和花环，四周垂着珍珠流苏；安放灵床的房间里挂着一排排王后纹章，都是用碎黑天鹅绒在银线底布上拼成的。路易十四的寝宫有金绣女像

---

① 夫人，我满心欢喜：原文为法语，Madame, je suis tout joyeux.

② 兰斯（Rheims）：法国一城市，位于巴黎东北方向。

③ 勃艮第的约娜王后（Queen Joan of Burgundy，1293？—1349）：法国瓦卢瓦王朝国王菲利普六世（Philip VI，1293—1350）的王后，英法百年战争期间多次摄政，被政敌诋毁为“跛子约娜”（法语 Jeanne la Boiteuse）。

④ 凯瑟琳·德·美第奇（Catherine de' Medici，1518—1589）：法国瓦卢瓦王朝国王亨利二世（Henry II，1519—1559）的王后。

柱，高达十五英尺。波兰王索别斯基[①]的御床上铺着士麦那的金丝锦缎，上面用绿松石嵌了《古兰经》经文，床柱镀银，雕镂精美，饰满了嵌有珐琅和珠宝的团花图案；这张床缴获自维也纳城下的土耳其军营，当时穆罕默德的军旗就立在它颤动的镀金床罩下。

于是，他花了一整年搜集最精美的织物和刺绣，找到了雅致的德里平纹细布，布上巧妙地绣了金线掌状叶和斑斓的甲虫翅膀；找到了达卡薄纱，它因其透明度而在东方被称为“织云”“流水”和“夜露”；找到了爪哇图案奇特的布匹；找到了中国精美的黄色帘帷；找到了茶色锦缎或鲜蓝丝绸装订的书，上面绣了百合花、鸟儿和人像；找到了匈牙利织的方网眼花边面纱；找到了西西里锦缎和硬挺的西班牙天鹅绒；找到了乔治王时代缀满钱币的纺织品；找到了日本帛纱，上面带有绿色调的金绣和羽翼精美的飞鸟。

他特别热衷于教会的法衣，实际上他热衷于有关宗教仪式的一切。他府邸西廊有一排雪松长木箱，里面

---

① 索别斯基：约翰·索别斯基（John III Sobieski，1629—1696），波兰统帅，1674 年被选为波兰国王和立陶宛大公。1683 年，索别斯基在维也纳城解围战中率领波、德联军以少胜多大败奥斯曼帝国 17 万大军，奥斯曼帝国从此无力入侵欧洲，索别斯基被时任教皇英诺森特十一世（Pope Innocent XI，1611—1689）誉为“西方基督教的拯救者”，被欧洲各国称为“波兰之狮”。

收藏着许多稀有而美丽的“基督新娘[①]”服饰，她们必须穿戴亚麻细布紫衣和珠宝，才能遮盖被自招的苦痛损伤的苍白消瘦之身。他还有一件大红丝绸和金丝锦缎织成的华丽斗篷，上面绣着六瓣花中嵌金石榴的连续图案，每个石榴两侧都有一颗用小珍珠缀成的凤梨。饰带分成许多格，描绘了圣母玛利亚的生平事迹，圣母加冕图则用彩线绣在风帽上。这是十五世纪的意大利制品。另一件斗篷是绿天鹅绒的，绣着心形莨苕[②]叶簇，其中伸出长茎白花，细部以银线和彩晶勾勒。纽扣上用金线绣了凸起的六翼天使头像。饰带以红金丝线织成菱形花样，点缀着圣塞巴斯蒂安[③]等众多圣徒和殉道者的圆形头像。他还有各色十字褡[④]，有琥珀色丝绸的、蓝色丝绸和金色锦缎的、黄丝锦缎和金色布料的，上面都绘有《耶稣受难图》，绣着狮子、孔雀和其他徽章；有白色缎子和粉丝锦缎的法衣，上面饰有郁金香、海豚和百合花；有大红天鹅绒和蓝色亚麻布的祭坛帷幕；还有许多

---

① 基督新娘：指修女。

② 莨苕：一种生长在地中海沿岸的低矮多年生草本植物，莨苕叶因姿态优雅被广泛用于装饰艺术之中，最早运用于古希腊科林斯柱的柱头装饰，后扩展至墙壁、家具、衣服的装饰。

③ 圣塞巴斯蒂安（Saint Sebastian，256？—288）：3 世纪时因不愿放弃基督教信仰而殉道的罗马教徒。

④ 十字褡：基督教牧师举行弥撒时罩在外面的宽大长袍，亦称祭披。

圣餐布、圣餐杯罩和圣像手帕。使用这些东西的神秘仪式能莫名激发他的想象。

这些宝物和他收藏在自己可爱的府邸里的一切，都是他忘却的手段和暂时逃脱时时近乎难以忍受的恐惧的方式。在他度过那么多童年时光、房门紧锁的孤寂房间里，他亲手把那可怕的画像挂在墙上，盖上紫金棺罩作为帷幕，画像上不断改变的面容向他展示着自己生命真正的堕落。有时他会一连几周不去那里，忘却那丑陋的画像，恢复轻松的心态和美妙的愉悦，充满激情地沉浸于单纯的存在。然后某天晚上，他又会突然溜出家门，来到蓝门场[①]附近的下流地方，在那流连数日，直到被撵走。一回到家他就会坐在画像前，有时厌恶画像也厌恶自己，有时又带着半是罪孽迷恋的个人主义骄傲，窃喜地嘲笑那不得不代他受过的诡异影像。

几年之后，他受不了长期离开英格兰，便放弃了他和亨利勋爵在特鲁维尔共有的别墅，以及在阿尔及尔带围墙的小白房，他俩曾多次在那里过冬。画像已经成为他生命的一部分，他不愿和它分开，虽然他已命人安装了数道复杂的门闩，但他还是担心有人会趁自己不在进入那个房间。

他非常清楚旁人不会看出个中实情。是的，画像还

① 蓝门场（Blue Gate Fields）：伦敦码头附近的贫民窟。

保存着，一脸的邪恶和丑陋，而且酷似他的面容；但他们又能从中看出什么呢？谁胆敢奚落他，他都可以还以嘲笑。画像又不是他画的。它看起来卑鄙可耻，与他何干？就算他告诉他们真相，他们会相信吗？

但他还是害怕。他时常在诺丁汉郡的豪宅里款待和他同阶层的时髦青年——他们是他主要的伙伴——并以穷奢极侈、富丽堂皇的生活方式震惊乡里，有时又会突然抛下宾客，匆匆赶回伦敦去看有没有人动过那房门、画像是否还在原处。要是它让人偷走了怎么办？一想到这，他就吓得浑身发冷。到那时，世人肯定就会知晓他的秘密了，或许他们早就怀疑了。

因为虽然很多人迷恋他，但不信他的人也不在少数。伦敦西区有个俱乐部，论出身和社会地位他完全有资格当会员，可他却几乎被投黑球[①]排斥在外。据说有一次，一位朋友带他进丘吉尔俱乐部的吸烟室时，贝里克公爵和另一位绅士竟然故意站起身来走了出去。等他二十五岁以后，各种稀奇古怪的谣传已经闹得满城风雨。据谣传，他在白教堂偏远处的一个下流场所跟一群外国水手斗殴，跟偷东西的和造伪币的厮混并对他们这些勾当里的秘密一清二楚。他异乎寻常的消失已是众人

① 投黑球：英国维多利亚时代的男子私人俱乐部以匿名投球投票的方式选择接受或拒绝接受新会员，白球代表接受，黑球代表拒绝。

皆知，等他在社交圈重新露面时，人们就会在角落里窃窃私语，或是冷笑着从他身边走过，或是用冰冷探询的目光打量他，似乎决心要挖出他的秘密。

对于此种无礼和轻蔑，他自然不以为意，何况在大多数人看来，他诚挚温雅的风度、迷人天真的微笑以及似乎能够永驻的美妙青春的无穷魅力，本身就足以回应四下流传的诽谤——他们认定那些全是诽谤。不过也有人注意到，有些一度和他十分亲密的人不久就开始回避他。也有人看到，许多曾经疯狂爱慕他、为了他甘受社会责难并挑战既定习俗的女人，现在一看见道林·格雷进门，就满脸羞愧或是恐惧得花容失色。

但是在许多人眼里，这些流言蜚语只是增加了他奇怪而危险的魅力。他的巨额财富是一种安全保障。社会——至少文明社会——从来就不会轻易相信有损富有且迷人之人的流言。社会本能地觉得风度比道德更重要，而且认为再怎么受尊重也远不如有个好厨师。毕竟如果有人请你吃了一顿难吃的饭，喝了一杯难喝的酒，就算有人告诉你他在私生活上无可指摘，也算不得什么好的安慰。有一次讨论这个话题时亨利勋爵说过，最高尚的道德也弥补不了一道半凉的菜，而且要支持他的观点，可能还有很多话可讲。因为上流社会的准则就是——或者说应该是——艺术的准则。形式对它是极其重要的。它应该具有仪式的庄严感和非真实性，还应该将浪漫剧的虚假与怡人的风趣和美结合起来。虚假真就那么可怕吗？我看未必。它只是我们丰富个性的一种方法。

至少，道林·格雷是这么认为的。他曾惊异于某些人心理之浅薄，他们以为人的自我是简单、永久、可靠、本质单一的。对他来说，人是一种具有无限生命、无穷感觉、多种形式的复杂生物，体内包含着思想和激情的古怪遗产，血肉感染了死者的可怕疾病。他喜欢在乡间别墅凄凉阴冷的画廊里漫步，看着那些肖像，他自己的血管里就流淌着他们的血液。这儿是菲利普·赫伯特①，弗朗西斯·奥斯本②在《伊丽莎白女王与詹姆斯国王时代回忆录》中曾描写他“因相貌英俊在朝廷受宠，但其姿容却未能长驻”。他有时过的就是赫伯特年轻时的生活吧？是不是什么奇怪的毒菌在躯体上代代相传，一直传到了他身上？他在巴兹尔·霍尔沃德的画室里如此突然，几乎是无缘无故做出的，那个大大改变他生活的疯狂祈祷是不是就是因为他模糊地意识到优雅将逝？这儿站着的是安东尼·谢拉德爵士，他穿着金丝刺绣的红色紧身上衣和宝石装饰的外套，皱领和袖口都

① 菲利普·赫伯特（Philip Herbert，1584—1650）：英国第四任彭布罗克伯爵、第一任蒙哥马利伯爵，英王詹姆斯一世（1566—1625）和查理一世（1600—1649）的宠臣。

② 弗朗西斯·奥斯本（Francis Osborne，1593—1659）：英国散文作家。

镶着金边，脚边堆着银黑甲胄。这个人的遗产是什么？那不勒斯乔凡娜女王的情人遗传给他的是不是罪孽和耻辱？他的所作所为仅仅是死者当初不敢实现的梦想吗？这儿，伊丽莎白·德弗罗夫人①正在褪色的画布上微笑，她头披薄纱，身穿珍珠三角胸衣配粉色镂空袖。她右手拿着一枝花，左手攥着一个饰有白色和淡红色玫瑰的珐琅领圈；身旁的桌上摆着一把曼陀林②和一个苹果；小巧的尖头鞋上缀着大朵绿玫瑰花饰。他了解她的生活和关于她众多情人的奇闻。他身上有没有她的气质呢？那双眼皮耷拉的椭圆眼睛似乎正在好奇地望着他。乔治·威洛比如何？他头发扑粉，脸长怪斑，看起来真邪恶！面孔阴沉黝黑，肉感的双唇似乎轻蔑地噘着。精致的花边褶袖笼着戴满戒指的瘦黄双手。他是十八世纪的花花公子，年轻时是费拉斯勋爵的朋友。第二代贝肯汉姆勋爵又如何？他是摄政王③最疯狂时期的玩伴，见

---

① 伊丽莎白·德弗罗夫人（Lady Elizabeth Devereux，1452—1516）：第八代查特利的费勒斯男爵沃尔特·德弗罗（Walter Devereux）之女，理查德·科比特爵士（Sir Richard Corbet）之妻，丈夫死后再嫁托马斯·雷顿爵士（Sir Thomas Leighton）。

② 曼陀林（mandolin）：一种小型拨弦乐器，琴身梨形，八弦。

③ 摄政王：英王乔治四世（George IV，1762—1830），1811年其父乔治三世（George III）病重，他以王储身份摄政，1820年乔治三世去世后正式即位。

证了后者和菲茨赫伯特夫人[①]的秘密婚姻。他一头栗色鬈发，摆着傲慢的姿势，多么骄傲，多么英俊！他又遗传了怎样的激情？世人认为他声名狼藉。他曾带头在卡尔顿府[②]纵酒狂欢。他胸前的嘉德勋章[③]熠熠生辉。他旁边挂的就是妻子的肖像，是个身穿黑衣的白脸薄唇女人，她的血液也在他体内激荡。这一切多么奇怪！他的母亲长相颇似汉密尔顿夫人[④]，湿润的双唇上还沾有葡萄酒——他知道自己从她身上继承了什么。他从她身上继承了美貌，还有对他人美貌的热衷。她身穿酒神女祭司的宽松衣服，朝他大笑。她的头发上戴着葡萄藤叶，紫色的酒浆从她手里端着的杯中溅了出来。画上的肉色已经消褪，但那双眼睛仍然深邃明亮，无论他走到哪里，似乎都在注视着他。

然而人既有种族上的祖先，也有文学上的祖先，在类型和气质方面可能后者彼此更为接近，而且必然具有

---

① 菲茨赫伯特夫人：玛利亚·菲茨赫伯特（Maria Fitzherbert，1756—1837），英国国王乔治四世的情人。

② 卡尔顿府（Carlton House）：摄政王乔治四世的府邸，位于伦敦威斯敏斯特区。

③ 嘉德勋章：全称嘉德至高骑士团勋章（The Most Noble Order of the Garter），是英国最古老最高级的一种骑士勋章。

④ 汉密尔顿夫人：爱玛·汉密尔顿（Emma Hamilton，1765—1815），英国女模特、演员，英国外交官威廉·汉密尔顿爵士（Sir William Hamilton）之妻，海军名将霍雷肖·纳尔逊（Horatio Nelson）的情妇。

人们更能明确意识到的某种影响。有时道林·格雷觉得整个历史只是自己生活的记录，他并非身临其境经历过历史，而是用想象创造了历史，历史就在他的脑中、在他的激情里；他觉得自己认识所有奇特可怕的人物，他们走过世界舞台，让罪孽变得神奇，使邪恶变得微妙；他觉得他们的生活以某种神秘的方式变成了他的生活。

在那本对他的生活影响巨大的奇书里，主角也有这种奇特的幻想。在第七章，他说自己戴着桂冠以免遭雷击，像提比略①一样坐在卡普里岛一个花园里，读着厄勒芳迪斯②荒淫无耻的书，一群侏儒和孔雀就在旁边趾高气扬地走动，长笛手则嘲弄着摆弄香炉的人；像卡利古拉③一样，与一群绿衫骑师在马厩里狂饮作乐，和一匹珠宝饰额的马在象牙马槽里共进晚餐；像图密善④一样，游荡在两旁列着大理石镜的走廊中，憔悴的双眼四下搜寻终结他性命的匕首的倒影，还患上了可怕的厌世

① 提比略（Tiberius，公元前42—公元37）：罗马第二代皇帝，14年至37年在位，罗马古典作家将其描绘为一个好色的暴君。

② 厄勒芳迪斯（Elephantis）：公元前1世纪希腊女作家、诗人，据传其作品多淫艳情调，现已佚失。

③ 卡利古拉（Caligula，12—41）：罗马皇帝，37年至41年在位，以暴虐著称。

④ 图密善（Domitian，51—96）：罗马皇帝，81年至96年在位，以专横暴戾著称，结果众叛亲离，生前最后几年精神失常，最后被人用匕首刺死在寝宫中。

症，只有生活中应有尽有之人才患厌世症；他还透过一块纯净的祖母绿观赏着竞技场内的血腥杀戮，然后坐上珍珠装饰的紫轿，由钉着银掌的驴子拉着，穿过石榴大街移驾金宫，沿路听人们高呼“尼禄皇帝”；还像埃拉伽巴路斯[①]一样，在脸上涂脂抹粉，跟女人一起摇着纺车，把月亮从迦太基[②]请来，在神秘的婚礼中把她嫁给太阳。

道林一遍遍地读这异想天开的一章和随后的两章。后两章就像某些奇特的壁毯或精制的珐琅，描绘了一些可怕又美丽的人，他们被罪恶、血腥和厌倦逼得成疯成魔：米兰公爵菲利波[③]，他杀死妻子并在她唇上涂上红色毒药，让她的情夫在亲吻钟爱之唇时中毒而亡；威尼

---

① 埃拉伽巴路斯（Elagabalus）：埃拉伽巴路斯本身是太阳神，以荒淫无度和行为古怪著称的罗马皇帝马库斯·奥里利乌斯·安东尼纳斯（Marcus Aurelius Antoninus，204？—222，218 年至 222 年在位）在被罗马东方军团拥立称帝前，在叙利亚担任太阳神最高祭司，所以他死后被称埃拉伽巴路斯皇帝。

② 迦太基（Carthage）：腓尼基人在非洲北部建立的古代城邦，位于今突尼斯东北部突尼斯湾沿岸，长期与罗马为敌，经过三次布匿战争，被罗马灭亡。

③ 米兰公爵菲利波：第三任米兰公爵菲利波·玛丽亚·维斯孔蒂（Filippo Maria Visconti，1392—1447）为巩固权力娶寡妇比阿特丽斯·拉斯卡里斯·德·滕达（Beatrice Lascaris di Tenda，1372？—1418）为妻，获得了巨额嫁妆、其前夫的封地和军队，但是菲利波逐渐敌视比阿特丽斯，1418 年捏造比阿特丽斯与游吟诗人米歇尔·欧罗姆贝利（Michele Orombelli）通奸，并将他们杀死。

斯人彼得罗·巴尔比，世称保罗二世[①]，他贪慕虚荣，垂涎“福尔摩苏斯”的尊号，还犯下可怕的罪孽换取价值二十万弗罗林[②]的教皇三重冠；吉安·马利亚·维斯孔蒂[③]，他曾纵猎犬追咬活人，被谋杀后尸体被一个爱过他的妓女用玫瑰盖满；骑白马的博尔贾，斗篷上还沾着佩罗托[④]的鲜血，弑兄犯与他并辔而行；彼得罗·里亚里奥[⑤]，佛罗伦萨年轻的红衣大主教，西克斯图斯四世[⑥]的儿子与宠臣，他的美貌只有其骄奢淫逸可以相

---

① 保罗二世：意大利籍教皇，原名彼得罗·巴尔博（Pietro Barbo，1417—1471），1464 年至 1471 年在位，继任教皇后想模仿福尔摩苏斯教皇（816？—896，891 年到 896 年在位）改名福尔摩苏斯二世（“福尔摩苏斯”的字面词义是“英俊”）。

② 弗罗林：意大利弗罗林，一种最先由意大利佛罗伦萨于 1252 年制造的金币，每枚金币含有约 3.54 克黄金，名称源于佛罗伦萨的象征——盛开的百合花。

③ 吉安·马利亚·维斯孔蒂（Gian Maria Visconti，1388—1412）：第二任米兰公爵，意大利北部以米兰为中心的伦巴第世家子弟，以残暴著称。

④ 佩罗托：即佩德罗·卡德隆（Pedro Calderón），据传是卢克雷齐娅·博尔贾的情人，被凯撒·博尔贾杀害。

⑤ 彼得罗·里亚里奥（Pietro Riario，1445—1474）：意大利红衣大主教、教皇外交官，他是教皇西克斯图斯四世的侄子，但有谣传是他的私生子。

⑥ 西克斯图斯四世（Sixtus IV，1414—1484）：罗马教皇，1471 年至 1484 年在位。

比，他在红白丝绸帐篷中接待阿拉贡的莱奥诺拉[①]，帐篷里满是宁芙仙女[②]和半人马[③]，还有一个全身涂金的男孩扮作伽倪墨得斯[④]或许拉斯[⑤]在宴会上侍应；还有艾泽林[⑥]，他的忧郁症只有死亡的场面才能医治，他嗜血如常人嗜酒，据说他是恶魔之子，以灵魂押注与父亲赌博，却在掷骰子时作弊取胜；还有詹巴蒂斯塔·奇博，出于嘲讽自称“因诺森特”[⑦]，犹太医生却为了救他往他已经麻痹的血管里输入了三个青年的血；西吉斯

① 阿拉贡的莱奥诺拉（Leonora of Aragon，1402－1445）：阿拉贡国王斐迪南一世（Ferdinand I，1380—1416）之女，葡萄牙国王爱德华一世（Edward I，1391—1438）的王后。

② 宁芙仙女（nymphs）：古希腊罗马神话中住在山林水泽的仙女。

③ 半人马（centaurs）：古希腊罗马神话中野蛮好色的怪物，上半身是人，下半身是马。

④ 伽倪墨得斯（Ganymede）：希腊神话中的特洛伊王子、美少年，宙斯将他带走为众神司酒。

⑤ 许拉斯（Hylas）：希腊神话中的美少年，大力神赫拉克勒斯的侍童，在密细亚的一口泉井汲水时被水中仙女掳去。

⑥ 艾泽林：艾泽林三世（Ezzelin III，1194—1259），意大利封建领主，以残暴著称。

⑦ 因诺森特：罗马教皇因诺森特八世（Innocent VIII，1432—1492），1484 年至 1492 年在位，原名詹巴蒂斯塔·奇博，后改名因诺森特（Innocent，字面词义是“纯真”）。

蒙多·马拉泰斯特[1]，伊索塔[2]的情人、里米尼的领主，他用餐巾勒死了波利塞娜[3]，用绿宝石酒杯盛了毒酒谋害吉内芙拉·德·埃斯特[4]，还为了一桩可耻的风流韵事修了一幢异教教堂给基督徒朝拜，他的模拟像[5]被视作上帝与人类之敌在罗马被焚烧；查理六世[6]，他疯狂爱慕嫂子，连麻风病人都提醒说他快要疯了，在他脑子病到反常时只能用画有爱情、死亡和疯狂的撒拉森[7]纸

① 西吉斯蒙多·马拉泰斯特（Sigismondo Malatesta，1417—1468）：意大利北部城市里米尼和中部城市法诺的领主，他还是一名佣兵队长，被视为当时最英勇的军事领袖。

② 伊索塔·德利·阿蒂（Isotta degli Atti，1432—1474）：西吉斯蒙多·马拉泰斯特的情人、第三任妻子。

③ 波利塞娜·斯福尔扎（Polissena Sforza，1428—1449）：西吉斯蒙多·马拉泰斯特的第二任妻子。

④ 吉内芙拉·德·埃斯特（Ginevra d'Este，1419—1440）：西吉斯蒙多·马拉泰斯特的第一任妻子，据传是被西吉斯蒙多毒死。

⑤ 模拟像：一种粗制滥造的人偶，用于抗议时被破坏以表达愤怒。

⑥ 查理六世（Charles VI，1368—1422）：法国瓦卢瓦王朝国王，1380 年至 1422 年在位。

⑦ 撒拉森：从叙利亚到沙特阿拉伯之间的沙漠牧民，泛指中古时代的阿拉伯人。

牌才能缓解；还有格里福奈托·巴廖利[①]，他杀死了阿斯托雷及其新娘、西莫内托及其侍从，身穿镶边皮甲，头戴珍珠帽子，留着莨苕鬈发，容貌异常秀美，以至于他躺在佩鲁贾的黄色广场上奄奄一息时，连仇恨过他的人也不禁流泪，诅咒过他的阿塔兰忒[②]也为他祝福。

这些人都有种可怕的魔力。他晚上看过他们，他们白天就扰乱他的想象。文艺复兴时期有各种奇怪的下毒手段——用头盔、点燃的火把、刺绣手套、宝石扇子、镀金香盒、琥珀链子。道林·格雷却是中了一本书的毒。有时，他只把邪恶视为实现他审美观的一种方式。

---

① 格里福奈托·巴廖利（Grifonetto Baglioni，1477—1500）：意大利中部城市佩鲁贾贵族，其父被杀后，爵位被叔父所占。1500 年他在其阿斯托雷的婚礼之夜杀死了其叔父等大部分家庭成员，史称血色婚礼。之后他当权仅一天，就被其叔父之子杀死。

② 阿塔兰忒（Atalanta）：格里福奈托·巴廖利之母，听闻血色婚礼后诅咒了格里福奈托，但在他死后请拉斐尔创作了《耶稣的下葬》纪念格里福奈托，在这幅名画中，格里福奈托被画为抬耶稣尸体的青年。

第十二章

十一月九日，他三十八岁生日前夕，之后他常常记起这一天。

晚上十一点左右，他从亨利勋爵家吃过晚饭正往家走，夜寒雾重，他裹着厚厚的皮大衣。在格罗夫纳广场[①]和南奥德利街拐角处，雾中有个男的身穿灰色阿尔斯特大衣，衣领立着，手里提包，从他身边快步走过。道林认出他是巴兹尔·霍尔沃德。一阵莫名的恐惧涌上他的心头。他假装没认出来，只顾快步往家走。

但是霍尔沃德已经看到他了。道林听见他先是在人行道上停了下来，接着在后面追了上来，不一会儿，他的手就抓住了道林的胳膊。

"道林！真巧啊！我从九点起就在你家图书室里等你，最后我担心你的仆人太累了，就让他去睡觉，他才把我送了出来。我要坐半夜的火车去巴黎，特别想在走之前见你一面。你从我身边走过的时候，我就觉得是你，我认出了你的皮大衣，可是拿不准。你没认出我

---

① 格罗夫纳广场（Grosvenor Square）：位于伦敦威斯敏斯特梅菲尔的一个花园广场，以威斯敏斯特公爵的姓氏格罗夫纳命名。

吗？”

“在这样的雾里面，亲爱的巴兹尔？哎呀，我连格罗夫纳广场都认不出来了。我觉得我家就在这附近，但也根本没法确定。真遗憾你要走了，咱们好久没见了，不过我估计你很快就会回来吧？”

“不，我要出国半年。我打算在巴黎弄间画室，闭关作画，直到完成我脑中构思好的一幅大作。不过我想谈的不是我自己。到你家门口了，让我进屋待会儿，我有话跟你说。”

“我当然乐意了，可你不会误了火车吗？”道林·格雷懒洋洋地说道，走上台阶掏出钥匙开了门。

借着浓雾里挤出的一丝灯光，霍尔沃德看了看表。“时间还早着呢，”他答道，“十二点一刻开车，现在才十一点。其实刚才碰见你的时候，我正要去俱乐部找你。你看，我没什么行李耽误时间，大件都托运走了，要随身带的都在这个包里，二十分钟准能赶到维多利亚车站。”

道林看着他，微笑着说道：“时髦画家原来是这么旅行的！一个格莱斯顿包，一件阿尔斯特大衣！快进来，不然雾气就跑进屋了。不过拜托你别谈什么严肃话题，如今就没有什么严肃的事，至少不应该有。”

霍尔沃德摇着头进了门，跟着道林进了图书室。巨大的壁炉门开着，炉膛内柴火烧得正旺。灯都亮着，一张镶嵌细工小桌上放着一个敞开的荷兰银制酒箱、几瓶苏打水和几只刻花大玻璃杯。

“你看，你的仆人让我感觉宾至如归，道林。我要什么他都给了，包括你最好的金嘴香烟。他真是好客，比起你原来那个法国仆人，我喜欢他得多。对了，那个法国佬怎么样了？”

道林耸了耸肩膀。“他大概娶了莱德利夫人的侍女，让她在巴黎安顿下来做了个英国女装裁缝。我听说英国范儿在那边正流行呢。那个法国佬好像有点傻，对吧？但是，你知道吗？他当仆人还挺不错的。我从未喜欢过他，但也没什么好抱怨的。人常常想象一些荒唐的事情。他对我倒是忠心耿耿，走的时候好像还挺难过。再来一杯白兰地苏打水吧？要不就来杯德国起泡白葡萄酒？我自己就总喝这个。隔壁房间肯定还有一些。”

“谢谢，我什么都不想再喝了。”画家说着脱下帽子和大衣，扔到放在角落里的提包上，“现在，亲爱的伙计，我要跟你谈点正事。别这么皱着眉头嘛，你叫我没法开口了。”

“什么事啊？”道林倒在沙发上任性地叫道，“希望跟我无关，今天晚上我烦透自己啦，我都想变成别人了。”

“就是与你有关，”霍尔沃德嗓音低沉地答道，“而且我必须告诉你。只要占用你半个小时。”

道林叹了口气，点了根烟咕哝道：“半个小时！”

“这不算多吧，道林，我说的可全都是为你好啊。我觉得应该让你知道，伦敦正流传着关于你的最可怕的谣言。”

“我一点都不想知道。我爱听别人的流言，但是关于我自己的就不感兴趣了，不新鲜，没意思。”

“你肯定感兴趣，道林。每位绅士都关心自己的清誉。你不想别人把你说成邪恶堕落之人吧？当然了，你有地位，你有财富，应有尽有，可地位和财富并非一切。我跟你说，这些谣言我根本不信，至少一见到你就没法相信了。罪孽这种东西是写在脸上的，藏不住。人们有时会说什么秘密罪行，没这回事。哪个可怜的家伙干了坏事，罪恶就会写在嘴唇的线条上、下垂的眼睑上，甚至写在手的形状上。有个人——名字我就不说了，不过你认识他——去年来找我给他画肖像。之前我从未见过他，当时也没听说过他任何事，虽然之后听了不少。他出价极高，但我拒绝了。他手指的形状让我莫名地讨厌。现在我知道，当时我对他的猜测是对的，他的生活很不光彩。可是你，道林，你的脸纯洁、灿烂、天真，你的青春神奇非凡、无忧无虑——任何说你不好的话我都听不进去。可现在我很少见到你，你也不来画室了，而你不在我身边时，我又总听到那些关于你的流言蜚语，我真不知道该说什么。道林，为什么像贝里克公爵那样的人一见你进了俱乐部就起身走了呢？为什么伦敦这么多绅士不来你家，也不邀请你去他们家呢？你曾是斯特夫利勋爵的朋友。上周吃晚饭的时候，我碰到他了，谈话间提起你，讲起你借给达德利美术馆展览的那些袖珍画。斯特夫利撇嘴说你也许很有艺术品位，但是你这个人是绝不能让心地纯洁的姑娘认识的，贞洁的女人都不应该和你同处一室。我提醒他说我是你朋友，并问他说的是什么意思。他就告诉我了，当着众人的面告诉我了。真是骇人听闻！为什么你的友谊对于年轻人如此致命？皇家卫队里那个可怜的孩子自杀了，而你是他的好友；亨利·阿什顿爵士落得声名狼藉，被迫离开英国，你跟他也曾形影不离；阿德里安·辛格尔顿落得如此悲惨的结局，又怎么说？肯特勋爵的独子和他的前途呢？昨天我在圣詹姆斯街碰到他父亲，他整个人都好像因为耻辱和悲痛而垮掉了；还有年轻的珀思公爵呢？他现在过着什么样的日子？还有哪位绅士愿意和他来往？”

“别说了，巴兹尔，你说的这些事情你根本就不了解，”道林·格雷咬着嘴唇说道，声音里流露出无尽的轻蔑，“你问我为什么我一进屋贝里克就要走，那是因为我了解他生活的一切，而不是因为他知道我生活的任何事。他血管里流着那样的血，还能清白吗？你问我阿德里安·辛格尔顿和年轻的珀思，是我教他们一个去犯罪，一个去淫荡的吗？肯特的傻儿子要娶个妓女，关我什么事？阿德里安·辛格尔顿冒朋友的名字签支票，我是他的监护人吗？我知道英国人是怎么嚼舌根的。中产阶级在粗俗的餐桌上发表道德偏见，窃窃私语谈论上流人士所谓的放荡，只不过是想假装自己也属于上流社会，并与他们所诽谤的人交往密切。在这个国家，只要有荣誉有头脑，就免不了被庸人饶舌。那帮道貌岸然之士，自己过的又是什么样的生活？亲爱的伙计，你忘了我们生活在伪君子的故乡。”

“道林，”霍尔沃德叫道，“问题不在于此。我知道英格兰很糟，英国社会弊病百出。正因如此，我才希望你好啊，可你并不好。人有权利以一个人对他朋友的影响来评价他。你的朋友似乎对荣誉、善良、纯洁都无动于衷了。你给他们注入了对享乐的狂热。他们堕入了深渊，是你把他们带进去的，是的，是你把他们带进去的，可你还笑得出来，你现在就在笑。后面还有更糟的。我知道你和哈里总是形影不离，且不说别的，就凭这份友谊，你也不该让他妹妹的名字变成笑柄。”

“说话小心点，巴兹尔，你说得太过分了。”

“我必须说，你也必须听。格温德琳夫人遇见你之前，从未受过任何非议。现在伦敦还有哪个体面女人愿意和她乘车游公园？唉，就连她的孩子都不被允许和她一起生活了。还有别的流言——说你大清早从下流场所溜出来，又化装进了伦敦最污秽不堪的地方。这是真的吗？这能是真的吗？我头一次听说时放声大笑，现在再听说却不寒而栗。你在乡间别墅的生活是怎么回事？道林，你不知道人家都是怎么说你的。我不会说什么‘我不想对你说教’。我记得哈里曾经说过，每一个把自己变成业余牧师的人一开始都这么说，然后就食言了。我的确想对你说教，我希望你过受人尊敬的生活，希望你名声清白、风评良好，希望你跟那些狐朋狗友断绝来往。别那么耸肩膀，别那么无动于衷。你有超常的影响力。用它来行善，不要作恶。他们说，谁跟你亲密谁就堕落，你进谁家门谁家就要蒙羞。我不知道是不是这样，我怎么会知道？但是他们就是这么说你的。我听到的事情，似乎没有怀疑的余地。格洛斯特勋爵是我在牛津时最好的朋友之一，他给我看了一封信，是他妻子在芒通的别墅里孤独死去之前写给他的。那是我读过最可怕的忏悔，而其中就有你的名字。我告诉他这是无稽之谈——我说我完全了解你，你不可能干出那种事。了解你？我想知道我真的了解你吗？在我回答这个问题之前，我得先看看你的灵魂。”

“看我的灵魂！”道林·格雷咕哝道，从沙发上惊跳起来，几乎吓得脸色惨白。

“是的，”霍尔沃德严峻地答道，声音里透出深沉的悲伤，“看你的灵魂。可是只有上帝才做得到。”

青年嘴里迸出一声嘲弄的讥笑。“今晚你就能看到！”他叫道，从桌上抓起一盏灯，“来啊，那可是你的手笔，你为什么不能看？以后只要你高兴，你还可以通告全世界，没有人会相信你。就算有人相信你，他们也会因此更喜欢我。虽然你唠唠叨叨说个不停，但是我比你更了解这个时代。来啊，我告诉你，关于堕落你唠叨得够多了，现在你得直面它。”

他所说的每个字中都流露出近乎疯狂的骄傲，他孩子似的蛮横地跺着脚。一想到有另一个人来分享他的秘密，这个人画出了他一切耻辱根源的画像，这个人从此就要一生背负他所作所为的可怕记忆，他就感到一种可怕的快乐。

“是的，”他继续说道，走近他身边，直直地盯着那严厉的眼睛，“我就让你看看我的灵魂，让你看看你以为只有上帝才能看到的东西。”

霍尔沃德惊得退后一步。“你这是亵渎神明，道林！”他叫道，“你不能说这种话，太可怕了，而且毫无意义。”

“你这么认为？”他再次放声大笑。

“我知道是这样，至于我今晚跟你说的那些，可都是为你好啊。你知道我一直是你忠实的朋友。”

“别碰我。把你的话说完。”

画家脸上闪过一丝痛苦扭曲的表情，他停了一下，一股强烈的怜悯之情涌上心头。他究竟有什么权利来窥探道林·格雷的生活？即便他干了谣传的十分之一，他也该多么痛苦啊！他直起身来走到壁炉前，站在那里，看着燃烧的木柴上如霜的灰烬、晃动的焰心。

“我等着呢，巴兹尔。”年轻人生硬而清晰地说道。

他转过身来。“我要说的是，”他叫道，“这些有关你的可怕指控，你得给我一个答复。如果你告诉我，它们是彻头彻尾的假话，我会相信你。否认吧，道林，否认吧！你看不见我有多难受吗？天哪！不要告诉我你邪恶、堕落、可耻！”

道林·格雷笑了，唇边浮出一丝轻蔑。“上楼来，巴兹尔，”他平静地说道，“我有本日记，每天记录我的生活，从未离开过写它的房间。你跟我来，我就给你看。”

“你要我去我就去，道林。我看我已经误了火车了，没关系，我可以明天再走。但是今晚不要让我看什么东西。我要的只是一个清楚的回答。”

“上楼就给你，在这里我给不了，你也不用看很久。”

第十三章

他走出房间开始上楼，巴兹尔·霍尔沃德紧随其后。两人步子很轻，人夜间走路本能就会如此。灯光在墙面和楼梯上投下奇形怪状的影子。一阵风起，把窗户吹得嘎吱作响。

两人来到顶层楼梯平台，道林把灯放在地上，掏出钥匙，插在锁里一转。“你还是想知道吗，巴兹尔？”他低声问道。

“想。”

“我很乐意。”他笑着答道，随即又略显严厉地补充道，“你是世上唯一有资格了解我一切的人。你与我生活的关系比你想象的更紧密。”说完他便拿起灯，推开门走了进去。一股冷风从他们身边经过，灯被吹起一束暗橙色火苗，他打了个寒噤，低声道：“把门关上。”一边把灯放在桌上。

霍尔沃德一脸困惑地四下打量。这个房间看来似乎多年无人居住，一张褪色的佛兰德斯壁毯、一幅帘子遮住的画、一口旧式意大利木箱、一个几乎空着的书架，此外还有一桌一椅，房间里似乎只有这些。道林·格雷点亮壁炉架上一支半截蜡烛时，他看到整个房间落满灰尘，地毯千疮百孔。壁板后一只老鼠仓皇逃走。屋里弥漫着一股潮湿的霉味。

“你认为只有上帝才看到灵魂，巴兹尔？把那帘子拉开，你就能看到我的灵魂。”说这话的声音冷酷而残忍。

“你疯了，道林，要不就是在演戏。”霍尔沃德皱起眉头咕哝道。

“你不肯拉？那我自己来拉。”年轻人说道，一把将帘子从杆子上拽了下来，甩在地上。

画家在朦胧的光线里，看到画布上丑陋的脸正朝自己狞笑，不禁发出一声恐惧的惨叫。画像的表情让他觉得莫名地恶心、憎恶。天哪！他看的正是道林·格雷的脸！那种莫名的狰狞还没有完全毁坏他奇妙的美，逐渐稀疏的头发上还泛着金色，性感的嘴唇上还残存着红润，呆滞的眼睛还保留着一丝可爱的蓝色，精致的鼻子和柔软的脖子上高贵的曲线还没有完全消失。是的，那就是道林·格雷。可这是谁的手笔呢？他依稀还能辨认出自己的笔法，还有自己亲手设计的画框。这个想法荒唐至极，但他还是觉得害怕。他一把抓起蜡烛，凑近画像。左角上是他的签名，鲜亮的朱红色长形字母。

这是幅拙劣的仿作，是卑鄙无耻的讽刺。他没画过这样的东西，可他心里清楚那确实是自己的作品。他感觉自己的血仿佛刹那间烈火成冰。他自己的画！这是什么意思？它怎么变了？他转过身来，满眼病态地看着道林·格雷。他嘴唇颤抖，口干舌燥，似乎说不出话来。他伸手摸了摸额头，上面全是黏糊糊的冷汗。

年轻人倚在壁炉架上，用一种奇怪的表情望着他，就是观看伟大艺术家表演时那种专注的表情，既没有真实的悲伤也没有真实的欢乐，只有观众式的激情，眼睛里隐约闪耀着胜利的光芒。他早已把外套上的饰花取下，拿在手里闻着，或是假装在闻。

“这是什么意思？”霍尔沃德终于叫了出来，声音连自己都觉得尖利怪异。

“很多年前，我还是个孩子的时候，”道林·格雷捏碎手中的花说道，“你结识我，奉承我，教我自负于美貌。有一天你把我介绍给了你一个朋友，他向我解释了青春的奇妙。你给我画了一幅肖像，它向我展示了美的奇妙。我一时疯狂，我至今都不知道自己后不后悔，我许了个愿，或许你会称之为祈祷……”

“我记得！噢，我记得太清楚了！不，那不可能。这房间太潮了，画布发了霉。我用的颜料里有种可怕的矿物毒素。我告诉你，那种事情是不可能的。”

“啊，有什么不可能？”年轻人喃喃道，走到窗前，把额头抵在被雾水打湿的冰冷玻璃上。

“你告诉过我，你把它毁了。”

“我搞错了，是它把我毁了。”

“我不信这是我的画。”

“从那里面你看不出你的理想吗？”道林挖苦道。

“你把它叫作我的理想……”

“是你这么叫的。”

“我的理想中没有邪恶，没有耻辱。你曾是我永难再遇的理想。可这是张萨蒂尔[①]的脸。”

“这是我灵魂的脸。”

“天哪！我崇拜的就是这么个东西！这双眼睛就是魔鬼的眼睛。”

“我们每个人身上都包含着天堂和地狱，巴兹尔。”道林叫道，做了一个疯狂的绝望手势。

霍尔沃德又转身盯着画像。“天哪！如果这是真的，”他惊叫道，“如果你把你的生活弄成这样，哎呀，那你肯定比那些指责你的人想象的还要坏！”他再次举起蜡烛靠近画布，仔细打量，表面似乎完好无损，和他刚画完时一样。看来卑鄙和恐怖是发自内里的，罪孽的麻风病以某种奇特的方式加速其内在生命的消耗，逐渐蚕食了画像。尸体在潮湿的坟墓里腐烂都没有如此可怕。

他的手一抖，蜡烛从烛台脱落，掉到地板上烧得噼啪作响，他用脚把它踩熄，然后倒进桌边一张摇摇晃晃

---

① 萨蒂尔（satyr）：希腊及罗马神话中半人半兽的森林之神，性喜无节制地寻欢作乐。

的椅子中，双手掩面。

“天哪，道林，教训呐！可怕的教训呐！”无人作答，但是他能听见年轻人在窗边抽泣，“祈祷，道林，祈祷吧。”他喃喃道，“我们儿时学的祈祷是怎么说的？‘勿把我们引向诱惑，赦免我们的罪孽，洗刷我们的罪行。①’我们一起祈祷吧。你骄傲的祈祷已经得到回应，你忏悔的祈祷也会得到回应。过去我过于崇拜你，现在我因此受罚。过去你也过于崇拜自己，现在我们俩都受罚。”

道林·格雷慢慢转过身来，泪眼朦胧地望着他。“太晚了，巴兹尔。”他结巴着说道。

“永不嫌晚，道林。我们跪下来，看能不能想起一段祈祷文。不是有这样两句经文吗，‘虽然你的罪孽猩红，我仍将其变为雪白②’？”

“现在那些话对我已经没有意义了。”

“嘘！别那么说。你此生造下的孽已经够多了。天哪！你没看见那该死的东西正不怀好意地看着我们吗？”

道林·格雷瞥了画像一眼，突然，一阵对巴兹

---

① 出自《圣经》（《新约·马太福音》6:13、《新约·路加福音》11:4、《新约·诗篇》51:2），部分词句有区别。

② 出自《圣经》（《新约·以赛亚书》1:18），部分词句有区别。

尔·霍尔沃德无法控制的仇恨涌上心头，仿佛是画布上的肖像暗示给他的，仿佛是那狞笑的嘴唇低语传进他耳朵的。他内心翻腾着一种野兽被追猎的疯狂情绪，他憎恨坐在桌边的那个人，比平生对任何东西的憎恨都强烈。他狂躁地四下张望，目光落在对面彩绘的箱子顶上，有什么东西在闪光。他知道那是什么，是一把刀，前几天他拿上来割绳子的，忘了带走。他慢慢向它移过去，经过了霍尔沃德的身边。一到他背后，他就攥起刀转过身来。霍尔沃德在椅子上动了动，好像要站起来。他冲过去，一刀戳进他耳后的大静脉，把那人的头压到桌子上，捅了一刀又一刀。

那人发出一声窒息的呻吟和被血呛住的可怕声音。伸开的双臂抽搐着举起来三回，在空中怪异地挥舞着手指僵硬的双手。他又捅了两刀，但那人已不再动弹。有东西开始往地上滴落。他仍然按着那头颅，等了一会儿，然后把刀扔在桌上，竖起耳朵听。

什么也听不见，只有破旧地毯上的滴答滴答声。他打开门，走到楼梯平台上，屋子里一片寂静，没人。他在栏杆上趴了一会儿，俯视着身下翻腾的黑暗深渊，然后又掏出钥匙回到屋内，像以往那样把自己锁在里面。

那东西还坐在椅子里，伏在桌上，垂着头、弓着背、瘫着奇形怪状的长胳膊。要不是脖子上破烂的红色裂口，还有桌子上一摊逐渐扩散、凝固的黑血，旁人还以为他只是睡着了。

干得利落！他觉得异常镇静，走到窗边打开落地窗，来到阳台上。风已吹散浓雾，天空像一只巨型孔雀的尾巴，繁星点点犹如金色的眼睛。他低头看见一个警察正在巡逻，用灯笼长长的光柱①逐一照亮寂静的房门。街角一个红点闪了一下又消失了，是一辆双轮马车潜行而过。一个披巾飘动的女人沿着栏杆蠕行，不时停下脚步回头看。有一次，她还嘶哑地唱了起来。警察踱过去，对她说了些什么。她大笑着跌跌撞撞地走开了。一阵凛冽的风扫过广场，吹得煤气灯闪烁不已，火苗变蓝，光秃秃的树上黑铁一般的枝丫前摇后晃。他打了个寒战，返回屋内，关上了窗。

走到门口，他转动钥匙开了门，一眼都没看那被杀的人。他觉得整件事情的奥秘就在于不理会自己的处境。他所有的痛苦都源自那幅致命的画像，而画那幅画的朋友已经离开他的生活，这就够了。

这时他想起了那盏灯。那是摩尔人的手艺，工艺独特，暗淡的银座上镶嵌着铿亮的钢制阿拉伯式花饰，装饰着粗糙的绿松石。也许仆人会发现灯不见了，会查问

---

① 19世纪欧洲警察常用一种圆柱形灯笼，柱身开口嵌入透镜以聚光，可一定程度上达到现代手电筒的效果，所以被称为牛眼灯笼（bull's-eye lantern）。

的。他犹豫了一下，然后转身从桌子上拿起灯。他不由自主地看到了那死物。它一身死寂！一双长长的手看起来白得吓人，就像一尊狰狞的蜡像！

他锁上门，蹑足下楼。木板嘎吱作响，仿佛在痛苦地叫喊，他几次停下来等着。不，除了他自己的脚步声，什么声音也没有。

他来到图书室，看到角落里的提包和大衣，得找个地方把它们藏起来。他打开壁板里一个存放他奇异伪装的密柜，把它们放了进去，以后他可以轻而易举地烧掉它们。随后，他掏出表来，一点四十了。

他坐下来开始思考。每年，甚至每个月，英国都有人因为他刚做的那种事而被绞死。空气中弥漫着谋杀的疯狂。那颗红色星球[①]靠地球太近了……可是，有什么证据对他不利呢？巴兹尔·霍尔沃德十一点就走了。没人看到他再进来。大部分仆人都在塞尔比皇家庄园。他的贴身男仆也睡了……巴黎！对，巴兹尔按原计划坐半夜的火车去巴黎了。他生性拘谨，这件事引起怀疑怕是要过好几个月。好几个月！在那之前任何蛛丝马迹早就被消灭了。

他脑中突然灵光一闪，随即穿上皮大衣，戴上帽子，走到门厅，在那儿停住脚步，听着外面人行道上警

---

① 红色星球：指火星，在西方星相学中代表战争、冲突和血腥。

察沉重缓慢的脚步声，看着映在窗户上的牛眼灯光。他屏住呼吸等着。

过了一会儿，他抽开门闩溜了出去，转身轻轻关上门，然后开始按门铃。大约过了五分钟，他的贴身男仆出来了，披着衣服，睡眼惺忪。

“抱歉，弗朗西斯，不得不叫醒你。”他说着进了门，“我忘了带门钥匙。几点了？”

“两点十分，先生。”那人望着钟眨巴着眼睛答道。

“两点十分？都这么晚啦！明早九点你必须叫醒我，我有事要做。”

“好的，先生。”

“今晚来过客人吗？”

“霍尔沃德先生来过，先生。他在这儿一直待到十一点，然后赶火车去了。”

“噢，真遗憾没见到他。他留什么话没有？”

“没有，先生，只说如果在俱乐部找不到您，到了巴黎会给您写信。”

“那就行，弗朗西斯。别忘了明早九点叫我。”

“不会忘的，先生。”

那人趿拉着拖鞋，沿着走廊摇晃着走开了。

道林·格雷把帽子和外套扔在桌上，进了图书室。他在屋里来回踱了一刻钟，咬着嘴唇思索着。然后他从书架上取下《蓝皮书》[1]，翻了起来，“艾伦·坎贝尔，梅菲尔赫特福德街[2]152号。”对，这就是他要找的人。

---

① 《蓝皮书》（*Blue Book*）：指名人录，不同于前文指英国议会或枢密院发布的报告的《英国蓝皮书》（见第三章）。

② 赫特福德街（Hertford Street）：位于伦敦威斯敏斯特区的一条街道。

第十四章

第二天早晨九点钟，仆人用托盘端了一杯巧克力走进屋来，打开了百叶窗。道林睡得正安稳，身体向右侧卧，一只手枕在脸颊下面，像个玩耍或学习累了的孩童。

仆人碰了他肩膀两次才把他叫醒。他睁开眼睛，唇上浮出一丝淡淡的笑意，仿佛刚刚还沉湎在美梦中。其实他根本没做梦，他一整夜都不曾被任何快乐或痛苦的景象所惊扰。但青春的微笑是不需要理由的，这正是其最主要的魅力之一。

他转过身来，撑在手肘上，开始小口喝巧克力。十一月和煦的阳光泻进屋内，天空明朗，空气和暖，好似五月的早晨。

渐渐地，头天晚上的事情踏着血迹斑斑的脚步潜入他的脑中，重新组合起来，清晰得可怕。他想起自己经受的一切，皱了皱眉头，刹那间对巴兹尔·霍尔沃德的奇怪憎恨涌回心头，让他激愤得浑身发冷，正是这种憎恨使他趁霍尔沃德坐在椅子里时杀了他。那死人还坐在那里，现在已是在阳光下。多么可怕！这种丑陋的东西只属于夜晚，不属于白天。

他觉得如果自己纠结于过往，结果不是病倒，就是发疯。有些罪孽的魔力不在实施本身，而在事后回味；有些奇怪的胜利满足骄傲胜过满足激情，带给理智的强烈快感大过它曾经或能够带给感官的任何快感。但这件事算不上，应该把它逐出脑际，用罂粟麻醉后把它掐死，免得自己被它掐死。

半点敲响，他用手摸了摸额头，然后匆忙起床，比平时更细心地穿衣打扮，精心挑选了领带和领巾别针，戒指换了不止一次。吃早饭他也花了很长时间，品尝各色菜肴，对贴身男仆谈起他想给塞尔比的仆人做些新制服。他还浏览了信件，其中几封让他微笑，有三封则令他厌烦，有一封他读了好几遍，然后略带不快地撕掉了。正如亨利勋爵所说，“女人的记忆力真是可怕！”

他喝完一杯黑咖啡，用餐巾慢慢擦拭着嘴，示意仆人候着，然后走到桌边坐下，写了两封信。一封装进口袋，另一封递给仆人。

“把这封信送到赫特福德街 152 号，弗朗西斯。如果坎贝尔先生出城了，问清他去的地址。”

仆人一走，他就点起一支烟，开始在一张纸上素描，先画了些花，又画了点建筑，然后是人脸。他突然发现，他画的每张脸都酷似巴兹尔·霍尔沃德。他皱起眉头，起身走到书架前，随手抽出一本书。他决心除非万不得已绝不再想那件事。

他舒展地躺在沙发上，看着一本书的封面。是戈蒂耶的《珐琅和雕玉》，夏庞蒂埃[①]的和纸[②]版本，配有雅克玛[③]的蚀刻版画，封面是香橼绿皮革配镀金格子和石榴图案。是阿德里安·辛格尔顿送给他的。他翻着书页，目光落在描写拉塞内尔[④]之手的诗上：那只冰冷泛黄的手，“未曾洗净残忍”，长着红色的绒毛和“农牧神法翁的手指”。他看了看自己纤细白嫩的手指，不禁微微打了个寒噤，继续往下翻，看到了描写威尼斯的可爱诗节[⑤]：

高出于光谱般灿烂的颜色，

胸如水滴，宛若珍珠，

---

① 夏庞蒂埃：乔治·夏庞蒂埃（Georges Charpentier，1846—1905），法国出版商，以支持左拉等自然主义作家知名。

② 和纸：以日本独特原料和制作方法生产的纸，一般质地较硬，表面粗糙，色彩丰富，2014 年入选世界非物质文化遗产名录。

③ 雅克玛：朱尔斯－费迪南德·雅克玛（Jules-Ferdinand Jacquemart，1837—1880），法国著名蚀刻版画家、水彩画家。

④ 拉塞内尔：皮埃尔·弗朗索瓦·拉塞内尔（Pierre François Lacenaire，1803—1836），法国著名“诗人杀人犯”，生于富贵之家，工于诗文，却多次诈骗、偷窃、抢劫、杀人，手法极其残忍，被捕后在狱中写有回忆录，1836 年被处死。

⑤ 该诗出自戈蒂耶的诗集《珐琅和雕玉》，名为《潟湖之上》（*Sur les lagunes*），共 8 节，每节 4 行，此处只引用了第四、五、六节。

亚德里亚海的维纳斯[1]，
出水芙蓉，白里透红。

碧波翻涌，筑起圆顶，
和着轮廓纯洁的歌曲，
如圆胸一般起伏，
唱出爱的叹息。

轻舟靠岸，我也下船，
缆绳被抛向拴柱。
在玫瑰色的门前，
我踏上大理石阶。

真是精妙！阅读此诗，仿佛坐在银首垂帘的黑色贡多拉里，漂流在这粉红珠城的绿色水道上。一行行诗句，在他看来，就像荡舟去利多岛时船后划出的一道道青绿色直线。突然闪动的色彩让他想起脖颈多彩的鸟儿，它们常常绕着蜂窝状的巍峨钟楼盘旋，或是庄重优雅、昂首阔步地穿过阴暗尘封的拱廊。他眼睛半闭往后一靠，独自反复吟诵：

---

① 亚德里亚海的维纳斯：指威尼斯。

在玫瑰色的门前，

我踏上大理石阶。

这两行诗写尽了整个威尼斯。他想起在那儿度过的一个秋天，还有一段美妙的恋情，那次他干了不少疯狂而有趣的傻事。风流韵事无处不有，但是威尼斯与牛津一样保有风流韵事的背景，而对于真正的风流人物而言，背景便是一切，或者说几乎是一切。巴兹尔与他共度了一段时光，疯狂地迷上了丁托列托。可怜的巴兹尔！死得太惨了！

他叹了口气，又拿起书，努力想忘却。他读到燕子在士麦那的小咖啡馆里飞进飞出，哈吉[①]们坐在那儿数着琥珀念珠，裹着头巾的商人们抽着饰有流苏的长烟斗，严肃地交谈着；他读到协和广场[②]上的方尖碑[③]在没有阳光的孤独流放之地，淌下了花岗岩的泪水，渴望回到荷花连天的炎热尼罗河畔，那儿有狮身人面像、

① 哈吉：到麦加朝圣过的伊斯兰教徒，可缠绿头巾，以示殊荣。

② 协和广场（Place de la Concorde）：法国巴黎著名广场，由法兰西波旁王朝国王路易十五下令建造，最初命名为“路易十五广场”，法国大革命时期改称“革命广场”，1795 年改称“协和广场”。

③ 方尖碑：指曾竖立在尼罗河东岸卢克索神庙入口处的方尖碑，1836 年由埃及总督穆罕默德·阿里（Muhammad Ali，1769—1849）赠送给法国，被安置在巴黎协和广场。

玫瑰红色的朱鹭、金爪的白秃鹰，还有长着绿玉小眼的鳄鱼爬行在暑气腾腾的绿色泥潭中；他开始玩味描写一座大理石雕像的诗句，这座满身吻痕的奇异雕像现卧于罗浮宫斑岩厅，戈蒂耶从中听到了音乐，将其比作女低音，称其为“迷人的怪物[①]”。可是不一会儿，书就从他手中掉落。他神经紧张起来，一阵可怕的恐惧涌上心头。要是艾伦·坎贝尔不在英国怎么办？等他回来说不定要好多天。说不定他还不肯来，那怎么办？一分一秒都攸关生死。

五年前，他们曾是密友——实际上几乎形影不离。这种亲密后来却戛然而止。现在两人在社交场合碰了面，也只有道林·格雷会微笑致意，艾伦·坎贝尔从不微笑。

他是个绝顶聪明的年轻人，但是对视觉艺术并无真正的鉴赏力，对诗歌的一丁点美感也完全得自道林。他主要的智力兴趣在科学上。在剑桥时，他花了大量时间在实验室里，并在他那一届的自然科学荣誉学位考试中名列前茅。实际上，他至今仍然潜心于化学研究，他有

---

① 赫马佛洛狄忒斯（Hermaphroditus）是希腊神话中爱神阿佛洛狄忒（Aphrodite）和众神信使赫尔墨斯（Hermes）之子，通常以雌雄同体的形象出现。法国巴黎罗浮宫有一尊名为《沉睡的赫马佛洛狄忒斯》（*The Sleeping Hermaphroditus*）的大理石雕像，戈蒂耶在诗作《女高音》（*Contralto*）中称其为“迷人的怪物（monstre charmant）”。

间自己的实验室，曾把自己关在里面一整天，惹得母亲很是恼怒，她一心想让他当议员，还含混地以为化学家就是开处方的。不过他还是位出色的音乐家，小提琴和钢琴玩得比大部分业余人士都好。实际上，最初让他和道林·格雷结识的就是音乐——以及道林似乎可以随时随意施展的莫名魅力——实际往往是施展了而不自觉。他们是在伯克希尔夫人家认识的，当晚鲁宾斯坦①在那里演出，之后两人经常一起出入歌剧院和其他有好音乐的地方。他们的亲密关系持续了一年半。坎贝尔不是在塞尔比皇家庄园，就是在格罗夫纳广场。他和其他许多人一样，认为道林·格雷就是生活中一切奇妙美好的典范。无人知晓两人之间是否发生过争吵，但是突然有人风传两人见了面也几乎不说话，而且凡是道林·格雷在场的聚会，坎贝尔似乎都会提前离开。他也变了——不时莫名地忧郁，似乎厌烦了听音乐，也不再演奏了，有人邀请就推辞说自己潜心于科学无暇练习，这倒的确是真话。他对生物学的兴趣日益浓厚，有一两次他的名字还出现在跟某些奇怪实验相关的科学评论中。

这就是道林·格雷等的人。他目不转睛地盯着钟，时间一分一秒地过去，他变得坐立不安。最后，他站起身来在房间里来回踱步，像一只漂亮的笼中鸟。他迈着

① 鲁宾斯坦：安东·鲁宾斯坦（Anton Rubinstein，1829—1894），俄国钢琴家、作曲家。

鬼祟的大步，双手出奇发冷。

如此悬而不决，令他难以忍受。他感觉时间像脚里灌了铅似的在爬行，而自己却被阵阵妖风刮向黑色断崖的参差边缘。他知道在那里等着自己的是什么，其实他已经看到了，吓得浑身颤抖。他用湿冷的双手揉着灼热的眼睑，似乎要夺走大脑的视力，把眼球压回眼眶。没用。大脑有其借以自肥的食粮，想象则被恐惧折磨得不成样子，像只被痛苦蹂躏扭曲的活物，戴着活动面具咧嘴怪笑，像个在台上扭动的丑陋木偶。突然，时间停止了。是的，那个呼吸缓慢的瞎眼东西不再爬行，时间死了，恐怖的想法却敏捷地赶上前去，把丑陋的未来从坟墓里拽出来给他看。他盯着它，吓得呆若木鸡。

终于，门开了，仆人走进来。道林转过呆滞的眼睛望着他。

“坎贝尔先生到了，先生。”那人说道。

他干燥的唇间迸出一声如释重负的叹息，脸颊恢复了血色。

“请他马上进来，弗朗西斯。”他感觉自己又活了过来，怯懦的情绪已经烟消云散。

仆人鞠躬退了出去。不一会儿，艾伦·坎贝尔走了进来，神情严峻，脸色苍白，在漆黑的头发和眉毛衬托下更加明显。

“艾伦，你太好了！谢谢你来。”

“我原本打算再也不进你家门，格雷，可你说事关生死。”他语气生硬冷淡，说得缓慢谨慎。他坚定、审视的目光带着轻蔑望向道林。他双手还插在阿斯特拉罕大衣口袋里，似乎没有注意到伸过来以示欢迎的手。

“是的，事关生死，艾伦，而且事关不止一人的生死。坐吧。”

坎贝尔在桌边的椅子上坐下，道林坐在他对面。两人四目相触，道林眼里是无限怜悯，他知道自己要做的事极其可怕。

片刻紧张的沉默过后，他身子前倾，开始讲话，语气很平静，但同时观察着他说出来的每个字在他请来的人脸上的效果：“艾伦，这栋房子顶楼有个上锁的房间，除了我谁也进不去，里面有个死人就坐在桌旁。现在他已经死了十个小时了。别激动，也别那样看着我。那人是谁，为什么死，怎么死的，这些都与你无关。你要做的事情是这样的——”

“住口，格雷。我不想知道更多了。你告诉我的是真是假，都与我无关。我完全拒绝被卷入你的生活，把你那些可怕的秘密留给你自己吧，我对它们不再感兴趣了。”

“艾伦，你必须感兴趣，这个秘密你必须感兴趣。真是对不起，艾伦，可我也无能为力，你是唯一能救我的人。我是迫不得已才把你牵扯进来的，我别无选择。

艾伦，你懂科学，懂化学之类的东西，还做过实验。你要做的只是把楼上那东西销毁——销毁到不留一丝痕迹。没人看见那人进这栋房子，实际上，他现在应该在巴黎呢。几个月之内，不会有人想到他。等有人想到他，这里必须一丝他的痕迹也找不到。你，艾伦，你必须把他和属于他的一切变成一把灰，我好撒到空中。"

"你疯了，道林。"

"啊！我就等着你喊我道林呢。"

"你疯了，我告诉你——疯到以为我会动一根手指来帮你，疯到做这一番荒诞的自白。我跟这件事毫无瓜葛，管它是什么事。你以为我会为了你，拿自己的名誉去冒险吗？你那些个魔鬼勾当，和我有什么关系？"

"他是自杀的，艾伦。"

"这我很欣慰。可又是谁逼他自杀的？我猜是你吧。"

"你还是拒绝帮我办这件事吗？"

"我当然拒绝。我绝不会跟这件事有任何瓜葛。你受什么耻辱，我可不在乎。你罪有应得。你出丑，当众出丑，我也不会难过。世界上那么多人，你怎么敢专挑我来蹚这趟浑水？我看你得多了解了解人的性格。你那朋友亨利·沃顿勋爵教了你不少好事，可没教你多少心理学。没什么能让我跨出一步来帮你。你找错人了，找你的朋友去吧，少来烦我。"

“艾伦，是谋杀，是我杀了他。你不知道他让我受了多少苦。不论我的生活如何，都是他造成或毁坏的，他的作用比可怜的哈里大。他也许不是故意的，但后果是一样的。”

“谋杀！天哪，道林，你已经走到这一步了吗？我不会告发你，那不关我的事。还有，如果我不插手此事，你肯定会被捕，没人能犯罪而不留破绽。但是我是不会插手的。”

“你一定得插手。等等，等一会儿。听我说，你听着就行了，艾伦。我请你做的，只是进行一项科学实验。你经常去医院和停尸房，你在那里做的恐怖事并不影响你。如果是在某个可怕的解剖室，或是散发恶臭的实验室，你看到一个人躺在铅灰色的台子上，两边是让血流走的红色凹槽，你只会把他看作一个极好的研究对象，你会面不改色，不会觉得自己在做什么错事。相反，你可能会觉得自己在造福人类，增加人类的知识总量，或者满足智力的好奇心，诸如此类。我要你做的只是你以前经常做的事。实际上，销毁一具尸体肯定远远没有你习惯做的那些事情可怕。还有，你记住，那是唯一对我不利的证据。要是你不帮我，这事肯定会被发现的，要是被发现了，我就完了。”

“我不愿帮你，这点你忘了。说白了，我对整件事毫不关心，它跟我毫无瓜葛。”

“艾伦，我求你了，想想我的处境吧。你来之前，我吓得差点昏过去了。有一天你可能会懂得恐惧的滋味。不！别想那个。纯粹从科学的角度来看待这件事吧。你从不查问做实验的尸体从何而来，现在也别问。其实我告诉你的已经太多了。但是我求你把这件事做了。我们曾是朋友啊，艾伦。”

“不要再提那段时光，道林——时光已逝。”

“逝去的东西有时也阴魂不散，楼上那个人就不肯走，他还低着头伸着手坐在桌边呢。艾伦！艾伦！如果你不帮我，我就毁啦。唉，他们会绞死我的，艾伦！难道你不明白吗？他们会为此绞死我的。”

“这场闹剧再拖下去没有好处。我绝对不会插手此事。你来找我真是疯了。”

“你拒绝？”

“对。”

“我求你了，艾伦。”

“求也没用。”

道林·格雷眼中又露出先前那种怜悯。他伸手拿了一张纸，在上面写了些什么。他读了两遍，小心折好，把它推到桌子对面，然后站起身走到窗边。

坎贝尔惊讶地看了看他，然后拿起纸条打开，一读纸条，他顿时脸色惨白，倒回了椅子中。一阵强烈的恶心涌起，他感觉心脏仿佛在一片虚空之中狂跳，濒临衰竭。

两三分钟可怕的沉默过后，道林转身走到他身后站着，把手搭在他肩上。

“我很抱歉，艾伦，”他喃喃道，“可是是你让我别无选择的。我已经写好一封信，就在这儿，你看看地址。如果你不帮我，我只好把信发出去了。如果你不帮我，我会把信发出去的。你知道那样后果如何。不过你会帮我的，现在你没法拒绝了。我原想放过你的，公正地说，这点你该承认。你刚才严厉、苛刻、盛气凌人，从来没人敢像你那样对我——至少活人不敢，可我都忍了。现在该我提条件了。”

坎贝尔双手掩面，浑身颤抖。

“对，现在该我提条件了，艾伦。你知道条件是什么。事情很简单，好了，别这么激动。这件事必须做，直面它，做了吧。”

坎贝尔唇间迸出一声呻吟，浑身颤抖。壁炉架上的时钟嘀嗒嘀嗒，仿佛把时间分成了一个个痛苦的原子，每一个都可怕得令人难以忍受。他觉得仿佛有个铁环套在他额头上慢慢收紧，威胁他的耻辱仿佛已然降临。搭在他肩上的手像铅做的一般重，难以承受，似乎要把他压碎。

“来吧，艾伦，你必须马上决定。”

“我做不了。”他机械地说道，仿佛语言能改变现实。

“你必须做，你没得选，别耽搁了。”

他犹豫了一会儿。“楼上房间有火吗？”

“有，有个带石棉炉的煤气取暖器。”

“我得回家到实验室里拿些东西。”

“不，艾伦，你不能离开这栋房子。把你要的东西写在一张便笺纸上，让我的仆人坐车去给你取来。”

坎贝尔潦草地写了几行字，用吸墨纸吸干，在一个信封上写上了他助手的姓名和地址。道林把便条拿起来仔细读过，然后拉铃叫来贴身男仆把便条交给他，叮嘱他快去快回把东西都带来。

大厅门“砰”地一关，坎贝尔紧张地吃了一惊，从椅子里站起身来，来到壁炉架台前。他浑身打着寒战，好似得了疟疾。将近二十分钟，两人都没有说话。一只苍蝇在屋里嗡嗡乱飞，时钟的嘀嗒声犹如锤击。

时钟敲响一点，坎贝尔转过身来望着道林·格雷，看到他眼中噙满泪水。那悲伤的脸纯洁精致，莫名地激怒了他。“你真无耻，无耻至极！”他咕哝道。

“嘘，艾伦。你救了我的命。”道林说道。

“你的命？天哪！那是条什么命啊！你一天天堕落，现在终于沦落到犯罪了。我之所以做我要做的事——你逼我做的事——心里想的可不是救你的命。”

“啊，艾伦，”道林叹了口气喃喃道，“我希望你对我的怜悯，有我对你的千分之一。”他说着转过身去，站在那里望着窗外的花园。坎贝尔没有作答。

大约过了十分钟，有人敲门。仆人进来了，提着一只大红木化学药品箱，还有一大卷铂钢丝和两把形状怪异的铁钳。

“东西就搁这儿行吗，先生？”他问坎贝尔。

“行，”道林说道，“弗朗西斯，恐怕还得让你跑一趟。里士满那个给塞尔比供应兰花的人叫什么来着？”

“叫哈登，先生。”

“对——哈登。你得马上去趟里士满，见到哈登本人，告诉他送我预订数量两倍的兰花来，尽量不要白色的，其实一朵白色的我都不想要。今天天气不错，弗朗西斯，里士满也很漂亮——否则我不会麻烦你的。”

“不麻烦，先生。我什么时候回来呢？”

道林望着坎贝尔。“你实验要多长时间，艾伦？”他镇静冷漠地问道。房间有第三个人在场，似乎令他勇气大增。

坎贝尔皱起眉头，咬着嘴唇。“大概要五个小时。”他答道。

“那你七点半回来就行了，弗朗西斯。或者在那儿过夜也行，把我要穿的衣服准备好了就行。今晚放你一晚假。我不在家吃饭，就不用你侍候了。”

“谢谢您，先生。”那人说完离开了房间。

“好了，艾伦，一刻也不能耽搁了。这箱子真沉！我来给你提。你拿其他东西。”他语速很快，一副命令的口气，坎贝尔感觉自己被他支配着。他们一起走出了房间。

他们来到顶层楼梯平台，道林掏出钥匙插入门锁一转，随即却停了下来，眼露难色，一阵寒战。“我觉得我不能进去，艾伦。”他喃喃道。

“无所谓，我也不需要你。”坎贝尔冷冷说道。

道林刚把门打开一半，就看见画像在阳光中狞笑，画像前的地板上摊着扯下的帷幕。他想起头天晚上他平生第一次忘了把那致命的画布遮起来，正要冲上去却一个寒战退了回来。

画像一只手上那恶心的红色露水是什么？它湿漉漉地闪着光，仿佛画布渗出了血。真可怕！——他恍惚间甚至觉得比那个东西还要可怕，他知道那个东西趴在桌上一动不动，怪异的影子映在血污的地毯上，说明它不曾动弹，仍在他上次离开时的原处。

他长吁一口气，把门开大一点，眼睛半闭侧头快步走了进去，决心不看那死人一眼。他俯身拾起紫金帷幕，甩开正正盖住画像。

他停在那儿不敢转过身来，眼睛盯着面前错综复杂的图案。他听见坎贝尔把沉重的箱子、铁件，以及他要求取来完成这项可怕工作的其他东西搬了进来。他开始捉摸他和巴兹尔·霍尔沃德以前是否见过，如果见过，彼此看法如何。

“出去。”身后一个严厉的声音说道。

他转身匆匆走了出来，只知道尸体已被推回椅子里，而坎贝尔正凝视着那张黄得发亮的脸。下楼时他听见钥匙在锁里转动的声音。

七点过后很久，坎贝尔才回到图书室。他脸色苍白但非常镇静。“你要我做的我都做了，”他咕哝道，“那现在，再见吧。我们以后永不再见了。”

“你救了我，使我免遭毁灭，艾伦。我不会忘记的。”道林坦言道。

坎贝尔一离开，他就跑上楼。房间里一股刺鼻的硝酸味，但是原来坐在桌边的那个东西已经不见了。

第十五章

当晚八点半，道林·格雷衣着考究，纽扣眼里插了几大朵帕尔马紫罗兰，由仆人躬身引进了纳伯勒夫人的客厅。他极度兴奋，额头神经疯狂跳动，但他躬身亲吻女主人的手时，举止依然从容优雅、风度翩翩。也许人不得不演戏时，反倒最从容自如。那晚见过道林·格雷的人，肯定没有一人会相信他刚刚经历了一出悲剧，其恐怖程度堪比当代任何悲剧。那形态优美的手指绝不可能握刀犯罪，那微笑的双唇也绝不会亵渎上帝和神明。他自己也不禁惊异于这份泰然自若，一时竟真切感受到了双面人生可怕的快感。

这是纳伯勒夫人匆忙组织的一次小聚，她是个非常聪明的女人，犹存亨利勋爵所说的非凡丑陋之余韵。她的丈夫是我国最沉闷的大使之一，而她已经证明自己是其贤妻：她把丈夫得体地安葬在她亲自设计的大理石陵墓中，把几个女儿嫁给稍嫌年老的富翁。现在她潜心享受法国小说、法式烹饪，以及她能领悟的法国精神。

道林是她特别钟爱的人之一，她总对他说幸亏自己早年没遇到他。“我知道，亲爱的，我会疯狂地爱上你，”她曾说过，“会为了你把帽子扔到风车上[①]。当时无法考虑你，真是幸运。事实上，我们的帽子太不合身，风车又太忙于招风，结果我从来就没跟谁调过情。不过那都是纳伯勒的错，他眼睛高度近视，欺骗一个什么都看不见的丈夫毫无乐趣可言。”

她今晚的客人都相当沉闷。她用一把十分破旧的扇子遮住脸向道林解释说，那是因为她一个已经出嫁的女儿突然回来和她同住，更糟糕的是还带回了丈夫。“我觉得她这样太不体谅人了，亲爱的，”她低声说道，“当然，我每年夏天从洪堡回来，都要去他们那儿住，可是像我这样的老太婆总得呼吸新鲜空气呀，更何况我还能让他们清醒一点呢。你不知道他们在那儿过的是什么日子，那是纯粹、十足的乡村生活。他们起得早，因为要做的事情多；睡得也早，因为要想的事情少。从伊丽莎白女王时代以来，邻里之间从来就没什么丑闻，所以他们吃完晚饭就睡觉。你可别跟他们俩坐，你跟我坐，哄我开心。”

道林轻声得体地恭维了她一句，环顾房间。不错，这的确是场沉闷的聚会。除了两个人他之前没见过，其余就是欧内斯特·哈罗顿，一个中年庸人，这种人在

---

① 把帽子扔到风车上：西方谚语，源自《堂吉诃德》中堂·吉诃德把帽子扔到风车上，发起挑战的故事，后来泛指行为鲁莽，不合传统，此处指女人行为放荡，不顾廉耻。

伦敦的俱乐部里随处可见，没有敌人，却被朋友极度讨厌；鲁克斯顿夫人，一个穿戴过于讲究的四十七岁鹰钩鼻妇人，她老是想败坏自己名声，可是因为出奇的平庸而没人肯相信任何对她不利的话，叫她好生失望；埃尔琳太太，一个野心勃勃的小人物，说话大舌头很好笑，长着一头威尼斯红头发；爱丽丝·查普曼夫人，女主人的女儿，一个衣着过时的沉闷姑娘，长着一张让人见一次就会永远忘记的典型英国脸；还有她丈夫，一个红脸白络腮胡汉子，与他那个阶级许多人一样，以为过度享乐可以弥补思想空洞。

他为来参加宴会感到懊悔，直到纳伯勒夫人望着淡紫垂帷的壁炉架上曲线华美的镀金大钟叫道："亨利·沃顿勋爵怎么还不来？太讨厌了！我今天早上想碰碰运气，派人去请他，他还信誓旦旦地说不会让我失望。"

哈里要来，算是一丝安慰。门开了，听见那音乐般的嗓音慢条斯理却不无魅力地假意道歉，他就不再感到无聊了。

但是用餐时他却什么也吃不下，一道道菜他尝都没尝就让撤下去了。纳伯勒夫人不断责备他，说他这是"对可怜的阿道夫的侮辱，他可是专门为你配的菜单"。亨利勋爵也不时从桌子对面看看他，惊异于他沉默茫然的样子。管家不时给他的杯子斟满香槟。他急切地喝着，可是好像越喝越渴。

“道林，”亨利勋爵终于在上肉冻时开口了，“你今晚怎么了？没精打采的。”

“我看他是恋爱了，”纳伯勒夫人叫道，“他怕告诉我了我会嫉妒。没错，我肯定会嫉妒。”

“亲爱的纳伯勒夫人，”道林微笑着喃喃说道，“我已经整整一周没有恋爱了——实际上，自从费罗尔夫人离开伦敦后就没有了。”

“你们男人怎么会爱上那个女人！”老夫人惊呼道，“我真是搞不懂。”

“只是因为她还记得你小姑娘时的模样，纳伯勒夫人，”亨利勋爵说道，“她是我们和你穿短连衣裙时代的唯一联系。”

“她根本不记得我穿过短连衣裙，亨利勋爵。可我清楚记得三十年前她在维也纳的样子，当时她穿得真暴露。”

“她现在穿得也很暴露，”他答道，用修长的手指拿了一颗橄榄，“她穿上时髦的长袍就像一本精装的蹩脚法国小说。她确实奇妙，满是惊喜。她对家庭之爱非同寻常。第三任丈夫去世时，她悲痛得头发都变黄了。”

“你怎么能这么说，哈里！”道林叫道。

“这倒是个浪漫的解释，”女主人哈哈大笑，“可你刚说她第三任丈夫，亨利勋爵！难道费罗尔是第四任？”

“当然，纳伯勒夫人。”

“我一个字也不信。”

“好吧，那你问问格雷先生，他是她最亲密的朋友之一。”

“是真的吗，格雷先生？”

“她确实这么对我说，纳伯勒夫人。”道林说道，“我问过她是不是跟纳瓦拉的玛格丽特[1]一样，把他们的心涂上防腐剂，挂在腰带上。她告诉我说她没有，因为他们根本就没有心。”

“四任丈夫！那真是太多情[2]了。”

“是太大胆[3]了，我告诉她的。”

“噢！她可是胆大得什么事情都敢做，亲爱的。费罗尔是个什么样的人？我不认识他。”

“美女的丈夫都属于犯罪阶级。”亨利勋爵呷了口酒说道。

纳伯勒夫人用扇子打了他一下。“亨利勋爵，怪不得全世界都说你恶毒透顶。”

---

① 纳瓦拉的玛格丽特（Marguerite de Navarre，1492—1549）：纳瓦拉王国亨利二世（1503—1555）的王后。

② 太多情：原文为法语，trop de zêle.

③ 太大胆：原文为法语，trop d’audace.

“哪个世界说的？”亨利勋爵扬起眉头问道，“肯定是未来世界。当今世界跟我关系好极了。”

“我认识的每个人都说你很恶毒。”老夫人摇着头叫道。

亨利勋爵神情严肃了好一会儿。“太可怕了，”最后他说道，“如今人们在背后议论人，说的绝对全是真话。”

“他是不是无可救药？”道林在椅子上倾身向前说道。

“但愿如此，”女主人大笑着说道，“不过说真的，如果你们都如此荒唐地崇拜费罗尔夫人，我也要再结一次婚赶赶时髦。”

“你是绝不会再婚的，纳伯勒夫人，”亨利勋爵插嘴道，“你以前太幸福了。女人再婚是因为厌恶前夫；男人再婚是因为钟爱前妻。女人碰运气；男人赌运气。”

“纳伯勒并非十全十美。”老夫人叫道。

“他要是十全十美，你就不会爱他了，亲爱的夫人，”对方反驳道，“女人爱的就是我们的缺点。如果我们缺点够多，她们就会原谅一切，甚至包括我们的理智。恐怕我说了这番话，你以后再也不会请我吃饭了，纳伯勒夫人，不过这都是真的。”

“当然是真的，亨利勋爵。如果我们女人爱的不是你们的缺点，你们还有日子过吗？你们没一个能结婚，不成了一帮倒霉的光棍？但是那样也改变不了你们什么。如今已婚男人都过得像单身汉，而单身汉都过得像已婚男人。”

“世纪末日[①]。”亨利勋爵喃喃说道。

“世界末日[②]。”女主人答道。

“我倒希望是世界末日，”道林叹了口气说道，“生活叫人好生失望。”

“啊，亲爱的，”纳伯勒夫人叫道，一边戴上手套，“别跟我说你已经耗尽了生活。其实说这种话的男人，都是自己被生活耗尽了。亨利勋爵很恶毒，我有时也希望自己如此，可你是天生良人——你长得就那么良善。我得给你找个好妻子。亨利勋爵，你不觉得格雷先生该结婚了吗？”

“我一直都这么劝他，纳伯勒夫人。”亨利勋爵躬身说道。

“嗯，我们得给他找个般配的。今晚我就仔细翻翻《德布雷特》[③]，把合适的年轻小姐列个单子。”

---

① 世纪末日：原文为法语，Fin de siècle.

② 世界末日：原文为法语，Fin du globe.

③《德布雷特》：全名《德布雷特英国贵族年鉴》（*Debrett's Peerage and Baronetage*），初版由英国出版家约翰·德布雷特（John Debrett，1752—1822）于1803年编纂出版。

“注明年龄吗，纳伯勒夫人？”道林问道。

“当然啦，注明年龄，略加改动，但是凡事不宜操之过急。我要把它安排得像《晨邮报》上说的，门当户对，让你们俩都幸福。”

“人总是说什么幸福婚姻，简直胡说八道！”亨利勋爵嚷道，“男人跟哪个女人都能幸福，只要他不爱她。”

“啊！你真是愤世嫉俗！”老夫人叫道，把椅子往后一推，对鲁克斯顿夫人点了点头，“过几天你一定得再来和我吃饭，你可真是一剂大补药，比安德鲁爵士给我开的药方好多了。不过你得告诉我你想见什么人，我希望办场愉快的聚会。”

“我喜欢有未来的男人和有过去的女人，”他答道，“你不会觉得那样会变成衬裙聚会①吧？”

“恐怕会。”她笑着站起身来说道，“万分抱歉，亲爱的鲁克斯顿夫人，”她补充道，“我没看见你烟还没抽完。”

“没关系，纳伯勒夫人。我抽得太多了，今后得节制些。”

“可别节制，鲁克斯顿夫人，”亨利勋爵说道，“节制是个要命的东西，足量像便餐一样糟糕，过量才

① 衬裙聚会：即女人聚会。

如同盛宴一样美好。”

鲁克斯顿夫人好奇地瞥了他一眼。“哪天下午你得来给我解释解释，亨利勋爵。听上去是个迷人的理论。”她咕哝着，大模大样地走出了房间。

“喂，小心别老说政治和丑闻，”纳伯勒夫人在门口叫道，“否则我们肯定会在楼上吵起来。”

男人们都笑了，查普曼先生庄严地从末座上站起身来走到首座上坐下。道林·格雷换了位子，坐到了亨利勋爵旁边。查普曼先生开始高声谈论下议院的情况。他大肆嗤笑他的政敌，在他激烈的笑骂中，不时出现“空论家”这个让英国十分恐惧的词；他用押头韵的前缀润色自己的演讲；他在思想的顶峰升起了英国米字旗；他指出这个民族世代传承的愚昧——他戏称之为“英国常识”——是社会坚固的堡垒。

亨利勋爵嘴角卷起一丝微笑，他转身看着道林。

“你好些了吗，亲爱的伙计？”他问道，“吃饭的时候，你好像有点无精打采。”

“我很好，哈里，就是累了。”

“昨晚你真迷人。小公爵夫人十分钟爱你，她告诉我说她要拜访塞尔比。”

“她答应二十号来。”

“蒙茅斯也来吗？”

“噢，来的，哈里。”

“我很烦他，跟小公爵夫人一样烦他。她非常聪明，但是作为女人聪明过头了，缺少那种难以言表的柔弱美。金像何以珍贵，全凭一双泥足[①]。她的脚很美，却并非泥足，可以说是白瓷足吧。它们历经火炼，凡火不能毁，则弥坚。她饱经沧桑。”

“她结婚多久了？”道林问道。

“她告诉我说有一辈子。根据贵族名册，我看有十年了吧，但是跟蒙茅斯十年肯定就像一辈子，时间全白费了。还有谁要来？”

“喔，威洛比夫妇、拉格比勋爵夫妇、我们的女主人、杰弗里·克劳斯顿，都是常客。我还邀请了格罗特里安勋爵。”

“我喜欢他，”亨利勋爵说道，“很多人不喜欢他，可我觉得他很迷人。他穿着偶尔过分讲究，但他总是表现出受教育过多，互相抵消了。他属于非常时髦的那类人。”

“我不知道他能不能来，哈里，他可能要陪父亲到蒙特卡洛去。”

“啊！亲属真是麻烦！想办法让他来吧。对了，道

① 源自《圣经》（《旧约·但以理书》2:31–35），巴比伦国王尼布甲尼撒梦见一个巨大雕像，头是金的，胸和肾是银的，腹和腰是铜的，腿是铁的，但脚是半铁半泥的，雕像被一块巨石砸碎。泥足自此表示致命弱点，此处为反用。

林，昨晚你很早就溜了，不到十一点就走了。之后你干吗去了？直接回家了吗？”

道林匆匆瞥了他一眼，皱起眉头。

“不，哈里，”他最后说道，“我到家快三点了。”

“去俱乐部了？”

“是的，”他答道，然后咬了咬嘴唇，“不，不对，我没去俱乐部，就在外面溜达。我不记得干什么了……你怎么这么刨根问底，哈里！老是想知道别人在干什么。我总是想忘了自己干了些什么。你要是想知道确切时间，我可以告诉你我两点半进的家门。我忘了带门钥匙，还是仆人开的门。你想要佐证，可以问他。”

亨利勋爵耸了耸肩。“亲爱的伙计，好像我真在乎似的！咱们到楼上客厅去吧。不要雪利酒，谢谢，查普曼先生。你出了什么事吧，道林，跟我说说。今晚你不大正常。”

“别管我，哈里，我烦着呢，想发脾气。我明天过去看你，要不后天。替我向纳伯勒夫人道个别，我就不上楼了。我要回家，非回不可。”

“好吧，道林，我想明天喝茶的时候就能见到你，公爵夫人要来。”

“我尽量去，哈里。”他说着出了房间。驾车回家路上他意识到，本以为已经压制的恐惧感又回来了。亨利勋爵不经意的询问让他一时不知所措，而他希望自己保持镇定。危险的东西必须消灭。他蹙起眉，碰都不愿碰它们。

可他很清楚，这事不得不做。他锁上图书室的门，打开密柜，巴兹尔·霍尔沃德的大衣和提包就被扔在里面。炉火正旺，他又加了块柴。衣料和皮革烧焦的气味很难闻，他花了四十五分钟才把所有东西烧尽。到最后他觉得头晕恶心，于是在一个镂空铜火盆里点了些阿尔及利亚香锭，又用麝香味的凉醋洗了双手和前额。

他突然吃了一惊，眼里放出奇异的光，紧张地咬着下唇。两扇窗之间立着一架佛罗伦萨乌木大橱，镶嵌着象牙和蓝色青金石。他盯着它，仿佛它既能迷人又能吓人，好像里面放的东西他既渴望又憎恶。他呼吸急促起来，一阵疯狂的渴望涌上心头。他点起一支烟，又扔掉了。眼睑耷拉下来，流苏似的长睫毛几乎碰到了脸颊，但他仍旧盯着那橱柜。最后，他从躺着的沙发上站起身来走到橱前，打开锁，按下一个隐秘弹簧，一只三角形抽屉慢慢伸出。他的手指本能地伸进去，抓住了什么东西。是一只工艺精美的中式小匣，黑漆金粉，两侧刻有波浪图案，丝带上挂着水晶球，垂着金丝辫流苏。他打开匣子，里面是一种绿色软膏[①]，光泽蜡白，气味异常浓烈持久。

他犹豫了一会儿，脸上浮起离奇呆滞的微笑。屋里热得要命，他却在发抖，随后站直身子，望了望钟，十一点四十。他把匣子放回去，关上橱门，走进卧室。

午夜钟声划破黑暗夜空，道林·格雷一身素装，脖子裹着围巾，悄悄溜出家门。他在邦德街找到一辆好马车。他叫住马车，低声告诉车夫地址。

那人摇了摇头。“太远了。”他咕哝道。

“这个沙弗林[②]金币归你了，”道林说道，“赶得快再给你加一个。”

“好的，先生，”那人答道，“一个小时准到。”他收好车钱，掉转马头，向河边疾驰而去。

---

① 绿色软膏：指鸦片。

② 沙弗林（sovereign）：英国自 1817 年铸造的一种金币，价值 1 英镑，以替代价值 1 英镑 1 先令的旧金币几尼。

第十六章

寒雨飘落，雾气中街灯模糊惨白。酒馆开始陆续打烊，男男女女三三两两的暗影簇拥在门口。有的酒吧里传来骇人的笑声，有的酒吧里则是醉汉的吵闹和尖叫。

道林·格雷靠在马车里，帽檐遮住前额，满眼倦怠地望着这座巨大城市的肮脏和耻辱，不时自言自语地絮叨初次见面那天亨利勋爵对他说的话："以感官治愈灵魂，以灵魂治愈感官。"对，奥秘就在于此，他屡试不爽，现在又要试一次了。鸦片馆里可以买到忘却，恐怖的巢穴里可以用新罪孽的疯狂摧毁旧罪孽的记忆。

月亮低挂在天边，像一个黄色的骷髅，不时被奇形怪状的云伸出长长的胳膊遮住。煤气路灯渐行渐稀，街道越发狭窄幽暗。有一次车夫赶错了路，只好走了半英里回头路。马身上冒着热气，踩过水洼溅起水花。马车两侧的窗户上蒙了一层法兰绒般的灰白薄雾。

"以感官治愈灵魂，以灵魂治愈感官！"多么振聋发聩的一句话！他的灵魂无疑已病入膏肓，感官真能治愈它吗？无辜的血已经流了，何以补偿？啊！无法补偿，但是宽恕虽不可能，忘却却是可能的。于是他决心忘却，把过去踩烂、压碎，如同踩碎一条咬了人的蝰蛇。真是的，巴兹尔有什么权利对他那样说话？谁让他像法官一样评判他人？他说的那些话很难听、很可怕，让人无法容忍。

马车缓慢前行，他觉得一步比一步慢。他推开天窗[①]，催车夫快些。可怕的鸦片瘾已经开始啮咬他，让他喉燥如焚，纤弱的双手神经质地扭在一起。他发狂似的用手杖打着马。车夫哈哈大笑，甩鞭打马，他也大笑回应，车夫不吱声了。

路仿佛没有尽头，街道就像八足张开的蜘蛛编织的黑网，单调得让人难以忍受。雾越来越浓，他害怕起来。

然后他们经过了一座孤零零的砖厂，这里雾稀薄些，他能看见奇怪的瓮形砖窑吐着扇形的橙色火舌。马车经过，一只狗吠起来，黑暗深处传来一只流浪海鸥的尖叫声。马在车辙里绊了一下，接着转向一边又飞奔起来。

一会儿他们离开了泥土路，又在粗糙的石子街上咔嗒咔嗒地跑起来。窗户大多黑幽幽的，但偶尔也有奇形怪状的影子投在灯光照亮的百叶窗上。他好奇地盯着看，它们像怪异的木偶晃动着，像活物一样打着手势，

---

① 这种小马车的车厢在前，马车夫座位在后上方，乘客与马车夫交谈必须通过头顶的天窗。另外，乘客在前，所以可以用棍子打到马。

让他生厌，他心里郁积着怒火。他们到转角处时，有个女人站在敞开的门口向他们大声叫着什么，两个男人追着马车跑了大约一百码，车夫则用鞭子抽打他们。

据说，激情使人循环思考。确实如此，道林·格雷咬着嘴唇，恼人地絮叨那个关于灵魂与感官的微妙句子，直到他感觉它似乎充分表达了自己的情绪。他用理智为激情正名，但即便没有如此正名，激情仍然会控制他的脾气。这唯一的想法在他每一个脑细胞中蔓延。人类所有欲望中最可怕的是求生欲，疯狂的求生欲调动每一根颤动的神经纤维。他曾经憎恶丑陋，因为它使事物变得真实，现在却因为同样的原因珍视丑陋。丑陋是唯一的真实。粗鄙的吵闹、可恶的下流场所、紊乱生活的粗鲁暴力、盗贼和流氓的邪恶，都给人强烈的真实印象，比艺术所有的优雅形态、音乐梦幻的影子更生动。他要忘却，需要的就是这些东西。三天后，他就自由了。

突然车夫一个急刹车，车身一晃，停在一条幽黑的巷口。低矮的屋顶和参差不齐的烟囱背后，高耸着黑色的船桅。团团白雾宛如张张魔帆挂在帆桁上。

“就在这附近，对吧，先生？”车夫透过天窗沙哑地问道。

道林吃了一惊，四下张望。“行了。”他答道，匆匆下车，按承诺付给车夫额外车费后便快步朝码头走去。

一艘大商船尾部到处灯笼闪烁，灯光在水洼里摇曳成碎片。一艘待航的汽船正在加煤，船上射来一道红光。黏糊糊的人行道看上去像件湿漉漉的雨衣。

他匆忙向左边走去，不时回头望望有没有人跟踪。七八分钟后，他来到嵌在两座废旧工厂之间的一座破败房子前，顶层有扇窗户里立着一盏灯。他停下来，以特殊方式敲了敲门。

不一会儿，他就听见过道里传来脚步声，紧接着是解门链的声音。门轻轻打开，他一言不发走了进去，那个畸形矮胖的身影则退入暗处。门厅尽头挂着一张破烂的绿门帘，跟着他从街上刮进来的劲风一吹，便摇摆飘动起来。他撩起门帘走进一个狭长低矮的房间，看样子好像以前是个三流舞厅。四周墙上装着汽灯，咝咝作响地闪着光，在对面满是苍蝇卵的镜子里显得晦暗变形。后面衬着满是油污的锡制罗纹反光镜，投出一个个闪动的光圈。地板上铺着赭色锯屑，很多地方被踩成了烂泥，洒出的酒留下了一圈圈深色污渍。几个马来人蹲在一个小炭炉边上玩着骨牌，露出白牙在那闲聊。一个角落里有个水手趴在桌上，头埋进臂弯里。一个油漆俗丽的吧台占去房间整整一边，站在旁边的两个形容枯槁的妇人正在嘲弄一个满脸厌恶地刷着衣袖的老头。“他以为身上有红蚂蚁呢。”道林经过时听见其中一个笑着说道。老头惊恐地望着她，呜咽起来。

房间尽头有一道小楼梯，通向一间幽黑的内室。道林快步走上那三级摇晃的台阶，迎面闻到一股浓重的鸦片味。他深深吸了一口，鼻孔快活地翕动起来。他跨进门，一个一头光滑黄发的年轻人正支着身子凑在灯上点一杆细长的烟枪，他抬起头来望着他，迟疑地点了点头。

“你在这儿，阿德里安？”道林低声问道。

“我还能上哪儿？”他冷冷答道，“现在那帮家伙没一个肯理我。”

“我还以为你离开英国了。”

“达林顿袖手旁观，最后还是我哥付的钱。乔治也不跟我说话了……我无所谓，”他叹了口气起补充道，“只要有这玩意儿，就不需要朋友了。我现在还觉得以前朋友太多了呢。”

道林皱起眉头，环顾四周，各种姿势奇特的怪物躺在破床垫上。他们扭曲的四肢、张开的嘴巴、呆滞无神的眼睛，都让他神魂颠倒。他知道他们在何等诡奇的天堂里受罪，又在何等阴沉的地狱里学习新式欢乐的秘密。他们比他好过。他被囚禁于思想的牢笼。记忆犹如一种恐怖的疾病，正蚕食着他的灵魂。他似乎不时看见巴兹尔·霍尔沃德的眼睛盯着自己。他觉得不能在此停留，阿德里安·辛格尔顿在场让他不安，他想去一个没有人认识自己的地方，他想逃避自己。

"我去另一家。"他迟疑了一下说道。

"码头上那家？"

"对。"

"那只疯猫肯定在那儿。现在他们不准她来这儿了。"

道林耸了耸肩。"我讨厌爱别人的女人，恨别人的女人有趣多了。还有，那边的货也好些。"

"差不多啦。"

"我喜欢那边的。跟我去喝一杯吧，我得喝点什么。"

"我什么也不想喝。"年轻人喃喃地说道。

"没关系。"

阿德里安·辛格尔顿疲倦地站起身来，跟着道林来到吧台边。一个裹着破头巾、穿着褴褛大衣的混血儿，把一瓶白兰地和两只酒杯推到他们面前，难看地咧嘴一笑算是打招呼。几个女人悄悄贴了过来，开始搭讪。道林转身背对着她们，低声对阿德里安·辛格尔顿说了些什么。

一个女人脸上拧出一丝奸笑，像一把马来短剑。"我们今晚真是荣幸啊。"她冷笑道。

"看在上帝的份上，别跟我说话。"道林跺着脚叫道，"你要什么？钱吗？给你。永远别再来跟我说话。"

女人黯淡的双眼中闪起红光，却又转瞬即灭，只留下满眼呆滞。她头一甩，用贪婪的手指从柜台上耙下硬币。她的同伴嫉妒地看着她。

“没用的，”阿德里安·辛格尔顿叹气道，“我不想回去。有什么关系？我在这儿挺快活。”

“你缺什么就写信给我，好吗？”道林顿了一下说道。

“也许吧。”

“那晚安吧。”

“晚安。”年轻人答道，说着踏上台阶，一边用手帕擦着干燥的嘴。

道林走向门口，神色痛苦。他刚一撩门帘，刚才收了他钱的女人就从涂了口红的唇间迸出了一阵怪笑。“魔鬼勾当要走喽！”她声音嘶哑地打着嗝说道。

“该死的！”他答道，“别那么叫我。”

她打了个响指。“你喜欢人家叫你白马王子是吧？”她冲着他的背影大叫道。

她这一叫，那打瞌睡的水手一跃而起，疯狂地四下张望，门厅关门的声音传进他耳朵里，他冲了出去，似乎要追上去。

道林·格雷冒着毛毛细雨沿着码头匆匆赶路。与阿德里安·辛格尔顿的邂逅莫名触动了他，他捉摸着那个年轻生命的堕落是不是真的应该怪他，就像巴兹尔·霍尔沃德诬蔑的那样。他咬着嘴唇，有几秒钟目光中流露出悲伤。但是说到底，与他何干？人生苦短，何必把他人过错的责任揽到自己肩上？每个人都过着自己的生活，各自为之付出代价。唯一的遗憾是必须为一次犯错频频付出代价。的确，必须一而再再而三地付出代价。命运女神与人交易，从不肯结清账目。

心理学家告诉我们，有时候人罪孽的激情或世人称为罪孽的激情，会完全支配天性，以至全身每根纤维、大脑每个细胞，似乎都充满可怕的冲动。此时不论男女，都会丧失自由意志，像机器人一样奔向可怕的结局。他们别无选择，良知已被扼杀，即便良知尚存，也只能给叛逆增加魅力，给抗拒添加魔力。因为正如神学家不厌其烦地提醒我们的，一切罪孽都是抗拒的罪孽。那个高贵神灵，那颗邪恶晨星[①]，就是因为叛逆从天堂坠落。

冷酷无情、一心作恶、心智污秽、灵魂渴望叛逆的道林·格雷快步走着，越走越快。他飞奔拐进一道昏暗的拱门，照例抄近路去那个恶名昭彰的地方，却突然被人从背后抓住，还没来得及自卫就被一只野蛮的手掐住咽喉按到了墙上。

他拼命挣扎求生，好不容易扳开了攥紧的手指，却

① 晨星：一些西方神学家认为晨星就是撒旦，所以是邪恶的。撒旦原为天使，后因叛逆上帝而从天堂坠落。

立马听到喀哒一声，一支枪管锃亮的左轮手枪直指自己脑袋，面前站着一个矮个儿壮汉的黑影。

“你想怎么样？”他喘着气道。

“别出声，”那人说道，“敢动一下，我毙了你。”

“你疯了，我哪里得罪你了？”

“你毁了西比尔·韦恩的性命，”那人答道，“西比尔·韦恩是我姐姐。她是自杀，我知道，可都是你害的。我发过誓，要杀你抵命。我找了你好多年，一丝线索都没找到。能描绘你相貌的两个人都死了。我对你一无所知，只知道她对你的昵称。今晚让我碰巧听到了。向上帝忏悔吧，今晚就是你的死期。”

道林·格雷吓得半死。“我从不认识她，”他结结巴巴说道，“从没听说过这个人。你疯了。”

“你还是坦白承认你的罪孽吧，你死定了，就跟我是詹姆斯·韦恩一样毫无疑问。”在这可怕的时刻，道林缄口结舌、不知所措。“跪下！”那人咆哮道，“我给你一分钟忏悔——绝不再多。我今晚就乘船去印度，去之前我得先宰了你。一分钟，就这样。”

道林垂下双臂，吓得浑身瘫软，不知如何是好。突然一丝疯狂的希望闪过他的脑际。“住手，”他叫道，“你姐姐死了多久？快，告诉我！”

“十八年。”那人说道，“你问这干吗？多少年有什么关系？”

“十八年。”道林·格雷大笑道，声音里透着一丝胜利的得意，“十八年！等我到路灯下面，你看看我的脸。”

詹姆斯·韦恩犹豫了一下，不明白他什么意思，然后揪住道林·格雷，把他拽出拱门。

尽管暗淡的路灯在风中摇摆不定，但还是让他看清了自己差点铸成的大错，因为他想杀的这个人还是一脸青春年少、天真无邪。他看上去不过二十岁，比多年前和他分别时的姐姐大也大不了多少，显然不是毁了她性命的人。

他松开手，踉跄着后退。“天哪！天哪！”他叫道，“我差点就错杀了你。”

道林·格雷长吁一口气。“你差点犯下重罪，老兄，”他严厉地瞪着他说道，“就当这是给你的一个警告，别再报什么仇了。”

“原谅我，先生，”詹姆斯·韦恩喃喃说道，“我搞错了。在那个该死的地方听到一个词，就让我行差踏错了。”

“你最好回家，把枪收好，否则会惹麻烦的。”道林说着转过身，沿着街慢慢走远。

詹姆斯·韦恩惊恐地站在人行道上，从头到脚都在颤抖。过了一会儿，刚刚沿着滴着水的墙壁蠕动的黑影来到明处，悄无声息地贴近到他身边。他感觉胳膊被搭上一只手，吃惊地回头一看，是酒吧里喝酒的一个女人。

“你怎么不杀了他？”她咝咝说道，枯槁的脸凑近到他眼前，“你一从戴利酒吧冲出来，我就知道你在跟踪他。你这个傻瓜！你应该杀了他。他很有钱，而且坏得透顶。”

“他不是我要找的人，”他答道，“我要的不是钱，我要的是一个人的命。我要他命的那个人现在肯定快四十了。这个人还是个孩子。谢天谢地，我手上还没沾上他的血。”

女人大声苦笑。“还是个孩子！”她冷笑道，“嘿，伙计，白马王子把我弄成现在这样快十八年了。”

“你撒谎！”詹姆斯·韦恩叫道。

她单手向天。“上帝为鉴，我说的是真话。”她叫道。

“上帝为鉴？”

“我说的有半句假话，就让我变成哑巴。来这儿的人数他最坏。据说他把自己卖给了魔鬼，换来一张漂亮脸蛋。我认识他快十八年了，从那之后他就没怎么变过。我就变多喽。”她抛出一个令人作呕的媚眼补充道。

“你发誓？”

“我发誓。”她瘪平的嘴里传来一声嘶哑的回答。“可别让他知道是我说的，”她哀求道，“我怕他。给我点钱过夜吧。”

他骂了一声甩开她，冲到街角，可是道林·格雷已经不见了。他回头一看，那女人也不见了。

第十七章

一周之后，道林·格雷坐在塞尔比皇家庄园的温室里与美丽的蒙茅斯公爵夫人聊天，她和满脸倦容的六十岁丈夫在他家做客。已是下午茶时间，桌上一盏蕾丝灯罩大台灯发出柔和的光，照亮了精美的瓷器和锻银茶具。公爵夫人负责斟茶，她白皙的双手在茶杯间优雅地移动，道林在她耳边低语，她丰满的红唇露出笑意。亨利勋爵倚靠在一张罩着丝绸的柳条椅中，望着他俩。纳伯勒夫人坐在一张桃色长沙发上，假装听着公爵描述他新近收藏的一只巴西甲虫。三个身穿精美吸烟装[①]的年轻人正把茶点递给几位女宾。本次乡村别墅聚会[②]共有十二人，第二天可能还会来更多。

“你们俩说什么呢？”亨利勋爵漫步走到桌边，放下茶杯问道，“我希望道林已经跟你讲了我要重新命名一切的计划，格拉蒂丝。这主意好玩。”

“可我不想改名，哈里，”公爵夫人抬起一双美丽

---

① 吸烟装：上流社会男士在晚宴结束后脱下燕尾服后换上的黑色轻便装，以便坐在吸烟室里抽烟，起源于19世纪50年代。

② 乡村别墅聚会：通常于周末举行并且留宾客小住的聚会，往往位于主人的乡间别墅。

动人的眼睛看着他答道，“我很满意自己的名字，而且我肯定格雷先生也很满意他的名字。”

“亲爱的格拉蒂丝，你们俩的名字都很完美，我是绝不会改的。我想改的主要是花儿的名字。昨天我剪了一朵兰花插在扣眼里。那花儿斑点丛生，好看极了，就像七宗罪[①]一样让人印象深刻。我不假思索，问一个花匠它叫什么名字。他告诉我说它是‘鲁滨逊尼安娜’的优良品种，或诸如此类的讨厌名字。我们已经丧失了给事物取可爱名字的能力，这一现实真是可悲。名字就是一切。我从不计较行为，只挑剔词语。这就是为什么我讨厌文学中的庸俗现实主义的原因。称铲子为铲子[②]的人就该被逼着去用铲子，他只配干这个。”

“那我们该怎么称呼你呢，哈里？”她问道。

“他的名字是诡辩王子。”道林说道。

“我一听就知道是他。”公爵夫人惊呼道。

“我可不听，”亨利勋爵哈哈大笑着说道，陷进一把椅子里，“贴了标签就逃不了了。这个头衔我可不要。”

“王子头衔哪能谦让？”美丽的唇间迸出一声

---

① 七宗罪：基督教中使人灵魂死亡的七大罪孽，包括傲慢、妒忌、暴怒、懒惰、贪婪、贪食和色欲。

② 称铲子为铲子：英国谚语（call a spade a spade），意思是直言不讳。

警告。

“那你是要我卫冕喽？”

“没错。”

“我预言的是明天的真理。”

“我宁愿是今天的谬论。”她答道。

“我缴械投降了，格拉蒂丝。”他眼见她要耍性子便这样叫道。

“我缴了你的盾，哈里，不缴你的矛。”

“我从不持矛攻击美人。”他挥手说道。

“那就是你的不对了，哈里，真的，你太看重美了。”

“你怎么能这么说？我承认我是觉得美比善好，可是话说回来，也没人比我更情愿承认善比丑好啊。”

“那丑还成七宗罪之一了？”公爵夫人叫道，“你把兰花比作七宗罪又怎么说？”

“丑是七大致命美德[①]之一，格拉蒂丝。你作为优秀的托利党[②]人，可别低估了它们。是啤酒、《圣经》和七大德行造就了今天的英格兰。”

“那你不爱国？”她问道。

---

① 七大致命美德：根据基督教教义，七大美德指忠诚、希望、仁爱、谨慎、公正、坚毅和克制。此处的“七大致命美德”为戏仿用法。

② 托利党（Tory）：产生于17世纪末的英国政党，19世纪中叶演变为如今的英国保守党。

“我就住在这个国家里面。”

“让你更好批判她吧？”

“要不要我按欧洲的说法来批判她？”他问道。

“他们怎么说我们？”

“说达尔杜弗[①]乔居英伦，还开了爿店。”

“那店是你的吧，哈里？”

“我奉送给你。”

“我用不着，太真实了。”

“不用怕，国人从来不辨真假描述。”

“他们很务实。”

“他们狡猾甚于务实，记账时用财富平衡愚蠢，用伪善冲抵邪恶。”

“不管怎么说，我们还是干了些丰功伟绩的。”

“丰功伟绩落到我们头上而已，格拉蒂丝。”

“我们因此承受了重负。”

“只承受到证券交易所为止。”

她摇了摇头。“我相信我们的民族。”她叫道。

“它代表的只是进取精神的残余。”

“它有发展。”

“衰落更叫我入迷。”

“那艺术呢？”她问道。

---

① 达尔杜弗（Tartuffe）：法国喜剧家莫里哀（Molière，1622—1673）所作同名喜剧（又译《伪君子》）的男主角。

“艺术就是疾病。”

“爱情？”

“幻觉。”

“宗教？”

“信念的时髦替代品。”

“你是个怀疑论者。”

“才不是！怀疑论是信仰的开端。”

“那你是什么？”

“定义就是局限。”

“给点线索吧。”

“线会断的，你会在迷宫[1]里迷路的。”

“你把我搞糊涂了。咱们说说别人吧。”

“我们的男主人就是个有趣的话题。许多年前有人叫他白马王子。”

“啊！别提这个啦。”道林·格雷叫道。

“我们的男主人今晚简直岂有此理，”公爵夫人红了脸答道，“我觉得他肯定以为，蒙茅斯纯粹是根据科学原理断定我是他能找到的现代蝴蝶中最好的标本才娶

① 迷宫：希腊神话中米诺斯国王建造的关押牛首人身怪物弥诺陶洛斯的迷宫，后来雅典王子忒修斯（Theseus）带着宝剑闯入迷宫，他一路抛下米诺斯国王的女儿阿里阿德涅（Ariadne）送给他的线团上的线，杀死牛头怪物弥诺陶洛斯之后，又沿着这根线找到出口，活着离开迷宫。是故公爵夫人提到“线会断”。

我的。”

“好吧，我希望他别用针扎你，公爵夫人。”道林笑道。

“噢！我的侍女烦我的时候已经扎了，格雷先生。”

“那她干吗烦你呢，公爵夫人？”

“都是些鸡毛蒜皮的小事，格雷先生，我保证。通常是因为我八点五十才到，却说八点半就得穿戴好。”

“那她太不讲理了！你应该警告她。”

“我不敢哪，格雷先生。她给我设计帽子呢。你还记得我在希尔斯顿夫人的游园会上戴的那顶吗？你不记得，不过你假装记得也很好。嗯，那是她凭空设计出来的。所有好帽子都是凭空设计出来的。”

“就像所有的好名声，格拉蒂丝。”亨利勋爵插嘴道，“人出一次风头就会招来一个敌人，想招人喜欢就得做个庸人。”

“对女人可不能这样，”公爵夫人摇摇头说道，“女人统治世界，我向你保证，我们可受不了庸人。正如有人说过，我们女人是用耳朵去爱，而你们男人是用眼睛去爱，若是你们也会爱的话。”

“我怎么觉得我们什么别的也不干呐。”道林喃喃道。

“啊！那你们就是从未真正爱过，格雷先生。”公爵夫人假意悲伤地答道。

“亲爱的格拉蒂丝！”亨利勋爵叫道，“你怎么能这么说呢？浪漫以重复为生，重复化欲望为艺术，何况每次恋爱都是初恋。对象不同并不改变激情的专一，只会强化它。人生最多只能有一次伟大经历，生命的秘诀就在于尽量重现那段经历。”

“即便为其所伤也是吗，哈里？”公爵夫人顿了一下说道。

“尤其是为其所伤的时候。”亨利勋爵答道。

公爵夫人转过身，满眼好奇地望着道林·格雷。“你怎么看，格雷先生？”她问道。

道林沉吟片刻，仰头大笑。“哈里说的我向来同意，公爵夫人。”

“就算他错了也同意？”

“哈里从来不错，公爵夫人。”

“那他的哲学让你幸福吗？”

“我从不追求幸福。谁要幸福啊？我追求的是欢乐。”

“找到了吗，格雷先生？”

“经常找到，太寻常了。”

公爵夫人叹了口气。“我追求安宁，”她说道，“我再不去更衣，今晚就别想安宁了。”

“我去给你摘几朵兰花吧。”道林说着站起身往温室走去。

“你跟他调情太露骨了吧，”亨利勋爵对他表妹说道，“你最好小心点，他可是很迷人的。”

“他要是不迷人，天下就太平了。”

“那就是希腊人遇上希腊人[①]？”

“我站特洛伊人一边，他们曾为一个女人[②]而战。”

“他们战败了。”

“虽败犹荣。”她答道。

“你这是放野马。”

“生命在于驰骋。”回答针锋相对。

“我今晚就写日记。”

“写什么？”

“被火烫过的孩子依然爱火[③]。”

“燎都没燎到我呢，我的翅膀安然无恙。”

---

① 希腊人遇上希腊人：源自英语谚语“希腊人遇上希腊人，战争无止无休”（When Greek meets Greek, then comes the tug of war），意为势均力敌的双方互不相让。实际上这一谚语是对纳撒尼尔·李（Nathaniel Lee，1653？—1692）的戏剧《敌对女王，或亚历山大大帝之死》中一句台词的误用，原台词为“当希腊人联合希腊人，战争将无止无休（When Greeks joined Greeks then was the tug of war）”，意为希腊人团结一致对外，誓死守卫家园。

② 一个女人：指斯巴达王后海伦，前文提到帕里斯诱拐海伦而引发特洛伊战争。

③ 被火烫过的孩子依然爱火：英国谚语“被火烫过的孩子害怕火（A burnt child dreads the fire）”的反用。

"你用翅膀干任何事，就是不飞。"

"勇气已经从男人传到女人身上啦，这倒是件新鲜事。"

"你有个情敌。"

"谁？"

他哈哈大笑。"纳伯勒夫人，"他低声说道，"她非常爱慕他。"

"你这话叫我害怕。老古董的魅力对于我们浪漫主义者是致命的。"

"浪漫主义者！你用的全是科学方法。"

"那是男人教的。"

"没能把你们女人解释清楚。"

"把我们描绘成一个性别试试。"她挑衅道。

"无谜可猜的斯芬克斯[①]。"

她看着他微笑。"格雷先生怎么去了这么久？"她说道，"我们去帮帮他吧。我还没告诉他我连衣裙的颜色呢。"

"啊！你得拿你的连衣裙配他的花儿，格拉蒂丝。"

"那岂不是投降得太早了。"

"浪漫艺术一开始就是高潮。"

"我得留个撤退的机会。"

---

① 斯芬克斯（Sphinx）：希腊神话中带翼的狮身人面女怪，传说她常叫过路行人猜谜，猜不出者即遭杀害。

“像帕提亚人[①]那样射回马箭吗？”

“他们可以在沙漠里安身，我可不能。”

“女人并非总是有选择权的。”他答道，可话还没说完，温室尽头就传来一声窒息般的呻吟，紧接着是重物倒地的一声闷响。众人吃了一惊，公爵夫人吓得呆站着不敢动，亨利勋爵也眼露惧色冲过摇曳的棕榈叶，发现道林·格雷趴在瓷砖地上昏死过去了。

他立即被抬进蓝色客厅，放在一张沙发上。不一会儿，他醒转过来，一脸茫然地四下张望。

“出什么事了？”他问道，“噢！我想起来了。我在这儿安全吗，哈里？”他开始颤抖。

“亲爱的道林，”亨利勋爵答道，“你只是晕倒了而已，肯定是劳累过度。晚饭你最好别下去吃了，我代你招待客人。”

“不，我要下去，”他说道，挣扎着要站起来，“我宁可下去，也不能单独待在这儿。”

他走进卧室换了身衣服。他在餐桌边坐下，一身轻松地谈笑风生，但是不时吓得浑身发抖，因为他记起自己看到一张白手帕一样的脸紧贴在温室玻璃窗上，那是詹姆斯·韦恩在窥视自己。

---

① 帕提亚人（Parthian）：帕提亚即西亚古国安息，位于今伊朗地区，据传帕提亚骑兵的惯用战术是在掉转马头作退却状时发射冷箭。

第十八章

第二天他没出家门，实际上大部分时间都待在自己房间里，对死恐惧不已，对生漠不关心。自己正被人追踪、诱捕乃至擒获的意识支配着他。挂毯在风中颤动一下，他都会发抖。枯叶被吹到铅框玻璃上，他都觉得那就是自己白费的决心和狂野的悔恨。他一闭眼就能看见那水手把脸贴在雾气迷蒙的玻璃上向内窥探，于是恐惧的魔爪再次攫住了他的心。

但或许只是他的幻觉把复仇从黑夜中召唤出来，让惩罚的狰狞面目呈现在他眼前。现实生活杂乱无章，想象却逻辑严密。是想象让悔恨尾随罪孽的脚步，是想象让每桩罪行生育畸形的余孽。在平凡的现实世界，恶无恶报，善无善报。强者成功，弱者失败，如此而已。何况如果真有陌生人在屋外出没，仆人或看门人也会看见；如果发现花坛上有脚印，花匠就会报告。没错，只是幻觉而已。西比尔·韦恩的弟弟没有回来追杀他，他已经乘船出海，沉没在冬天的海洋某处，无论如何是不会威胁到他了。哎呀，那人又不知道他是谁，也不可能知道他是谁。青春的面具救了他。

不过就算那只是幻想，可想想良知竟能唤起如此骇人的幽灵，赋予它们可见的形体，并让它们在人面前活动，还真是可怕！如果他罪行的阴影不舍昼夜地从寂静的角落里窥视他，在隐秘的地方嘲弄他，他坐在宴席上时在他耳边低语，他熟睡时用冰凉的手指惊醒他，那他的生活将变成什么样！脑中这个想法一闪过，他就顿时吓得脸色煞白，觉得空气似乎都突然变冷了。噢！他杀死自己的朋友是在怎样疯狂野蛮的时刻！一想到那副情景，他就毛骨悚然。他又看到了，每一个恐怖细节都更加恐怖地在眼前重现。时间的黑洞中浮起他罪孽的形象，鲜血淋漓，骇人至极。亨利勋爵六点钟走进来时，发现他哭得心都快碎了。

直到第三天他才敢出门。冬日清晨纯净的空气散发着松香味，神奇地恢复了他快活的天性和生活的热情。但是这种变化也不全是周围的物质环境造成的。他的天性奋起抗争，以免过度痛苦损毁其完美的宁静。气质细腻敏感的人总是如此。他们强烈的激情要么受伤，要么屈服；要么杀人，要么死去。浅薄的悲伤和爱情能够长存；伟大的悲伤和爱情则毁于自身的丰富。而且，他已经说服自己相信自己是恐怖想象的受害者，所以他现在回顾自己的恐惧时，略带怜悯又满是轻蔑。

早餐过后，公爵夫人陪他在花园里散了一小时步，然后两人驾车穿过公园去参加狩猎。草地上铺着一层盐般的薄霜，天空宛如一只倒扣的蓝色金属碗，芦苇丛生的平湖边上结了一层薄冰。

在松林一角，他看见公爵夫人的弟弟杰弗里·克劳斯顿爵士从枪里退出两颗空弹壳便跳下车，吩咐马夫把马牵回家，然后穿过枯萎的欧洲蕨和蓬乱的灌木丛，朝客人走去。

“打得不错吧，杰弗里？”他问道。

“不怎么样，道林。我看大部分鸟都到空地上去了，我想吃过午饭换块地儿，也许会好些。”

道林随着他信步踱着。空气中弥漫着沁人心脾的清香，林间闪烁着褐色和红色的光芒，助猎人粗声的吆喝不时传来，清脆的枪声随之而至，这一切都让他陶醉，满怀自由的欢欣，全身沉浸在无忧无虑、逍遥自在的快乐之中。

突然，他们前方二十码处的枯草丛中惊起一只野兔，它竖着黑梢的耳朵，蹬着长长的后腿，蹦向一丛桤木。杰弗里爵士据枪抵肩，但是野兔优雅的动作让道林·格雷莫名入迷，他脱口叫道：“别开枪，杰弗里，放它一条生路吧。”

“胡说，道林！”他的同伴大笑道，就在兔子跳进树丛的一刹那，他开枪了。两声叫喊同时传来：一声是兔子痛苦的尖叫，非常可怕；一声是一个人痛苦的呼号，更加可怕。

“天哪！我打中助猎人了！”杰弗里爵士惊叫道，

“这家伙怎么这么傻，往枪口上撞！别开枪了！”他放声大喊，“有人受伤了。”

猎场总看守手执棍棒匆忙赶来。

“哪儿，先生？他在哪儿？”他高呼道。同时，整条狩猎线都停火了。

“这里，”杰弗里爵士气呼呼地答道，一边向树丛跑去，“怎么不叫你的人退后些？扫了我打猎的兴。”

道林望着他们拨开摇摆的柔软枝条，钻进桤木丛中，不一会儿就出来了，把一具尸体拖到了阳光底下。他吓得转过脸来，觉得自己走到哪儿，灾祸就跟到哪儿。他听到杰弗里爵士问那人是不是真死了，猎场总看守回答说是。他觉得树林里突然冒出许多人脸，无数杂沓的脚步声混杂着嗡嗡低语。一只铜色胸脯的大野鸡拍打着翅膀，从树枝间掠过了头顶。

过了一会儿——在他那种不安的状态中，就像是过了无穷痛苦时光——他感到一只手搭在自己肩上。他吃了一惊，回头一看。

“道林，”亨利勋爵说道，“我还是让他们停止今天的狩猎吧，再打也不体面了。”

“我希望永远停止，哈里。”他苦涩地答道，“这一切丑恶又残忍。那个人……？”

他无法讲完这句话。

“恐怕是的，”亨利勋爵接口道，“子弹正中胸口，肯定是当场毙命。来，我们回家。”

两人并肩向大路走了五十码，没人作声。然后道林望着亨利勋爵长叹一声道：“这是个不祥之兆，哈里，非常不祥。”

“什么？”亨利勋爵问道，“噢！这次意外，是吧？亲爱的伙计，那也是无可奈何。是那个人自己的错，谁叫他往枪口上撞？再说了，跟我们又没有关系。当然了，对杰弗里而言就有点尴尬。朝助猎人乱开枪当然不行，会叫人说他是乱打一气。杰弗里可不是乱打一气，他打得挺准，不过这事再谈也没用了。”

道林摇了摇头。“这是个不祥之兆，哈里。我感觉到了，我们有人要遭殃，也许就是我。”他痛苦地用手捂住眼睛，补上一句。

年长者哈哈大笑。“世上唯一可怕的事是厌倦，道林。那是唯一不可宽恕的罪孽，不过只要没人在饭桌上喋喋不休谈论这件事，我们就不会厌倦。我得告诉他们禁止谈论这个话题。至于兆头，世上根本就没有什么兆头。命运女神太聪明，或者太残忍，不会派人通知我们的。再说了，你能遭什么殃，道林？世人想要的你全都有了，没人不想和你交换位置。”

“我愿意和任何人交换位置，哈里。别笑成那样，我说的是真心话。刚才死掉的那个可怜的农夫，都比我过得好。我不怕死，我怕的是死神逼近。它巨大的翅膀仿佛就在我周围沉闷的空气中盘旋。天哪！你没看到有人在那树后面移动，监视我，窥伺我吗？”

亨利勋爵顺着那戴着手套不住颤抖的手指的方向望去。“看到了，”他微笑着说道，“我看到花匠正等着你呢。我看他是要问你今天晚上餐桌上摆什么花。你太神经过敏了，亲爱的伙计！回城后你得去我的医生那里看看。”

道林看见花匠走近，如释重负地吁了一口气。那人触帽行礼，犹豫地看了看亨利勋爵，然后拿出一封信呈给主人。“夫人吩咐我等您回话。”他低声说道。

道林把信塞进口袋。“告诉夫人我马上就来。”他冷冷说道。那人转身快步向房子走去。

“女人真爱冒险啊！”亨利勋爵大笑道，“这是她们最让我崇敬的品质之一。只要有人旁观，女人跟谁都能调情。”

“你真爱说危险的事啊，哈里！这件事你就说偏了。我很喜欢公爵夫人，可我不爱她。”

“可是公爵夫人很爱你，却不太喜欢你，所以你们俩绝配。”

“你这是在散播谣言，哈里，谣言都是毫无根据的。”

“每个谣言都基于道德事实。”亨利勋爵说着点了一根烟。

“为了说出警句，你可以牺牲任何人，哈里。”

“世人都是愿者上钩。”他答道。

“我希望自己能爱，”道林·格雷饱含伤感地叫道，“可我好像已经丧失了激情，忘却了欲望。我太关注自己，个性已成负担。我想躲避、逃离、忘却。我真傻，竟然到这儿来。我想我该给哈维拍个电报，叫他把游艇准备好。人在游艇上就能免祸。”

“免什么祸，道林？你碰上麻烦了，干吗不告诉我？你知道我会帮你的。”

“我不能告诉你，哈里，”他悲伤地答道，“我想那只是我的幻觉。今天不幸的意外叫我心烦意乱。我有种可怕的预感，类似的事情会落到我头上。”

“胡说八道！”

“但愿如此，可我禁不住这么想。啊！公爵夫人来了，真像穿着定制礼服的阿尔忒弥斯[①]。你看，我们回来啦，公爵夫人。”

“我全听说了，格雷先生，”她答道，“可怜的杰弗里心烦极了。好像你还叫他别打那只野兔，真是奇怪！”

“是的，非常奇怪。我不知道是什么让我那样说，大概是突发奇想吧。那只兔子好像是最可爱的小生灵，

① 阿尔忒弥斯（Artemis）：希腊神话中的狩猎和月亮女神。

可是他们把误伤了人的事也告诉你了，真是遗憾。那是个吓人的话题。”

“那是个讨厌的话题，”亨利勋爵插嘴道，“完全没有心理学价值。如果杰弗里是存心打的，那就有趣多了！我很想结识一个真正的谋杀犯。”

“你真是骇人听闻，哈里！”公爵夫人叫道，“对不对，格雷先生？哈里，格雷先生又病了，他要晕倒了。”

道林强打精神，笑了笑。“没事，公爵夫人，”他喃喃道，“我就是神经错乱。今天上午我怕是走得太远了。我没听见哈里说什么。很不像话吗？改天你得告诉我。我看我得去躺会儿。恕我不陪。”

说着，他们来到了从温室通向阳台的大台阶。一见玻璃门在道林身后关上，亨利勋爵就转身懒洋洋地看着公爵夫人。“你很爱他吗？”他问道。

她一时没有作答，只是凝望着风景。“我要是知道就好了。”最后她说道。

他摇了摇头。“知道了就会致命。暧昧不定才迷人，雾里看花才美妙。”

“雾中迷途啊。”

“殊途同归啊，亲爱的格拉蒂丝。”

“归到哪儿？”

“幻灭。”

“我的生活始于幻灭。”她叹息道。

“你幻灭时已经戴上公爵爵冠。”

“我厌倦了草莓叶[①]。”

“它们很配你。”

“仅限于公共场合。”

“你会想念它们的。”亨利勋爵说道。

“我不会舍弃一片花瓣。”

“蒙茅斯有耳朵。”

“老年人耳朵不灵。”

“他从不嫉妒吗？”

“我倒希望他嫉妒过。”

他四下张望，好像在找什么。“你找什么？”她问道。

“你花剑上的小球[②]。”他答道，“你把它弄掉了。”

她哈哈大笑。“我还有面罩。”

“它让你的眼睛更加可爱。”他答道。

她又笑了，牙齿像鲜红水果中的白籽。

楼上，道林·格雷躺在自己房间里的沙发上，全身

---

① 草莓叶：英国公爵、伯爵、侯爵等爵位的爵冠上可以装饰草莓叶。

② 花剑上的小球：击剑运动中戴面罩和剑尖上套一个小球都是安全措施。

每根神经都在恐惧地颤抖。生命突然成了可怕的重负，让他难以承受。那不幸的助猎人像野兽一样被射杀在树丛中，他的惨死似乎也预示着道林自己的死亡。亨利勋爵一句无心又玩世不恭的俏皮话几乎让他昏死过去。

五点钟，他拉铃叫来仆人，吩咐他收拾行李，八点半备好马车在门口候着，他要乘坐夜间快车回城。他决意一晚也不再在塞尔比皇家庄园过。这是个不祥之地：死神在光天化日之下游荡，森林里的草地沾满鲜血。

然后他写了张便条给亨利勋爵，告诉他自己要回城看病，请他代为招待客人。他正要把便条塞进信封，贴身男仆敲门进来，通报说猎场总看守求见。他皱起眉头，咬着嘴唇。“带他进来。”他犹豫了一会儿，咕哝道。

那人一进来，道林就从抽屉里取出支票簿，摊开放在面前。

“我估计你是为早上那起不幸的意外来的吧，桑顿？”他拿起笔说道。

“是的，先生。”猎场看守答道。

“那可怜人结婚了吗？有家小要养活吗？”道林不耐烦地问道，“要是有，我是不会眼看他们缺吃少穿的，你看该给多少，我就给多少。”

“我们也不认识他，先生，这才冒昧来请示您。”

“你们也不认识他？”道林冷淡地说道，“你什么意思？他不是你的人吗？”

“不是，先生。以前从没见过。好像是个水手，先生。”

钢笔从道林·格雷手中滑落，他仿佛觉得心脏骤然停止了跳动。“水手？”他叫了出来，“你说水手？”

“是的，先生。看来像是当过水手，两条胳膊上都有纹身之类的东西。”

“在他身上发现什么东西没有？”道林身子前倾，满眼震惊地瞪着那人问道，“写了他名字的什么东西？”

“有些钱，先生——不多，还有一把六发式左轮手枪。没什么名字之类的东西。看来还算正派，先生，只是样貌有点粗鲁。我们觉得是个水手。”

道林跳了起来。一丝可怕的希望从他身边飞过，他发狂似的一把抓住。“尸体在哪儿？”他惊呼道，“快！我要马上看。”

“在家庭农场一个空马厩里，先生。大家都不愿意家里放那种东西，说是尸体会招来厄运。”

“家庭农场？快去那儿等我。叫个马夫给我备马。不，算了。我自己去牵马，省点时间。”

不到一刻钟，道林·格雷已经策马在大道上全速狂奔了。树木像两列鬼怪掠向身后，狂乱的怪影扑到路上。有一次，马在一根白色的门柱前突然转向，差点把他摔了下来。他用短鞭抽打马脖子，马像箭一般刺破朦胧的夜色，四蹄踢得碎石乱飞。

终于，他抵达了家庭农场。有两个人在场子里闲逛，他从马鞍上一跃而下，把缰绳扔给其中一人。最远处一个马厩里有灯光闪烁，冥冥之中似乎有什么东西告诉他尸体就在那里，他匆匆赶到门前，伸手就要去拉门闩。

他迟疑了一下，觉得随后的发现将会成全或毁掉自己的性命。随后他一把推开门，走了进去。

屋子里角，一堆麻布袋上横着一具尸体，穿着粗布衬衫和蓝裤子，脸上盖了一块血迹斑斑的手帕，旁边一只瓶子里插了根劣质蜡烛，正噼啪作响。

道林·格雷打了个寒战。他觉得自己的手无法掀开手帕，于是喊来一个农场下人。

“把那东西从他脸上掀开，让我看看。”他说道，伸手抓住门柱作为支撑。

下人依令照办。他上前一看，唇间迸出一声欢欣的叫喊。在树丛里被打死的人正是詹姆斯·韦恩。

他在那儿站了几分钟，凝视着尸体。骑马回家的路上，他眼里噙满泪水，因为他知道自己安全了。

第十九章

“你要做个好人，告诉我没用，”亨利勋爵叫道，一面把白皙的手指浸入一只盛满玫瑰香水的红铜碗[①]，“你已经很完美了，求你了，别改吧。”

道林·格雷摇了摇头。“不，哈里，我此生作孽太多，我不会再犯了，我已经从昨天开始行善了。”

“昨天你在哪儿？”

“在乡下，哈里。我一个人待在一家小客栈里。”

“亲爱的孩子，”亨利勋爵微笑着说道，“谁到了乡下都能行善，那里没有诱惑。这就是为什么不住城里的人完全不开化。开化谈何容易，只有两条道：一是受教化，二是受腐化。乡下人两样都没机会，只能停滞不前。”

“教化和腐化，”道林接口道，“两者我都略知一二。两者竟能集于一身，现在的我实在难以想象，因为我有了一个新理想，哈里，我要改变，我想我已经变了。”

“你还没告诉我你行了什么善呢，难道还不止一

① 红铜碗：一种用红铜制成的洗指碗，用于餐前清洗手指。

件？”他的同伴问道，一边往盘子里倒了一些去籽草莓，堆成一座鲜红的小金字塔，再用贝壳形的漏匙在上面撒上一层雪白的糖。

“我可以告诉你，哈里。这个故事我不能对旁人讲。我放过了一个人，这么说有点自负，但你明白我的意思。她很美，神似西比尔·韦恩，我想她最初吸引我的正是这点。你还记得西比尔，对吧？似乎很久了！当然了，赫蒂不是我们阶级的人，她只是个乡下姑娘，但是我真的爱她，我非常确定我爱她。就在现在这个美妙的五月，我每周都跑去见她两三次。昨天她跟我在一个小果园里幽会。苹果花纷纷落到她的头发上，她咯咯直笑。我们约定今天天亮私奔，可我突然决定离开她，让她像我初见她时一样如花一般美丽。”

“我想这种新奇的情感肯定让你感受到了真正欢乐的刺激，道林。”亨利勋爵插嘴道，“不过我可以把你的田园牧歌续完。你给了她善意的忠告，让她心碎。你洗心革面的开始也不过如此嘛。”

“哈里，你真讨厌！说话非要这么刻薄。赫蒂没有心碎。当然了，她哭了，诸如此类。但她并未蒙羞，她还能活下去，就像珀迪塔[①]，生活在长满薄荷和万寿菊的花园里。”

---

① 珀迪塔（Perdita）：莎士比亚戏剧《冬天的故事》女主角。

“并且为负心的弗罗利泽[1]流泪。”亨利勋爵大笑着往椅背上一靠，说道，“亲爱的道林，你的孩子脾气最古怪。你以为这个姑娘现在还会甘心委身于同阶级的男人吗？也许她有一天会嫁给一个粗鲁的车夫，或是一个傻笑的农夫，但是遇见过你，爱过你，会教她鄙视自己的丈夫，因而命运悲惨。从道德的角度来看，我不能高度评价你伟大的自我克制，就算作为开端，也很差劲。何况，你怎么知道此时此刻赫蒂不是像奥菲莉娅一样漂浮在某个星光照耀的磨坊水池里，被可爱的睡莲围绕着？”

“我受不了啦，哈里！你什么都嘲弄，然后设想最严重的悲剧。我现在后悔告诉你了。我不在乎你对我说什么。我知道我做的是对的。可怜的赫蒂！我今天早晨骑马走过农场时，还看到她倚在窗边，脸色苍白，像一簇茉莉。咱们别再谈这个了，也别来对我说，我多年来第一次行善，第一次小小地自我牺牲，反倒是一种罪孽。我想变好，我会变好的。说说你自己吧。城里有什么新闻吗？我好几天没去俱乐部了。”

“大家还在谈论可怜的巴兹尔失踪的事。”

“我还以为他们到现在已经说腻了这事呢。”道林说道，一边微皱着眉头给自己倒了些酒。

---

① 弗罗利泽（Florizel）：莎士比亚戏剧《冬天的故事》男主角，与珀迪塔是一对情侣。

“亲爱的孩子，他们才谈论了六个星期呢，而英国大众实在不能忍受三个月之内谈论多个话题的精神压力。不过他们最近很幸运，既有我的离婚案，又有艾伦·坎贝尔的自杀案，现在又多了一个艺术家的神秘失踪案。伦敦警察厅仍然坚称十一月九号午夜乘火车去巴黎的那个灰大衣男子就是可怜的巴兹尔，但是法国警方宣称巴兹尔从未抵达巴黎。我估计大约两周之内就会有人说在旧金山见过他了。说来也怪，每个失踪的人都会在旧金山被人看到。那一定是个美妙的城市，拥有来世的全部魅力。”

“你觉得巴兹尔出了什么事？”道林问道，端起勃艮第酒对着光线，惊异于自己竟能如此镇静地谈论这件事。

“我毫不知情。如果巴兹尔想躲起来，跟我可没关系；他要是死了，我也不会再想他。死亡是唯一让我害怕的东西，我讨厌死亡。”

“为什么？”年轻人懒洋洋地问道。

“因为，”亨利勋爵说着拿起已经打开的香料嗅盒，把镀金箅子放在鼻孔下摆动，“现在人什么都能逃避，唯独难逃一死。死亡和庸俗是十九世纪仅有的无法以巧辩搪塞的两件事实。我们去音乐室喝咖啡吧，道林，你得弹几首肖邦给我听。把我妻子拐跑的那个男的就是弹得一手好肖邦。可怜的维多利亚！我很喜欢她。

少了她，家里还真是冷清。当然，婚姻生活只是一种习惯，一种坏习惯。可就算失去的是最坏的习惯，人还是会懊悔，也许这样才最懊悔。习惯是个性的精华。”

道林没作声，只是从桌边站起，走到隔壁房间钢琴边坐下，随意抚弄着象牙的黑白琴键。咖啡送进来之后，他住手不弹，望着亨利勋爵说道：“哈里，你有没有想过巴兹尔是被谋杀的？”

亨利勋爵打了个呵欠。“巴兹尔人缘很好，又老戴着沃特伯里手表[①]，怎么会被谋杀？他还没聪明到树敌的程度。当然，他在绘画方面才华过人。可是一个人可以画得像委拉斯开兹[②]一样出色，本人却乏味至极。巴兹尔真的有点乏味，他只有一次引起了我的兴趣，那还是很多年前，他告诉我说他疯狂地崇拜你，说你是他艺术的主导动机。”

“我很喜欢巴兹尔。”道林略带伤感地说道，“可是难道没人说他是被谋杀的吗？”

“噢，有报纸这样说，不过我觉得绝不可能。我知道巴黎有一些可怕的地方，可是巴兹尔不是去那种地方

---

① 沃特伯里手表：美国康涅狄格州沃特伯里钟表公司（Waterbury Clock Company）生产的手表，当时被认为是一种廉价手表，所以亨利勋爵认为巴兹尔·霍尔沃德戴沃特伯里手表，不会有人见财起意谋杀他。

② 委拉斯开兹：迭戈·委拉斯开兹（Diego Velázquez，1599—1660），西班牙著名画家。

的人。他没有好奇心，那是他的首要缺点。”

“哈里，要是我告诉你，是我谋杀了巴兹尔，你会怎么说？”年轻人说完便全神贯注地观察着他。

“我会说，亲爱的伙计，你扮演的角色不适合你。一切罪行都庸俗，正如一切庸俗都是罪行。道林，你天性就不会犯罪。如果我这样说伤了你的虚荣心，我很抱歉，可事实就是如此。犯罪专属于下层社会，不过我丝毫也没有责备他们的意思。我想罪行之于他们就如同艺术之于我们，只是一种寻求超凡刺激的方法。”

“寻求超凡刺激的方法？那你认为杀人犯以后可能还会杀人吗？别告诉我真是如此。”

“噢！任何事情做得太多都会变成一种乐趣，”亨利大笑着叫道，“这是生活最重要的奥秘之一。不过我一向认为谋杀是种错误。不能作茶余饭后谈资的事情就绝不能做。咱们别再说可怜的巴兹尔了吧。我宁愿意相信他的结局有你说的那么浪漫，可我不信。我看他是从公共马车上掉进了塞纳河，而售票员隐瞒了这桩丑闻。对，我想他的结局就是如此。现在我仿佛看见他躺在暗绿色的水下，长长的水草缠着他的头发，沉重的驳船漂过他的头顶。你知道吗？我觉得他再也画不出什么好作品了。十年来，他的画技下降了不少。”

道林叹了口气。亨利勋爵穿过房间，开始抚摸一只名贵爪哇鹦鹉的头，这只羽冠和尾巴粉红的灰羽大鸟正站在一根竹栖木上尝试平衡身体。他尖细的指头一碰它，它起皱的白眼睑就垂下盖住玻璃般的黑眼睛，身子前后摇摆起来。

“是的，”他接着说道，一面从口袋里掏出手帕，“他的画技大大下降。我觉得好像是失去了什么，是失去了理想。你和他不再亲密，他就不再是伟大的艺术家了。是什么把你们分开的？我想是他让你厌烦了吧？果真如此，那他永远也不会原谅你。令人厌烦的人都有这习惯。对了，他给你画的那幅绝妙肖像怎么样了？好像画完之后我就没再见过。噢！我想起来了，好几年前你曾告诉我说你把它送到塞尔比去了，不知道放哪里了，或是半路被偷了。没有找回来吗？真是可惜！那是幅杰作啊。我还记得我想买下来的。现在我真希望当初买下来了。那是巴兹尔巅峰时期的作品。自那以后，他的作品就成了拙劣画技和良好立意的奇怪混合体，所谓的英国代表艺术家都是如此。你登寻物启事没有？应该登的。”

“我忘了，”道林说道，“大概登过吧。可我从没真正喜欢过它，还后悔做了它的模特呢。对那东西的回忆让我愤恨，你干吗说起它？它曾让我想起某部剧中几行奇特的台词——好像是《哈姆雷特》——怎么说来着？——

恰如悲哀的画像，

有脸，无心。[1]

对，就是这样。”

亨利勋爵哈哈大笑。“如果人艺术地对待生活，他的头脑就是他的心。”他回答道，一边坐进扶手椅中。

道林·格雷摇了摇头，在钢琴上弹出了一组柔和的和弦。“‘恰如悲哀的画像，’”他重复道，“‘有脸，无心。’”

年长者靠在椅背上，半闭眼睛望着他。“对了，道林，”他顿了一下接着道，“‘若是一个人得到整个世界，却失去……’——下面怎么说来着？——‘自己的灵魂，对他有什么好处？’[2]”

琴声突然刺耳一响，道林·格雷大惊失色，瞪着他的朋友。“你干吗问我这个，哈里？”

“亲爱的伙计，”亨利勋爵惊讶地扬起眉头说道，“我问你是因为我以为你也许能给我一个回答，仅此而已。上周日，我路过海德公园，看见大理石拱门附近站着一小群衣衫褴褛的人，正在听一个粗俗的街头传教士布道。我从旁边经过，正好听见那个人对他的听众高声

① 出自莎士比亚戏剧《哈姆雷特》第四幕第七场。

② 出自《圣经》（《新约·马太福音》16:26、《新约·马可福音》8:36 等）。

喊出这个问题，让我觉得颇有戏剧性。伦敦不乏此类怪事：一个潮湿的星期天，一个穿着雨衣的粗鲁基督徒，一圈病态苍白的面孔撑着漏雨的破伞，一句绝妙的警句从歇斯底里尖叫的唇间飞入空中——这种方式真是非常好，发人深思。我本想告诉那位先知，艺术有灵魂，而人没有，可我怕他不理解我的意思。”

“别说了，哈里。灵魂是一种可怕的现实，可以买卖，可以交易，可以毒害，可以完善。我们每个人都有灵魂，我知道。”

“你确定吗，道林？”

“非常确定。”

“啊！那肯定是幻觉。人确信无疑的东西绝不是真实的。这就是信仰的宿命，也是浪漫的教训。你好严肃啊！别那么严肃。这个时代的迷信，与你我何干？毫无干系，我们已经放弃灵魂的信仰。给我弹首曲子吧，就弹首夜曲好了，道林，你边弹边轻轻告诉我，你是如何长葆青春的。你肯定有什么秘诀。我只比你大十岁，却已满脸皱纹、形容憔悴、脸色蜡黄了。你真是美妙动人，道林，你从来没有今晚这么迷人，让我想起了初次见你的那天。当时你有点放肆，非常羞涩，但是绝对非比寻常。当然你也变了，可是容貌没变。我希望你能告诉我你的秘诀。只要能重返青春，世上什么事我都愿意做，除了锻炼、早起和一本正经。青春！青春无可比拟。说青春无知，简直荒唐。我现在恭敬听取意见的，只有比我年轻许多的人。他们好像走在我前面，生活向他们展示了最新的奇迹。至于老人，我一向反对他们。我这样做是讲原则的。如果你征求他们对昨天发生的事情的意见，他们会严肃地告诉你 1820 年流行的看法，那时人们还缠着高高的裹腿，什么都相信，什么都不知道。你弹的这首曲子真好听！我在想，是不是肖邦在马略卡岛[①]上创作的，当时是不是有海浪在别墅周围呜咽，咸咸的浪花溅到玻璃窗上？浪漫至极！真是幸运，还剩一门艺术不是模仿！别停，我今晚需要音乐。我觉得你就是年轻的阿波罗，我就是听你弹奏的玛息阿[②]。我有自己的悲伤，道林，就连你也不知道的悲伤。年老的悲伤不在于身体衰老，而在于心还年轻。有时候，我自己都惊异于自己的真诚。啊，道林，你多么幸福！你这一生多美妙！你痛饮一切，简直就是用上腭直接压碎葡萄榨酒。一切都不曾避你而去，一切对你来说都只是乐声。你丝毫不曾损伤，丝毫不曾改变。”

---

① 马略卡岛（Majorca）：位于地中海西部，属西班牙，1838 年秋至次年初，波兰作曲家肖邦与法国著名小说家乔治·桑（George Sand，1804—1876）曾在该岛上同居。

② 玛息阿（Marsyas）：属希腊神话中的撒蒂尔族。智慧女神雅典娜（Athena）制成一支笛子，因发现吹奏者会面目变丑而弃之，玛息阿拾得此笛，与阿波罗比试音乐才能，败北后被活活剥皮。

“我已经变了，哈里。”

“不，你没有变。我不知道你后半生会怎么过，不要自我克制，不要损伤生命。你现在就是完美典型，已经白璧无瑕了，不要让自己残缺不全。别摇头，你知道你就是如此。还有，道林，别欺骗自己，生活不由意志或意愿左右，生活是神经纤维，是逐步形成的细胞，思想隐藏于其中，激情在里面做梦。你可能以为自己安全、强大，但是我告诉你，道林，我们生活的基础，是房间里或早晨天空偶然的色调、你曾经喜欢并带给你微妙回忆的独特香水、你已经忘却而又重逢的诗行，还有你不再弹奏的乐曲。勃朗宁[①]在哪儿写过，我们自己的感官也会想象。有时候白丁香的芳香突然飘过，我不得不追忆生活中最奇特的月份。我真想和你互换，道林。世人大声反对我们俩，却总是崇拜你，会永远崇拜你。你就是时代追寻的典型，只是找到了，世人又害怕。我真庆幸你什么也没干过，没雕过像，没画过画，没创作过任何身外之物！生活就是你的艺术，你把自己谱成乐曲，时光就是你的十四行诗。”

道林从钢琴旁站起身来，一手捋过头发。“是的，生活真美妙，”他喃喃地说道，“但是我不会再过同样的生活了，哈里。别再对我说这些言过其实的话了。你

---

① 勃朗宁：罗伯特·勃朗宁（Robert Browning，1812—1889），英国维多利亚时代代表诗人、剧作家。

并不了解我的全部生活，我觉得要是你知道了，也会离我而去的。你在笑，不要笑。”

“怎么不弹了，道林？坐下再给我弹一遍夜曲吧。你看看那挂在朦胧夜空中的蜜色大月亮，她正等着你去陶醉她呢，你弹一曲，她就会靠地球更近些。你不想弹？那咱们去俱乐部吧。今晚真美妙，也得有个美妙的结局。怀特家有个人很想认识你——年轻的普尔勋爵，他是伯恩茅斯的长子。他已经模仿了你的领带打法，还求我把他介绍给你。他很讨人喜欢，叫我想起了你。”

“但愿不是这样。”道林满眼忧伤地说道，“哈里，今晚我累了，就不去俱乐部了。快十一点了，我想早点睡觉。”

“别走，你从未弹得像今晚这么好，指法精妙，表现力丰富，我从未听过。”

“那是因为我决心向善。”他微笑着答道，“我已经变了一些。”

“对我来说，你不会变，道林。”亨利勋爵说道，“你我永远是朋友。”

“可你曾用一本书毒害了我，这一点我不该原谅。哈里，答应我别再把那本书借给任何人了，它有毒。”

“亲爱的孩子，你真开始说教了。你马上就会像个皈依者或宗教复兴分子一样四处奔走，警告人们别犯你已经厌倦的罪孽。你太可爱了，干不了那个。何况毫无用处：你我现在只能是现在的样子，以后也只能是以后的样子。至于被书毒害，没那回事。艺术不会影响行为，只会消灭行动的欲望，艺术妙就妙在毫无用处。世人所谓不道德的书，就是揭露他们耻辱的书，仅此而已。不过咱们还是别讨论文学了。明天过来吧，我十一点去骑马。我们可以一块儿去，然后我带你去和布兰克森夫人共进午餐。她是个迷人的女人，她要买壁毯，想请你参详参详。一定要来啊。要不我们和小公爵夫人共进午餐？她说现在总见不到你。难道你已经厌倦了格拉蒂丝？我就知道你会厌倦。她伶牙俐齿，令人不安。嗯，无论如何，十一点过来吧。”

“我非来不可吗，哈里？”

“当然了，公园里现在可美了。我从认识你那年到现在，还没见过这么美的丁香花。”

“好吧，我十一点到。”道林说道，“晚安，哈里。”他走到门口，迟疑了一下，似乎还有话要说，然后叹了口气，走了出去。

第二十章

这是个可爱的夜晚，非常暖和，他把外套搭在手臂上，脖子上连丝绸围巾都没戴。他抽着烟，信步往家走，身边走过两个穿着晚礼服的青年。他听见其中一个对另一个耳语道："那就是道林·格雷。"他想起以前被人指指点点、被盯着看或是被谈论时自己曾多么开心，现在却厌倦了听到自己的名字。他最近常去的那个小村庄一半的魅力就在于没人知道他是谁。他引诱了一个姑娘，让她爱上自己，他常告诉她自己很穷，她也信以为真。有一次他告诉她自己很坏，她哈哈大笑，回答说坏人总是又老又丑的。她笑得多么动听！——就像是画眉在歌唱。她穿着棉布衣服，戴着大帽子，多么美丽！她什么都不知道，却拥有他失去的一切。

他回到家，发现仆人正等着他，便打发仆人去睡觉，自己躺在图书室的沙发上，开始思索亨利勋爵跟他说的一些话。

难道人真的永远也不能改变吗？他狂热地渴望着自己纯洁无瑕的童年——亨利勋爵曾经称之为白玫瑰般的童年。他知道他玷污了自己，心思里满是腐败，想象中全是恐怖；他知道自己对旁人施加邪恶的影响，并从中获得一种残忍的快感；他知道在与他交往过的人当中，因他蒙受耻辱的都是最善良、最有前途的人。可这一切都无法挽回了吗？他没希望了吗？

啊！他是在何等恐怖的骄傲和激情时刻祈祷了让画像来承担岁月的重负，而让自己永葆青春、一尘不染！他所有的失败都因此而起。要是他生命中每一桩罪孽都确凿而迅速地受到惩罚就好了。惩罚使人获得净化。人对公正无上的上帝祈祷时，不应说“宽恕我们的罪孽”，而应说“惩罚我们的不义”。

亨利勋爵多年前送给他的那面雕工精美的镜子还立在桌上，镜框上四肢洁白的丘比特依旧笑着。他拿起镜子，噙满泪水的眼睛狂乱地望着光滑的镜面，眼神与那个恐怖的夜晚他第一次发现致命的画像起了变化时如出一辙。有一次，一个痴爱他的人给他写了一封疯狂的情书，信末是这样一句崇拜的话：“你丽质堪比象牙、黄金，双唇曲线动人，世界因你改变，历史由你改写。”这句话又浮现在他的记忆里，于是他反复默念起来。然后他却憎恶起自己的美貌来，把镜子摔到地上，用脚踩成碎片。毁了他的正是他的美貌，美貌以及他所祈求的青春。要不是这两样东西，他的生命也许就会清白无瑕。对他来说，美貌只是一副面具，青春也不过是一种嘲弄。青春算什么？充其量只是一段幼稚的青葱时光，充斥着浅薄的情绪和病态的思绪。青春毁伤了他，他干吗要当它的奴仆?

过去已经覆水难收，最好不要再想。他得思考的是自己和自己的未来。詹姆斯·韦恩已被埋在塞尔比教堂墓地一座无名冢里；艾伦·坎贝尔已于某晚在实验室饮弹自尽，但没有泄露他强加于他的秘密；巴兹尔·霍尔沃德失踪虽然引发了一阵骚动，但是马上就会烟消云散，而且现在已经开始消退。总之，他可以高枕无忧了。其实最让他心情沉重的不是巴兹尔·霍尔沃德的死，烦扰他的是自己生不如死的灵魂。巴兹尔画了那幅毁了他一生的画像，一切都因画像而起，他不能原谅他。巴兹尔跟他说了让人无法容忍的话，但他都耐心忍住了，谋杀只是因为一时冲动。至于艾伦·坎贝尔，他是自杀，是自寻死路，跟他毫无瓜葛。

新生！他要的是新生，他等的是新生。而他的确也已开始新生，至少他已经放过一个无辜的姑娘。他再也不会引诱无辜女子了。他会改过从善。

他一想到赫蒂·默顿，便开始猜想，锁在房里的画像是否有所改变。肯定不会像之前那么可怕了吧？也许只要他的生活纯洁起来，他就可以从那张脸上抹去一切邪恶激情的痕迹。也许邪恶的痕迹已经消失。他要去看看。

他从桌上拿起灯，蹑手蹑脚上了楼。他拔去门闩的时候，一丝欢乐的微笑在年轻得出奇的脸上掠过，并在唇上停留了片刻。是的，他要向善，他藏匿起来的那个可怕东西将不再令他恐惧。他仿佛觉得心头重负已经卸下。

他悄然进屋，照例锁门，然后扯下画像上的紫色帷幕。他迸出一声痛苦愤慨的叫喊。他看不出任何变化，只是眼里多了一丝奸诈，嘴上多了一条伪善的皱纹。那东西仍然可憎——甚至比以前更加可憎——手上那些血红的斑点似乎更闪亮，更像是刚溅上去的鲜血。于是他开始发抖。他做这件善事，难道只是出于虚荣心？或是像亨利勋爵嘲笑着暗示的那样，是追求一种新刺激？或是出于角色扮演的一时冲动，这种冲动偶尔会使人做出超越自我的善行？还是兼而有之？那为什么那血红的污迹比以前更大？好似一种可怕的疾病爬满起皱的手指。脚上也有血，似乎是从手上滴下来的——就连那只没拿刀的手上也有血。认罪？这是否意味着他该去认罪？去自首然后被处死？他大笑起来，他觉得这想法太荒唐。何况，就算他认罪，谁肯信他？被谋杀的人痕迹全无，属于这人的一切都已销毁，楼下那些东西他也亲自烧掉了。世人只会说他疯了。要是他坚持这么说，他们只会把他关起来……可是他有责任认罪，公开受辱，并公开赎罪。上帝是存在的，他召唤世人对天地坦白自己的罪孽。除非公开悔罪，他做什么也无法洗净自己。他的罪孽？他耸耸肩膀。巴兹尔·霍尔沃德的死对他来说不算什么，他想的是赫蒂·默顿。因为他望着的这面灵魂之镜是一面不公正的镜子。虚荣？好奇？虚伪？难道他自我克制就没有别的缘由吗？有的，至少他这么认为。但是谁说得清？……不，没有别的了。他放过她，就是出于虚荣；他戴上善良的面具，就是出于虚伪；他尝试自我克制，就是出于好奇。现在他看清了。

可这次谋杀——难道它要尾随他一辈子吗？难道他要永远背负过去吗？他真的要去认罪吗？绝不。只有一件小小的证据对他不利。那幅画像本身——就是证据。他要毁了它。他干吗留它这么久？观察它变丑变老曾给他快感，最近他感受不到这种快感了。它让他彻夜难眠。不在家时他又提心吊胆，生怕别人看到它。它给他的激情平添忧郁。单单对它的记忆，就破坏了许多欢乐的时刻。它就像是他的良心。是的，它就是他的良心。他要毁了它。

他四下一望，看到了当初刺死巴兹尔·霍尔沃德的那把刀。经他多次清洗，这把刀上不留一丝血迹，亮锃锃的，闪着寒光。既然它曾杀死画家，那它也能杀死画家的作品，和它所意味的一切。它会杀死过去，过去一死，他就自由了。它会杀死这畸形的灵魂生命，没有它骇人的警告，他就能归于安宁。他抓起刀，向画像刺去。

只听一声叫喊，接着是一声撞击。那一声叫喊痛苦至极，仆人纷纷惊醒，蹑足走出房来。从楼下广场经过的两位绅士停住脚步，抬头望着这座大宅。他们继续前行，找到一个警察，把他带了过来。警察按了好几次门铃，但是无人作答。除了顶层一扇窗户里有灯光，整栋房子一片漆黑。他等了一会儿，走到隔壁柱廊里站着察看动静。

“那是谁家，警官？”两位绅士中年长的问道。

“是道林·格雷先生家，先生。”警察答道。

他们对视了一下，冷笑着走开了。其中一位正是亨利·阿什顿爵士的叔叔。

在仆人房里，披着衣服的仆人们正窃窃私语。老利夫太太绞着双手在哭。弗朗西斯面如死灰。

大约一刻钟过后，弗朗西斯带着马车夫和一个男仆蹑手蹑脚上了楼。他们敲了敲门，可是无人应答。他们大声叫唤，依然寂静无声。他们想破门而入而不得，最后只好爬上屋顶下到阳台上。窗户很容易就弄开了，窗闩早已老旧。

他们进入屋内，看见墙上挂着一幅他们主人的精美画像，与他们上次见他时一样，风华正茂，俊美非凡。地板上躺着一具男尸，身穿晚礼服，心口插着一把刀。他形容枯槁、满脸皱纹、面目可憎，直到检查过戒指之后他们才认出那人是谁。